大地的语言

戴荣里 著

中国言实出版社

图书在版编目（CIP）数据

大地的语言 / 戴荣里著 .-- 北京：中国言实出版社 , 2018.2
ISBN 978-7-5171-2681-2

Ⅰ . ①大… Ⅱ . ①戴… Ⅲ . ①散文集—中国—当代
Ⅳ . ① I267

中国版本图书馆 CIP 数据核字（2018）第 028892 号

出 版 人：王昕朋
总 监 制：朱艳华
责任编辑：宫媛媛
文字编辑：张慧敏
责任印制：佟贵兆
封面设计：锦 瑟

出版发行　中国言实出版社
　　　地　址：北京市朝阳区北苑路 180 号加利大厦 5 号楼 105 室
　　　邮　编：100101
　　　编辑部：北京市海淀区北太平庄路甲 1 号
　　　邮　编：100088
　　　电　话：64924853（总编室）64924716（发行部）
　　　网　址：www.zgyscbs.cn
　　　E-mail：zgyscbs@263.net
经　　销　新华书店
印　　刷　北京温林源印刷有限公司
版　　次　2018 年 3 月第 1 版　　2018 年 3 月第 1 次印刷
规　　格　710 毫米 ×1000 毫米　　1/16　　16.75 印张
字　　数　270 千字
定　　价　39.80 元　　ISBN 978-7-5171-2681-2

目 录

大地的语言

大地的语言

大地是沉默者吗？大地拥有千万种语言！

孤傲的石头是它的语言，挺立的大树是它的语言，柔软的庄稼是它的语言，溢香的荷花是它的语言，天的澄明也包含着它的语言。草原是它的散文，大山是它的长篇，流水是它的诗歌，飞燕是它的心田。

我习惯了在城市里行走，习惯了这份天与地之间的悠远。每天脚踏大地，路过蝶飞蜂舞的花园，与晨练忙碌的人们擦肩而过，在大地上行走，感觉到悠然、恬静和踏实。在大地上仰望苍天，你会领略大地的广博、蓝天的悠远。风吹大地，会把一个人的心从冬吹到春；踱步炎热的夏天，大地开始沉吟；秋来了，蟋蟀开始唱歌。我愈来愈喜欢一步一步地行走了，如那沉默不语的蚂蚁。荷花池从枯萎中醒来，又从鲜亮中走向枯萎，亭子的二胡声牵来夏风，落叶迎来初冬的笛声。在城市公园欣赏城市里的庄稼，它们排列在城市的田野里。

我享受过秋天城市里的收割，这种收割更注重仪式感。和乡野里的收割不同，收割者脸上透出收获的欣喜而缺少农民惯有的疲劳感。清晨沿着公园行走，亲近草尖上的露珠，亲近成长的一切，感受大地的眼睛。小心翼翼地嗅闻着野草的清香，感受草的身姿。大地是很会说话的智者，它操着万千语言，呈现大地的千姿百态。仰躺在大地上，倾听大地的心声，不知不觉已泪流满面了。

可更多时间，我感觉大地长着一双眼睛，它用双眸凝视着人类对它的摧残。我对着大地歌唱，我向大地祈祷，我甚至静默成一块孤独的石头融入大地。我知道，大地喜欢说话，大地有时也以沉默代表着诉说。

大地袒开胸膛，但始终没合上自己的眼睛。它有时双眸如水，平静如牛，观察着人类的贪婪；它有时怒睁开双眸，扭动着痛苦的身躯挣扎；它有时双眼微笑着，笑看婴儿的蹒跚、雏鸟的飞翔。大地划开胸膛，大地失去了原色，风停了飘带，水变混浊，高楼挺起身子挤碎了大地最坚强的肋骨，我听到大地战栗的声音。在人类所谓智慧开垦的欲望之河里，抚摸着大地的胸腔，看它逐渐干涸了的双眸。此刻，大地无语，我亦无语。

人类在大地上生存，习惯了向大地永不停止地索取。在获得中又不断催生新的贪婪。人类以改造自然为借口，不断毁坏着大地，也在毁坏着人类自己。大地是永不停歇的河流，日夜生长的树木，四处鸣叫的飞鸟。大地，在大地上的人群，依靠大地的品质，展开自己的羽翼。我抱愧在大地的胸腔里生活了几十年，我为我从未读懂过大地的眼睛而惶恐。

是的，大地的双眸，此刻，正看着人类，看着我，看着和我一样的芸芸众生。大地是谁的子女，又滋养了谁，未来将以怎样的姿态与人类对话？我凝视着大地，大地也凝视着我。

自从离开了故乡，似乎习惯于整洁的城市地面。城市用硬化地面永远关闭了大地之嘴，我每天这样生存，以为就享受到高贵的生活。自从大地失去了表达的可能性，城市上空现代工业的雾霾，让大地纯净的眸子蒙尘。我曾为自己是大地的儿子而自豪，而今，大地闭上嘴巴，混浊了双眼，而我，却还在自我陶醉中。向往虚假的绿色、标榜高贵的整洁，而变异的大地，再也长不出庄稼，滋生不出清脆的鸟鸣！

我期待大地再发出属于大地的语言，让大地回复大地的原生态。尽管我知道，这样的愿望，在时空转换里永远是落伍者的思想。在人类扭着大地的耳朵强奸大地意志时，我想站在大地一边。

我看到生活在沙漠之海的人们，对异地造访者扯断沙漠中孤独之树上的枝条所表达的极端愤怒之情时，我就想，其实大地的眼睛就是沙漠上的那棵树啊！

维护一棵沙漠上的树需要几百年，而折断一棵沙漠之树却只要一瞬间。我愿作大地的护卫者，让大地明澈的双眸看着我，对我倾诉。

我会坚守，对着大地，对着苍天，我发誓！

大地的耳鸣

血压升高导致我的耳鸣，我不得不去找医生按摩。我总相信物理治疗超越药物治疗，我行走在大地上，去看一个又一个医生。我的耳朵鼓了又鼓，想听见而听不见。耳朵内万马奔腾，我听到一个声音在哭，另一个声音在笑。

我看到去年的一棵树已经丢失了，冬天里不断传来老人故去的信息，甚至有两位年轻的同学也去世了；在泰山脚下，不时传来老同事离开世界的消息。我仅仅是耳鸣，岁月催促我衰老了，我很固执，从不吃药。我在城市里行走，城市是大地的耳朵吗？我似乎听到了大地的耳鼓声，大地一定听到了人类的噪声。

人类让大地患上了高血压，在城市的每个角落，充满各类嘈杂的声音。人类为了自己当下生存得更好，已然不顾大自然的感受，也不顾及子孙们是否还能看到当下的景物，甚至不希望大地上有一只健全的耳朵。

从我记事起，人类就在大地上不停地折腾。村庄在不断扩大，城市在不断延伸。修不完的路，建不完的房，而这些泛滥起来的建筑物，构成人类折腾大地的方式，大地无奈地拥有无数只耳朵，倾听人类的淫笑，在人类自以为幸福的声音里缩紧了肚皮。

无数楼房、桥涵和隧道，就是大地形态各异的耳朵，它们让大地开始感知人类的伟大存在。大地患上了耳鼓，被迫倾听人类的贪婪，从一个村庄，到另一个村庄，大地的耳鸣逐渐加重；自从有了城市，大地的耳鸣一天也没有停止过。我看到混凝土覆盖了大地，然后城市之外又出现了新城，偶尔，阔大的硬化地面会被划开，这些硬化地面像强盗一样，蒙住大地的肚皮，毫不犹豫地让自己成为大地的主人。这些硬化地面不知道大地原来是有肚皮的，人走上去，松软、清新，众多的植物可以从大地的肚皮上长出来，长成人的模样，但比人可爱得多；自然大地也是有脸面的，但城市不给大地脸面，城市吞噬了大地的肚皮，只让大地长出无数只耸立的耳朵，倾听人类对大自然的摧残。

我看到春天大地上的绿色，看到夏天热风催满树叶蓬，而秋天的果实是大地最诚实的奉献，到了冬天，大地舒缓了身体，落叶在它的肚皮上酣睡，在毫无戒备的诗意里，大地度过最坦然的时光。而今，即使在冬天，反季节的蔬菜也会在大地上成长，大地没有礼拜天；春天的大地也失却了生机勃勃的模样，被城市的雾霾所笼罩；夏日里，城市土地上摆着的塑料花驱赶着大地上的野花，人类越来越注重形式而远离内容；秋天里的果实已经变得不那么重要，而冬日里的温暖可以让城市人享受所谓的春天。人们忘记了自己是生命体，忘记了大地上的万物是生命体，更忘记了大地本身也是孕育生命的生命体。

而大地也和我一样就在不知不觉中患上了耳鸣症。

大地的高血压是人类赐予的。人类污染了大地的血液。让每一条河流都充满了人类的罪恶与贪婪。纯洁的水被各怀心机者污染，而这些血液不仅要养活人类，还要滋润大地。更多的污染物改变了大地的基因，大地的耳朵这边听着开矿的声音，那边就在吞噬人类污染的水流。大地没有眼泪，大地不断把身体的某一部分屈辱成历史，它很无奈。山在历史中虚无掉了，它们的身体被填海了，生长它们的土地又重新长出高楼。无数大地的耳朵，让我看出大地的无奈、人类的贪婪，我似乎听到大地的叫喊。

我知道，大地是孕育生命的生命体，我知道，我只有两只耳朵感受到耳鸣的痛苦，而大地的耳朵，却在每天感知着耳鸣。

我盼望我的耳朵能听到正常的声音，也希望大地的耳朵能听到正常的声音，更希望每一个活着的人都为大地提供悦耳的声音。但愿更多的人不要为了生存而忘记了妈妈的存在。

大地的个性

刚买了一本丹尼尔·内特尔的《个性》，知道人人具有稳定的人格素质。性格关联着命运，一个人的秉性是很难改的。也正因为个性，才使世界呈现无限的丰富性。个体为社会贡献着个性，社会在影响着每个个体，有时群体的意识能左右个体的意识，而对于个体而言，有时也存在无意识的行为。我曾经在青年时代，紧跟过某个人物，迷恋过某位作家，总以为美女是美好的。等相对成熟一点，想到快其实就是慢，孬其中蕴藏着好，沉默意味着是最好的发言，喋喋不休意味着什么也没说。再老一点，就如一潭深水，石头打下来，不过溅一点小水花而已。人就是如此，个性泯灭之后其实孕育出的是更深厚的个性。

我行走在大地上，有时我想，大地究竟是什么个性？人作为生活在大地上的动物，应该向大地奉献些什么？

直到三十多岁，我才有机会乘坐飞机。在蓝天白云中间，大地如多彩的画板，到处写着人类的印记。飞机掠过黄土高原，山之阴阳，或黄土遍地，或郁郁葱葱。人类希望改造大自然、征服大自然，在和自然的较量中，一代人老去，又一代人长出来，人是大地上的韭菜。一茬人站起来，毁坏了大地，然后他们灰飞烟灭了，有些人死后的骨头还占着大地的一角。

一位师弟在广西，有机会长期接触农村，我让他拍摄农村图片发给我，他发来的图像是大片原始的土地，土地荒芜、植被茂密。与他合影的农民，面部表情没有一丝污染。在他这个曾经沧海的城市人衬托下，农民们看上去还有些木讷。我喜欢这样的土地，土地上的人们，他们融入了土地，土地接纳着他们。师弟说，这里很穷，但空气好，水也好。我想对他说：这也是最难得的幸福啊！人以欲望的获得程度作为衡量幸福的标准。而实际上，幸福就是在自然中享受自然的过程。城市人在高楼大厦里，能说是幸福的吗？我没有体味到幸福，一口自由的空气，对城市人来说，也算是奢侈的。而今，城市驱逐着大地，大地瑟缩着身体，许多人自以为幸福，而幸福离城市人却越来越远。

大地是宽容的，人们一代又一代地践踏它，但它从不记仇，依然一代又一代地养育践踏者的子孙。城市一点点吞噬着原始的大地，让大地面目全非。大地无语，大地也希望人类生活得更好一点，它知道人类有洁癖，不希望土星沾染到他们身上。人类喜欢干净，吃土里生出来的东西，喝大地上流动的清水，但他们不希望有一丁点土星沾染到自己身上。人类是典型的吃大地、喝大地、不感谢大地的动物，但大地原谅了这一代又一代的人，它宽恕着人类的罪行，让人类在前行中更愉快些。

大地是无奈的。大地无法阻滞人类的梦想实现，人类的梦想不断接长、放大，希望靠牺牲一片又一片的土地来壮大自己的声势。城里人希望更加富丽堂皇，农村人也渴望拥有城市人一样的生活，他们靠摧残土地获取自己的荣耀。更多时候，大地是逆来顺受的羊群，被人类任意践踏，大地的身体上到处是流血的伤口。

大地也不是任人宰割的，有时它会报复一下坑害它的人们。那些茂密的森林被人砍伐过后，沙漠长驱直入，如果人类怀着敬畏的心情在沙漠上栽种树木，绿茵再现，会出现人进沙退的效果；人以极端的方式对待大地，将污水排向大地，大地就毫不客气地还人类以癌症；人类的极端行为还会引发地震，将人拉向死亡的边缘。

大地的个性有时是温顺的，有时是顽劣的，对它友好的人，它会报之以友好；对它刻薄的，大地会点点滴滴地为他们记着一笔又一笔账；当极端者以极端的方式对待大地时，大地也会毫不客气地施以报复。大地是理性的，也是感性的；大地是历史的，也是现实的；大地是宽容的，也是有原则的。

每天，当我怀着敬畏之心欣赏大地，行走在大地的胸膛上，我能感受到大地的温暖、义气和力量。我无法用一句话概括大地的个性、大地的未来。大地的脾性我摸不准，世界各地的人们在尝试着适应大地，大地是人类最好的老师，人类一直向大地索取着各类物质，却从来没有想到向大地学些什么。我钦佩那些朝圣者，他们怀着对神灵的念想，一步一匍匐，在与大地密切接触的跪拜意识中，完成了一次精神的旅程，他们虽苦犹乐。

　　我在空旷的田野上，面对一地荒草，飞鸟鸣叫而远飞，树叶凋零，大地静默，我的双眼看着远处的城市，泪流满面。面对原始的大地，我的内心充满敬意和羞愧，大地是人类最好的朋友，而对这个朋友，人类对它的性格却知之甚少。大地，您这位伟大的母亲啊，我们人类何时才能放缓摧残您的脚步？

大地的呼吸

我说了，人类远离了大地。尽管我的声音那么微弱，在一个粲然的午后，面对高楼下的土地，我已经没有说话的勇气。

整个大地都被蒙上了一层阴影，蒙上了坚硬的甲壳，在城市里，土地几乎给可怜的几棵树准备着。更多的土地已经被混凝土吞噬，顽固的现代文明以整齐和规矩吞噬着放荡和自由。风改了走向，太阳弯转了身体，而土地失去了永远的呼吸。

或许有一天，土地还会被打开，在大地之上，四处繁衍的是混凝土碎渣的影子，原始的土地不见了，再也吃不上过去的粮食，再也看不到天然的水果。

此刻，风来了，天寒地冻。土地希望获得呼吸冷空气的机会，但它被覆盖到高楼之下，覆盖在现代文明堆砌的建筑物之下，世界逐渐缩小着它说话的范围与权利。

一年又一年，我们无法再享受地母的恩赐，我们看到的是一坨坨混凝土，或者有形，或者无形，或者肆无忌惮地横亘在大地上。这就是我曾经钟情的混凝土吗？这就是我为之奋斗了一生而不愿意轻易放弃的追求？这就是我一致认为可以给人类带来美好生活的东西？

当第一缕冬风吹在脸上，树叶落下，土地紧缩了它的脸，我突然感到世间无穷的肃杀之气。我踩了踩脚下的地，是硬化面，土地被硬化面裹挟在里面，这份洁净就是我们所需要的现代文明？从乡村到城市，我逐渐成为一位脱离泥土的人，有时身上沾染了哪怕一丁点的土星，也一定要认真地掸掉；我忘记了幼时在田野里随着娘亲，从一垄地瓜沟再到另一垄地瓜沟，好像众多的地瓜沟是土地所形成的波浪，我在波浪里自由穿梭，全然不顾土地的粉末灌进衣服里。当麦浪翻滚的时候，恨不得整个身子插进田野里，享受那份麦苗儿的香气；深秋，在田野里，看着犁铧翻开土地，土地散发出独特的味道，赤脚走在上面，走一步就促生一份冲动。而后很多年，土地成为记忆深处的尤物。它独自在那里呼吸着，每当有家乡的地瓜与花生捎来，我总是吝啬地留下，不为物质的占有，只想一个人享受那份气息的熏染。

叶落归根显示了叶的宿命，而今，叶子落下来，在树墩以外，是漫无边际的硬化面，叶子找不到归宿，只好在大地上奔跑，有时能听到它们的一两声悲鸣。它所留恋的土地难以寻觅了。这枚可怜的树叶儿啊，多像一个游子啊，在这个变异的世界上，哪里是它最后的葬身之地啊！

被混凝土占领了的土地犹如被强盗蹂躏的女子，遍体鳞伤之外让我们难以寻找到它原始的美丽。土地的呼吸道被各类建筑物所扼制，大地上的水流改变了走向，树木也依附着人类的需求而变得摇曳多姿、俯首称臣。缺少了自然风光之美的城市啊，难以找到自由呼吸的土地。我一直固执地呼唤着土地，希望大片的土地呈现在城市里，让城市更加真实。

请把土地请向空中吧！给每一层楼房的住户们设计一个硕大的阳台，让土地在阳台上安家，让植物随泥土一起呼吸，让树木把城市的空中葱郁成森林，让我们通过改变建筑设计方式向土地赎罪，偿还几百年来欺压土地——让土地在建筑物脚下窒息的粗暴与无礼，让土地尽快获得呼吸的自由！

当你在空中与近在咫尺的植物对话，当你在秋天品尝自种瓜果的清鲜，当你看到土地在贪婪地吮吸清凉之水，你好像又回到了故乡，回到了田园，回到了幼年的感觉。天国里的母亲为你没有忘记土地的恩赐而欣慰，城市森林建筑呈现的魅力在那一刻让大地复活了。

你在空中建筑中铺设的"大地"上行走，终于找回了人类用谦卑铺开的土地感觉，在混凝土之上，大地，露出它本来舒展的面容，你坐下来，静静地坐下来，看一只鸟儿在叼食一只虫儿，你的泪会无声地流下来。因为，大地，终于有了自己的呼吸。

而这样的大地，在我的内心深处锁闭了很多年，很多年……

大地的旋钮

只在那一瞬，大地就调了台。摄影家说，天冷了，天公不作美，再好的摄影师也白搭。天让银杏叶子黄就黄，让叶子落就落。本想着在阳光明媚的日子留影，而时间挨到今天，她来了，天却一下子凉了起来。

大地旋转季节的按钮，往往就在你猝不及防的时候，昨天还是单衣单裤，而今天行走在中国人民大学的校园里，已经看到银杏叶瑟缩在秋风里，急切等待着亲吻大地了。

北方的天气，会在一瞬间冷下来，冷成你不认识的模样，犹如绝情的恋人，一脸的冰霜。大地上四处飘起的落叶，时刻在响应着这旋钮。

曹女士是资深摄影家，在她的视野里，美女总是那样充满魔幻般的魅力。她的微信公众号每天围绕着大批观众。喜欢素食的现代人，美女成了他们日常生活的调剂。曹女士的微信头像，干练、丰盈、知性，她的照片看上去和她本人气质十分相配，我喜欢在上班路上，欣赏这位女士拍摄的众多美女佳馔。美女的线条看上去是不息的河流，曹女士就是这条河流的发现者。她每天都要拍摄一组女性照片，配之以她富有感召力的解读，文佐图美，图释文意。她在享受着京城的一切。当有一天，我看她所拍摄的老人，面部皱纹浓缩成一生的记忆，笑容藏着历史的沧桑。我为这样的摄影语言而打动。于是，和这位摄影家相约，计划找一个好天，在我单位附近拍摄一组图。而阴差阳错，等今天她来拍摄了，大地旋转了按钮，将天定格在温暖与阴冷的交接台上，要变天了。光线黑暗下来，没有暖光的天地间多了一丝阴冷。

摄影家在图书馆一楼等着我，火红的上衣能看出她对生活诗意的解读，近了才看到她的些许白发，没等我询问，她主动介绍说，自己年过六旬了。我很惊讶，如此老者竟然这样时尚，所摄所观犹如帅哥眼界。在她的心境里，该藏着怎样的一颗童心啊？

她随我进了图书馆，在古籍典藏处，她为我拍摄了系列照片，她的选景简单而独特，让我想到一个写作者的视野也应该借鉴摄影家的智慧。摄影家的善于用光完全可以借用到写作中来，而写作者的光就是细节的呈现。

我与摄影家在校园里游逛，摄影家在二十世纪的那场运动中，是一个出色的理论家，她的理论文章曾经在最高端的刊物上引领着国人前进。而今，她平静成一片红叶、一株树、一块平静的土地。在她的指挥下，我在竹林前留影，在书店里拍照，拽着红叶做多情状，背着书包学新学生。每一次选景犹如构思一篇妙文，都要引起我无限遐想。

因为下午要在逸夫会议中心参加科技智库的会议，摄影家也被我邀请到会场，她捕捉了我和恩师相谈的温馨画面，我想恩师看了也一定喜欢。

会议中场，摄影家因事离开了，她要寻找万圣节前那些怪诞的画面去了。我在会场，在这个即将进入冬天的时日，聆听着与会知识分子们的演讲。每逢这样的会议，不同年龄段的学者们都会侃侃而谈。无论是白发苍苍的人，还是初出茅庐的青年人，岁月在他们的头顶上都有一个旋钮，随着大地的旋钮一起变幻。每次相遇倍感亲切，他们在逐渐疏远着大地，而大地在逐渐亲近着他们。

我喜欢看一株树，由满树的绿叶逐渐过渡到经典的黄色，那是树最辉煌的时刻，无数的摄影师在纵深的感觉中捕捉那金灿灿的影响，然后大地的旋钮无情地一点一点旋转，一枚、两枚，一片、两片，一枝条、两枝条，直到树的全身一点悬念没有，大地又开始了它的怜悯之心，新的春天开始，大地旋钮又让新绿挂满枝条。我感谢大地，感谢摄影家，让我有了摄影家的情怀，哲学家的沉思，一棵树的境界。

这个阴郁的日子，我的心跟随着大地按钮一起旋转，那样平静和自然。一如那片金黄色的落叶，随风自然地飘舞。

大地交响曲

艺术是相通的。认识大提琴手刘女士纯属巧合，她缘文求人，得以成为朋友。尔后，我可以优雅地享受交响乐，此前，则以听交响乐为主。年轻时的同事杨先生，嗜书成瘾，喜听交响乐，曾传染于我。

这里是最能体现观众素质的场所，更多的观众会遵守音乐堂播出的注意事项，始终做一位规矩的听众，再就是音乐堂的富丽堂皇也让欣赏者顿生肃穆之感。或许是曲高和寡，除了在学校，无论是在中山音乐堂还是国家大剧院，观众总是填不满座席。我在金碧辉煌的大厅里听交响乐，没有感觉到听交响乐的那份悠然，更多地感觉像回到了大地。

是的，回到了大地。金黄的舞台就是交响乐驰骋的大地。我看到了万马奔腾，也看到了麦浪摇曳，或者是一束盛开的牡丹花。呜咽的河流，漫天飞舞的落叶与板结的土地。大地沉睡了，一场雪，悄无声息。远处传来细小的风声，更反衬出雪的雅静。雪静悄悄的，怕打扰了这个世界，风最终还是忍不住这样的清纯，它哭了。在风的呼号中，我看到了暖阳升起来，大地开始松开腰肢，冰河开始化冻，有水流声渐渐加大，然后汇成强劲的河流，浩浩荡荡。鸟儿开始飞跃河面，声音由小到大，然后是一群小鸟的声音。大地全身通泰，四处洋溢着生机。风声、河水声、鸟鸣声，庄稼拔节声，大地好像无所顾忌地自由伸展，一直到很远很远，似乎没有边界。镜头拉向一只蝴蝶，粉红的，就是幽暗成观众席上的那份暗红，蝴蝶轻巧地飞着，合着指挥棒的节奏，在音乐家们的烘托中，这只蝴蝶飞成一首诗、一幅画、一个情结、一段故事。然后，蝴蝶掠过城市的时候，速度好像慢下来，大地也静下来感受太阳的光照。我屏住呼吸，听春蚕咬噬桑叶的急切的声音，听青蛙鸣叫的声音，甚至听到了汽车声，在大地远处，汽车声像春蚕吞噬着桑叶一样吞噬着大地。大地渐渐地在缩小，演奏者们成为大地上被秋霜染上色的蝼蛄，蝼蛄们耙楼着土地，土地扭转着腰身，大地好像还没经过夏天就进入了秋天。

汽车开过来，机器搭起来，楼房建起来，大地开始抽风，在城市的巷道里，土地被深深地压在石板下，人们在享受整齐的同时，也在深深感受着寒冷。斑驳的墙壁讲述着植根于土地却又远离土地的文明。舞台没有改变黄土地的颜色，而琴声似乎把人们拉往远离大地的世界，蝼蛄们在挣扎，蚯蚓们在挣扎，大地上的动物们在挣扎，而芦苇倾倒，荷叶惨败，风中没有树叶的影子，光秃秃的躯干犹如城市光洁的街道。一只寻找食物的猫，在城市的街道上行走，吃光了所有的残汤剩羹，它依然无法解除饥饿；它依然执着地行走，想走到田野，哪怕是啃几口土，而空气中弥漫着一份冷，一份与孤独相伴的冷。

冬天来了，蝼蛄们躲在土地的穴道里冬眠，它们期待着另一个春天的到来。它们在温暖的土地怀抱里做梦，梦中是春天盛大的场面：漫山遍野的鲜花，荡漾着微波的河流，牛羊欢叫的草原，放荡不羁的瀑布，蝼蛄们安静起来，你似乎能看到埋藏在大地深处的光芒，随着指挥棒的指引，万千蝼蛄们在为大地的明天找寻春天的通道。而琴声停止，一切都已遁去。

灯光大开，我又回到了现实。

瑟缩在城市的寒风中，我怀念那充满暖意的土地。

大地上的落叶

　　清晨，伴着一夜还没休战的凉风，我在小区行走。道路上铺满了落叶，黄的，青的，大的，小的，它们纷纷拥挤在一起。清洁工在清扫它们，不一会儿，它们拥成了小包，再一会儿成了小山，叶子们簇拥在一起，各种颜色都有，我的心突然五味杂陈。故乡的树叶不是这样的啊！它们落在大地上，我曾在山上看到无尽的落叶，或许还有去年的树叶，前年的树叶，在树的阴影里，叶子们围绕着树，层层叠叠，走在上边，软软的，像一群簇拥着树妈妈的孩子。那一刻，感觉树叶是幸福的，树们年年成长，树叶年年枯萎，汇入大地，化作养料，继续护卫着母亲，在树叶上行走，你会感觉到自然的伟大，感觉到生命的力量，感觉到匍匐大地的那份温暖感。

　　而今晨，树们在风的肃杀中，顾不得自己的孩子。混凝土路面失却了大地的黏性与温暖，树叶落在上面，随风打滑，它们飘着，扭着，离开了母树，到了另一处所在，到了无法亲近大地的地方。然后它们被清洁工无情地打扫、装车，或许到很远的地方去焚烧。是风剥夺了它们的权利，还是人类葬送了它们的前程？我站在一堆树叶前，想对清洁工说些什么，但我终究没有说。人们希望洁净，希望清爽，希望大街上整整齐齐，但倘若世界都变成整洁的硬化面，我真担心落叶们的命运。

　　在中国人民大学打印店，我去装订一本描写自由的书。两个孩子，一男一女，由他们的妈妈陪着，将在地上捡的树叶封塑。打印店老板告诉他们，要将树叶放在 A4 纸上，排列好，然后封塑。叶子们的颜色永远定格在一张洁白的纸上，金黄的银杏树叶和泛绿的杨树叶交相辉映。在冬天，洒满温暖的阳台上，面对这些定格的树叶，孩子们会回忆起一年四季，回忆起树叶们飘摇在树上的日子。童心总是让人欢快的，他们希望大地上永远拥有五颜六色的风景。我曾在广州生活过，那里的冬天不像冬天，落叶倒是春天里才多，很难引起人的伤感。而今晨，在清冷的路面上，我感觉自己就是一枚树叶，我想让天真的孩子，将我定格在一张白纸上。这是入冬的第一个风天，人们庆幸着大地收留这些飘零的树叶们，希望它们叶落归根，而它们却随着清洁工的扫帚，随着垃圾车，随着风，远离了大地。

突然一阵悲凉袭来。故乡就是一棵树，长在故乡的土地上，而我就是那棵树上的一片微小的树叶。有一天，一阵风把我从树身上刮下，我就在大地上奔跑，奔跑成一个仓皇的灵魂。走过沟坎，走过山岗，而故乡永远地离开了我，我再也难以找到回家的路，只好任风卷着我，有时甚至盼望着风越大越好。当寒风再一次把我卷起，我期待着下一个落脚点，一定要找到富有黏性的土地，我想嗅闻一下土地的滋味，感受故乡般的亲切，但大地与我之间，横亘着厚厚的混凝土，这些可恶的玩意儿，貌似整洁，却在隔离着我吸收土地的气息。我在寒风中，阳光下，慢慢脆弱成一张纸，然后酥化成粉，风已经让我无法再承受风，阳光已经让我无法再感受阳光，此刻，我就想回归大地，而土地远离了我，混凝土割裂开我迈向大地的灵魂。

我只有把身体撕碎，在寒风中，故乡已幻化成遥远的童谣，我一句话也不说，我无话可说。漫天飞舞的城市落叶们，正如失去母亲的孩子，它们一直飘荡着，飘荡着，与我一同哭泣在这个恢宏的城市上空，混凝土的制成品在阻挡着它们飞翔的姿势，我真想劝它们停下来，但它们不甘心，它们期望着有土地收留它们，它们渴望未来的绿叶上有它们昨日的基因，我懂它们的心思，但我不知道怎样帮助它们，我站在冰冷的混凝土路面上，默默呼唤我的大地，呼唤这些树叶们的灵魂，我想收留它们，将它们归拢在大地上，化作大地的养料。树叶们啊，纵使离开母亲，只要能逃脱焚烧的厄运，与大地同道，也算您的灵魂有了归宿。我站在路面上，看着这些树叶，一眼，再一眼，树叶们开始安静下来，它们好像懂得了我的话语，或许，它们本身就是富有灵性的，它们在依偎与飞翔之间，更喜欢依偎大地的感觉，这或许是树叶最期盼的结果吧！

我在这个初冬的清晨，与树叶对话，不知道我树叶一样的灵魂何时才能从天空飞回大地上。

大地上的银杏叶

学生自强君在微信朋友圈发了一枚银杏叶，金黄的银杏叶写上了"感恩""祝福"等词语，还有一枚盖上了肖像印。北京的秋冬之交，一枚银杏叶，足以让人感叹时光之快、自然之美、人心之变。欣赏北京秋天的银杏叶，对我而言，已有七八载了，而自强的银杏叶顿然让这个秋天有了别样的况味。

初来北京的那一年，在秋天里，在钓鱼台宾馆围墙外，一长溜的银杏树，挺拔着身躯，秋风一动，银杏叶子就落了满地。摄影家们齐聚于此，银杏叶和他们贪婪的眼睛构成世间美的画面。那时我工作居住在房山，总会在难得的周末静静地跑到那些银杏树前。这些银杏树在秋天里，抖落掉一身的树叶，树的挺拔与满地黄金形成对比，有时，你在树丛中间，金色映衬着你的身体，那一刻，清爽袭来，伟岸充溢身心，而时光飞泻。在银杏树下，我时常想到刘勰故里的银杏树，想到三孔（孔府、孔庙、孔林）里的银杏树，想到岱庙里的银杏树。在有文化的地方，在众人敬仰的地方，在民众珍惜的地方，这些银杏得以存留下来，或者，在人迹罕至的原始森林，古老的银杏在秋天也能披一身金色的铠甲。而在北京，享受银杏树下的时光，对我而言，成了秋天里必须进行的一项大礼。在银杏叶的飘落中，你会思考很多。人成长的过程要倾慕庄严和崇高，即使死去，也以这样一种优雅的状态。同样为树，我感觉银杏树藏着很多人生的指向性。我从没依偎着银杏照相，而喜欢在纵横排列的银杏树之间，在阔大的视野里，完成对一枚叶子的倾诉。记得有一年，我去某地赏秋，主人对我们说，在他们这座县城，有九棵银杏，一棵雄树，八棵雌树，相距很远，但那八棵雌树却能得到雄树的信息，年年硕果累累。这些银杏树至少有八百多年的历史。银杏树笑看人间多个世纪的风风雨雨，越长越挺拔，果实越来越大，越来越多，人的寿命无法和它相比，气质也难以与其比拟。在古老的银杏树下，我感觉自己还不如一片叶子。

有一年，在一所传授文学的院子里，我和一帮舞文弄墨者徜徉在银杏树下，我勤快地收拾银杏树落下的银杏果，洗去果皮后，显露亮晶晶的果核，那果核在窗台上，吸引着窗外的光，然后将它们收罗起来。银杏果透出亮光，摸一摸，滑润、坚挺，如一位君子的内心。在银杏果前，我想起和某一位大家的合影，或许和一位穿着红外衣的同学合影，金黄与大红相配，让我在这个空荡荡的院子里，看上去有了银杏树皮的苍老感。而今，那位喜欢红色的同学已如飘零在泥土中的银杏叶，永远离我们而去了。而我依然像树皮一样地活着，看一年又一年的银杏叶，金黄的银杏叶飘满大地，在金色的秋天，我仰望、平视、俯首，这些可人的银杏叶啊，多像芸芸众生，成长了一生，然后在某一天，飘落在大地上，成了大地的宠儿。

与某友去龙泉寺，寺内两棵千年古银杏，缠满了求福者的红布条。法师贤伟介绍，有人看到白胡子的树神在里面，我想，一定是那人对古银杏充满了敬仰。一棵银杏树是公树，一棵为母树，贤伟法师说，那棵公树近几年也开始结果了，我则略作调侃，大概是公树也被佛化的缘故。正赶上阴雨天，两棵银杏犹如古人的工笔画，直插云天。地上找不到一片银杏叶，山上已入冬，怕是温度要低于山下数度。我在银杏树下，看过往的香客在向贤伟法师作揖，那些装点银杏树的金色树叶此刻已难觅踪迹。登山赏寺归来，我的脑海里想着那一树的落寞，映衬着凤凰岭，一个寂寥的冬天就要到来了。

在我的办公场所，从办公室俯视，几棵新移栽的银杏树，在冬风里，树上的叶子所剩无几。我走出楼房，就像一片银杏叶从树上滑落，我看到几棵银杏树，光秃秃的树干与枝条，没有一片树叶挂在树上。院子里有许多树，所有地上不是一片金黄，银杏叶子夹杂在其他树叶之间，一枚，又一枚。层叠着，是一棵树又一棵树的孩子，犹如拥挤在一起的众生。看着这些树叶，我想着它们青嫩时的可爱，繁茂时的绿意盎然和它们俯冲大地时的那份决然。一枚银杏叶，长长的梗上打开一个扇面，扇面的边角如百褶裙的绞角，细密的纹路从中心四处伸展开去，构成难以描述的优雅。为了与之对比，我捡了另一种树的叶子，我将叶子们捧回来，如捧着树的灵魂。我将它们一一梳洗，然后摊开在桌面上，它们多像一个又一个故去的兄弟啊！多少个秋天，一个又一个兄弟离开了这个世界，我何时也和他们一样匍匐在大地上，用金黄为世界增添最后一抹色彩。我知道，每个秋天，都有金色的美好遗落，唯有遗落，才让这个世界获得新生。我不知道，我把一枚树叶珍藏起来，是对生命的亵渎还是珍惜，我在三枚叶子上，盖上了我的肖像印，我想化作一枚银杏叶，或者至少是一枚好看的落叶，然后以一种洒脱的方式，亲吻大地。那几片盖章的叶子则成为我的书签，让我在寒冬回忆秋天。

大地悟语

一、大地承载幸福也承载痛苦，记录历史也希望未来，大地无言而纳取万物，无畏生死，接纳生死，记录生死，以一叶、一尘、一花展现自己的活力。

二、万物是大地的主宰而非人类一支。蚂蚁有其特色，大象有其风采。万事万物形成对大地的恭维，大地喜欢它们，人不应阻碍万物生存的空间。

三、大地在城市失去了自由，而广阔的田野是大地的原生态。在大地上行走、驻足的万物，构成对大地无声的赞美。风是大地的朋友，即使反目，也贴着大地行走。

四、大地习惯了恶人在其上泛滥成灾，当暴力延续到一定阶段，大地承载着独裁者的身体，而人类依然沿着大地的脚步向前行走，一直走到天尽头。

五、人类习惯于在大地上行走，以自己的行为践踏大地，但大地宽厚，大地依然温柔，依然以其宽厚之心容忍人类的罪恶。

六、植物是大地的手，指引着人类的眼睛。人类应该感谢大地的馈赠，感谢千姿百态的果实，丰富了他们的胃口，让他们的生命得以延续。

七、河流是大地的血液吗？他的流动让大地舒展成绸缎。河流繁衍成人类的文明，也给鱼儿提供了生命的港湾。大地因血液的明澈而鲜亮，河流因大地的滋养而温润。

八、季节的颜色是大地的颜料，大地是画布吗？季节在其上绘出最精美的画面。绿、红、黄、白，四季风铃的声音是在传递大地的心音吗？这些美目的颜色，让人类获得不断地新生。

九、大地分割成不同的块体，犹如微信朋友圈发出的信息，人们倾听、阅读、观赏、沉思，从南到北，大地邀请不同的书法家在其身上绘画、展示。城市是印刷体，大地不喜欢这种画风。

十、大地宽恕生存在其上的每一个生命，无论是鲜活的个体还是枯坐的石头，大地赋予它们完整的一生。大地的机巧在于它们始终是忍耐、催生与欣赏，他会给肉眼看不见的动物以温暖，也会给暴烈的动物以黎明。

十一、大地上的钓者是悠闲者的集合。倘若大地没有血液，哪里会有这些游动的灵魂？钓者的快乐在于等待中的期盼，而对于游动的灵魂而言，则提前终止了它们的生命。大地知道钓者与鱼儿们的心思。在大地上，是河流赋予鱼儿们在大地心脏中歌唱的自由。

十二、风贴近大地，与大地私语的时候，树梢的叶子可开始啼鸣。风是大地最无形的兄弟，帮大地梳理秀发，一年四季。

大地夜哭

　　我站在城市的马路上，土地在癣下面，那些癣以各种规整的样子蚕食着大地，大地无法呼吸，大地窒息了，我也窒息了。在雾霾侵袭的夜里，在各色各样癣横冲直撞的土地上，偶尔的树从路两旁窜出来，好像大地呼喊的手臂。我抑郁在城市的街道里，看那楼房，一座又一座楼房，多像长在大地身上的毒瘤？我要疯了，有人说我早晚要疯掉，我也以为我会疯掉，大地，我的大地啊，自私的人们不仅捆住了它的手脚，还剥夺了它呼吸的权利。大地无法反抗，长在它身上的癣在不断延伸，不断延伸，我听到了大地的呻吟，城市在呼喊着扩展，乡村也开始长满了癣，大地无言，只有在夜里哭泣。

　　我听着大地的哭声，隐隐约约的哭声。我行走在城市的街道上，我的心也在哭。忏悔地哭，同情地哭，无奈地哭。我诅咒我的上半生，没有经过大地同意，没有考虑大地的感受，就剥夺了大地爱的权力。不许大地与风做爱，不许大地仰望蓝天，不许大地娶妻生子，我强奸了大地的旨意，在它的躯体上铺排出让人类自豪的铁路、楼房和道路，我也曾大言不惭地到处游说，说我为人类贡献了房屋，行走的快乐。我那时感觉大地是欢笑的，我以为只要人类欢笑着，大地就会欢笑着，所以我的整个青年时代和中年时代都在大地上建设，建一处还不够，再建另一处还不够。我为大地引来了传染源，那些癣四处蔓延，曾经让我引以为豪的建筑业绩，现在看上去则让我羞愧难当。大地是无言的哑巴，它无法为自己辩解，我让它的一块肌肉失去了生机，另一块肌肉也失去了生机，一块又一块土地在建设中死去，有的则永远地死去。我曾肆意地将桩机坐落在它的身上，践踏着大地之美，让大地不再圆融，失却了千百年来隽永的品质，我为人类的需要，不顾大地的温柔，还以为大地博大，让它毫无反抗之力的接纳，永远地接纳。大地就成了疯狂者的游戏场，展示人类自私之品性的乐园。人类建起了楼房，他们怕沾染上一丁点土星，让混凝土隔离大地的呼吸，规则的几何形状将大地的色泽隐去。我听到大地，在这寂寥的夜里，如一位行走缓慢的老人，在缓慢地捏着自己的衣角，生怕丢失最后的自由，然而，贪婪的人们不去顾及大地的感受，他们已经习惯了建造的快乐。人类一向以自己的建造为骄傲，而这骄傲构成土地的疼，城市有多古老，土地的疼就有多古老。我则是万千古老强盗中的一员，延续着强盗们的勇气，让土地没有了生命，让土地满目疮痍，总以为大地无处不在，总以为大地不会反抗，总以为大地不会在夜里哭泣，于是，我肆无忌惮地在大地上建设，以女子高跟鞋妙弹城市路面的声音为豪。今夜，人类自豪的声音遁去，我慢慢地行走在城市的一隅，城市充满了人们的欢笑，没有一个人感觉自己对大地犯了罪。无数农村人背井离乡，在城市里簇拥、呐喊、生存，演绎着自己的所谓幸福，大地被他们左一刀右一刀割裂。人们不顾大地的承载，在大地身上矗立起各种自以为是的建筑，供他们空谈、跳跃，乃至于享受爱情。在永远断送了大地之爱的混凝土路面上，人类开始演绎自己的爱情，让他们的孩子尽情地繁衍，尽情地建设。土地，一块块可怜的土地啊，成了任人宰割的牛羊，就这样永远失去了生命。

游走在大地上的动植物不在了，氤氲在大地上的清新雾气不在了，多情的风也不在了，它已经无心向大地奉献爱情。大地成了摔断的钢琴，再也弹奏不出优美的琴曲。无奈的土地，残缺着自己的躯体，它的内心深处，已经被人类插上了无数条箭，这些箭不属于丘比特，倒像置人于死地的钢钉，牢牢钳制住大地的灵魂，不让大地松动，也不让地下水自由地行走。自从有了城市，人类认为有了自由与尊严，其实人类离人类自身却越来越远了。

黄土地上的院落是人类的杰作，那些建筑成为人与大地协商的佳作。从土中开垦出来的窑洞，从平原上下挖的院落，虽然改变了土地原有的形状，但保持了土地固有的尊严。土地依然可以养育万物，人类可以自由地在土地上生存。可以世世代代与大地为伍，相得益彰而互不干涉，大地自由地呼吸，人类自由地繁衍。窑洞、院落，奔跑的动物，繁茂的植物，人类的欢笑，在黄土高原上演绎着圆融的画面。人是土地的一部分，土地供养着一代又一代的人们。可自从有了混凝土，黄土地上的人们，开始离开泥土，离开窑洞，走向城市。更多窑洞开始坍塌，开始没落，开始寂冷地回复到远古。即使偶尔使用的窑洞，也被水泥地隔离了地气，被强硬的建筑材料祛除了柔软，大地之口被强贴上封条，让大地连哭泣的声音都发不出。

我在城市之夜行走，脚板下是硬的面板铺就的路，没有土地的暄软，走在乡间小路上的那份优雅不在了。难道人类在拓展自由空间的同时，就不能给土地一份自由？城市就不能保留一点大地的基因？更多学者喜欢做马后炮式的探究，而缺少前瞻式抗争的勇气。我渴望土地会随时呈现在城里人的视野里，我也渴望改变混凝土一统城市天下的局面。事实上，更多时候，可以让土地成为与混凝土平起平坐的朋友，让他们相伴相生。譬如，把大地请向空中，设计柔软的阳台，给土地提供一块舞台；在每层每户可以享受到阳光的地方，把大地的孩子请上来，让我们的子孙们看到土地的颜色。即使是深入地下的混凝土桩，我们是否也可以设计成对保持生物多样性有益的结构而不是只考虑人类自己？人已经是世界上的霸主，为什么要保持这份强盗的气质，而不是将自己柔软成一个谦和的生灵？不去肆意改变大地才能得到大地永远的回馈，假如整个黄土高原被当下的城市样式所取代，供人类繁衍的粮食与水将会枯竭，对土地的不恭放大了看就是一种罪恶。

我忏悔我对土地的罪，可以为我今后的设计思路提供更多与土地和平共处的基本原则。而更多贪婪的人会把我当作反人类的作家而看作与这个世界格格不入的怪物。倘若人类没有面向未来的眼睛，纵使短暂的一生也可能会自食恶果。我从来未有现在这样迫切的感觉，大地就是一位来自远古的老人，人类没有理由去改变它的模样，最好的方式是，与大地友好协商。让大地永恒，自己才能获得永恒。

大地与树

单位伙食不错，有水果可吃，作为北方人，苹果自然是最爱吃的；我吃水果总喜欢欣赏一番，看它的颜色，看它的形状，想想它在原野中的形象，然后再慢慢地品味；有时先不吃，放在办公桌上，嗅闻一下苹果的香气，也是最好的享受。倘若在万木凋零的冬天，你面对一只苹果，可以想象时光倒流，它该在枝头自由地摇曳，悬挂在空中招人喜爱，整棵果树挂满这样的果实。这很容易让人想起秋天的山野，果实们争相斗艳，红得像火。最爱一种水晶柿子，悬挂在树梢，好吃极了；童年的秋天的原野，到处是果实的世界，大地与各类树木唱着凯歌。果树们在大地之上，犹如授勋的将军，等待着人们的光临。我时常在几棵柿树上爬上爬下，能把挂在最顶端的柿子摘下来，吃个肚儿圆。山楂的红不同于水晶柿子，苹果的红又有别于山楂的红，在漫山遍野之间，这些形色各异的果实牵引着乡下儿童的眼睛。果树是乡下儿童比赛的道具，为了果实，也为了成长。

在城市的大地上行走，看到一棵棵各自独立的树，在秋天里，很少见挂满果实的树木；即使在中国人民大学里有柿子悬挂在树上，也很少有人去采摘，倒看到不少自然熟掉的柿子被过往行人踩踏得一片狼藉。城里人已经习惯了从超市购物，习惯了对自然界的一切熟视无睹。包括我，现在难能爬上一棵树，哪怕是最矮小的树。自然赐予我们果实却让我们远离了自然，我在风中行走，树叶和我一样在城市里漂移，你会感觉人活着就像远离土地的树木，这是怎样的一种失落啊！

城市人只记住了果实的风光，在冬天，像我一样，在欣赏一只苹果，一颗梨，或者一个橘子，没有人会想象冬天里的苹果树、梨树或者橘子树在田野中的样子。城里人习惯了急功近利，或者说生活的急迫感让他们忘记了果实来自哪里。城里的孩子们对果树的想象不一定有宠物狗那般清晰，在大地上，那些滋养了无数果实的树们要在原野里忍受风吹日晒；整整一个冬天，城里人可以猫在温暖的屋子里，享受果树们生产的果实。

我喜欢拍摄冬天的鸟巢，鸟巢悬在树杈间，好像一位孤独的哲人在思考。在布满绿叶的夏天，你只能听见鸟儿的呼叫声，我在大地上徘徊，看着没有一枚树叶的树裸着，看着鸟巢顽强地挺立在蓝天下，执拗地与在寒风中晃动的树枝为伍。很多时刻，我就在那棵树下，仰望、沉思、哭泣、心情悲切，而鸟儿旋转在万千树木之间，自由地飞翔。我长久地盯着一棵树看，看它们孤独无望的样子，看它们在寒风中枝条乱舞，我在寒风中，感觉自己就是一棵没有根的树，任风吹，任雨打，我就羡慕土地中的一棵树，因为这些树们有根，树根牢牢扎在土地的胸膛里，像孩子依偎着母亲。即使是最寒冷的冬天，大地依然把自己的乳汁灌溉给树木的根须，让大树即使在无尽的寒意里也透出被滋润后的光线。树靠大地张扬自己的灵魂，而根们是最可靠的通道。而人类，特别是生在城市的人们，却不如一棵树，不如一个果实，不如一只鸟，我们远离了大地，在自我疯狂中，舍弃着大地。

一棵树就是一首诗，而人类不懂得去缓慢地诵读这些诗。我清晰记得，在很多年之前，推土机推掉了一片树林，又推掉一片树林，而后，在这些土地上长出高楼，长出火车，长出人类制造的炊烟，而果实不在，鸟巢不在，根亦不在。我在高楼中，念想脚下的这片土地，想象着一棵百年老树，如果它是果树，它会香飘万里，如果它不是果树，鸟巢会给飞翔者一个温暖的窝。它作为非常平常的一棵树，也会传递着大地的消息、季节的变化。而今，这一切都被一幢幢高楼代替。未来将有更多的高楼狠心拆散树与大地的亲密，当更多生活在城市里的人驱车很远去观赏大地与树，那些树木与土地该怎样瑟缩着它们的身躯？

大树与土地在我的眼里日渐减少，城市日渐扩大，我就感觉自己变成了没有根须的树木，在城市河流里漂移。或许，多少年之后，人们像挖阴沉木一样把我挖出来，做成茶几，在上面喝茶。木纹泛出的光泽让人们想象起大地，大地上的树、鸟巢、果实，茶客们开始想象着某一天，约几个好友，坐上一周火车，到城市之外的大地上，看一棵又一棵的树们，在美丽的原野，在广袤的大地上，它们或披着绿衣，或裸体对着天空，它们孤独而又平静，伟大而又渺小，传统而又时尚，不知道那时他们会笑不会笑，而我已经永远沉入泥土，化为大地的尘埃，我只愿意成为那根须的一点营养，一点记忆，仅此而已。

大地之夜

我感觉，夜是属于大地的。

人类睡了，而夜却睁开眼，舒展腰肢。

在夜之大地上，我蹑手蹑脚。大地这时开始轻松了，没有了人的踩踏，缺少了疯子们的喧闹，大地透出坦然。

大地比水还柔软、广博。水可以成冰，可以化汽，而大地即使板结，也会给生灵提供栖息之地。

当鼾声传来，当月亮升起来，只有这时，大地才有了和星星对话的自由。广袤的大地上，不仅居住着人类，还居住着白天很少出来的动物，这些动物也在丰富着这个世界。

并非见不得人的都是丑恶的。一只鸟，夜行鸟，它在夜里完成了自己的飞翔。它学会了自由，学会了自我疗伤，学会了哭泣后的欢叫，夜之静谧让它寻觅到一个孤独灵魂的舒畅。

曾在童年的故乡，秋天，戴家祖坟里，我拥有一个人的夜晚。地瓜在祖坟地里，我一个人在那里看管，一个人，那时我还是孩子，就这样一个人在坟地里。一边看着星星，一边听着水库里鱼儿的跳动声。那时天空布满了繁星。蜻蜓不见了，蝴蝶也不见了，坟地很大，足以想象到我的先人们拥有怎样的生存力量。我没有见过爷爷、爷爷的爷爷什么模样，全靠自己去想象。夜给我提供了想象的翅膀，在坟地里，借着月光，可以分辨爷爷的爷爷乃至爷爷的爷爷的爷爷的名字，这是一条家族繁衍之路，每个人都是这链条上的一分子，要么中断，要么延续，而夜像风一样翻看家族的书页。我不说什么，就感觉到数不尽的温暖。先人们的灵魂在护佑着我，温暖着我。我体验着家族的力量，在当时感觉巨大的谱碑跟前，我肃然而立，有些字我根本不认识，我一个一个仔细地抚摸着刻在谱碑上的名字，犹如听到先人们的心跳。我甚至体会到他们宽阔的胸膛和颇具神力的大手。坟地依偎着山梁，山不在高，有坟则灵。我庆幸，在幼年时期，靠懵懂之心完成了一次与先人灵魂的对接。我想象着先人们游历在乱世，结合当时听书看戏所得来的故事，演绎着先人们各自的一生。大地之夜，安宁、甜蜜，我很激动，因为周围先人们的存在，我感觉到四周布满簇拥你的力量。当时有人责怪母亲为什么把我一个人放置在坟地里，其实，母亲那时很无奈，父亲远在西南修铁路，而我是老大，不得不过早地承担一份责任。这是处于上流井村地界中的一块坟地，在坟与坟之间的空地上，还要种植一些地瓜，我不知为什么先人们选择上流井村作墓地，而戴家则在下流井村。据说，坟地的风水很好，后来让外地人破了——这样的传说几乎每个村都有，把不能实现的美好愿望归结于外地人，向来属于本地人的一大创造。至今，有人喜欢用风水一说来叙述某人的出人头地，或者有人在某某人家的坟头搁上一把剪子，企图不让他人家族兴旺。而我不相信风水，我相信坟地给人的那一份家族的气息，你能感受到先人们的呼吸，他们朦胧的脸庞，行走的一生，甚至他们想传递给我的东西。这次童年经历，成为属于我自己的经典。很多当时拟想的人物，时常会在梦中出现，我知道，那是我爷爷，我爷爷的爷爷，我爷爷的爷爷的爷爷。在缺少繁星的城市生存，这些先人成为我静思夜空里的星星。拥有这样的一次大地之夜，我终生难忘。

　　少时我喜欢在大地上行走，沂蒙山路上遍布着大大小小的石头，各类动物的排泄物（当然也包括人的）随处可见，曾有一段时间我认为这是贫穷的象征，而今天的我却对那时各类动物的自由排泄充满向往。大地之夜，给世间的动物提供了各种可能。没有惊扰，没有恐吓，人可以在大地上随意地行走。对人而言，随意的排泄自然是一种无礼行为，但对其他动物而言，这是自然赋予它们本真的权利。我喜欢在黄昏的午后追逐蜻蜓，更多时间我喜欢在雨夜，追逐萤火虫。蒙蒙细雨中，萤火虫闪着微弱的光，你奔跑，它们也飞跑，你停下来，它们似乎也放慢了脚步。乡村之夜，是真正的夜，有大地做布景，这样的夜才有意思。倘若在夏夜，荷塘边，仰躺在土地上，隔着一个席子，你能感受到太阳赐予给大地的温度还没有流尽，这时蛙鸣声声；或许，大半村人在那条大马路上摇着蒲扇乘凉，蚂蚁不时在身上爬，蚊子也会在你的身边舞蹈，而在乡亲们的故事中睡去都是在不知不觉中，露水打湿你的脸颊，起身后还会回想昨夜的意境。这当然是幼时的乡下之夜，而在城市，这种感觉到哪里去寻找？

我有时在城市之夜的高楼上感觉到憋闷，就喜欢一个人到楼下的公园里走走，或者开车到郊区的土地里坐下来，或者干脆整个身子躺下去，感受土地的气息。有时一待就是几个小时，我想找到幼时的感觉。逼仄的楼房和越来越少的土地让我感觉到恐惧。我一个人静静地抚摸着大地，大地也在温存着我，蛙声遁去，蜻蜓不在，萤火虫也不见了，只看到城市的灯火，飞跑的高铁，汽车传来轰鸣声。而大地，黑夜中的大地，依然为万物提供着栖息地，我甚至看到了野兔或者刺猬在奔跑。我不知道，我真不知道，我死后会不会拥有一块安静的坟地，让我的奔波一生的灵魂得以安歇？是否能和我的先人或者后代在坟地里进行灵魂对接。我在土地上翻了一个身，地是凉凉的，我只好翻身起来，明早还要去那远离土地的大楼里上班。回望黑夜中的原野，一边驱车，一边泪如雨飞。很快，我就融入了城市的车流，夜已经被汽车的喧嚣深深的打扰。

这本属于大地的夜啊，能不能保留我梦中的模样？

地眸

我被一场梦惊醒。

一只眼睛，一只硕大的眼睛，从大地上张开，依稀是故乡，又依稀是混沌的世界，那只眼睛张开就没有合上，睁开，再睁开，我模糊地看到两个字：地眸。于是，我醒来，在茫茫暗夜之中，一切都是黑的，我惊恐大地为什么张开了一只眼，在暗夜里，我思忖着这个世界。

也许是因为干渴，大地渐渐缺少了纯净的水分。流淌在她身上的可供人类使用的水只有三分之一了，其余的已经被污染，有三分之一永远不可再用了，大地焦灼的心再也无法抑制住悲伤，于是她睁开了一只眼；在大地上横行的垃圾、嘈杂的汽车、喧嚷的人群，让大地无法安静，于是她睁开了一只眼？或许这个世界上有说不尽的委屈、永远消失不了的龌龊，大地要用她的一只眼睛扫射或谴责？或许那无休无止的薄膜，一年又一年覆盖着大地，只为着人类的贪婪，而让大地感觉皮肤已经失却了原来的纯洁，无法自由地呼吸？或许大地看到了和我一样诞生于山乡而游历于城市的人疏远了大地而怨艾地睁开一只眼睛？

那只眼竖立在遥远的大地上，而不是横亘在大地上，这只眼睛发出的光微弱而平静，好像装着苍穹与大海，历史与未来，装着我的家乡与这个越来越膨胀的城市。我似乎看到地眸已经风干了，如秋天里飘散的落叶，无助而仓皇。

我在暗夜里颤抖着，如一只兔子见到狮子般觳觫着。想起那个雨夜，她尽情地吮吸着雨水，拔节的草在她身上长起来。大地是万物的母亲啊，而我们长久忽略了母亲的存在，让她哭泣，让她在暗夜里睁开了一只眸子，这只无助的眼睛，无奈的眼睛，可怜的眼睛啊！

突然，有一种想回家的冲动。那一夜回忆起母亲，在一个高大的围墙内，母亲在那里似乎呼唤着我和弟弟的到来。一个四面围起的墙，里面什么也没有，高高的墙壁耸立着，我刚想问询母亲在哪儿歇息，在哪里吃饭，在哪里与人闲聊？天就亮了，我惊异那没有一棵树的院落，惊异大地怎么不长哪怕一棵植物，石头砌筑的高墙：冷漠、凄凉。我睁开眼睛，母亲不见了，母亲消失在天光里。我痛恨黎明，痛恨与母亲相聚的时间这样短暂，远没有母亲在我少时彻夜的讲话那般温暖。

而故乡一直在远方，生我养我的故乡，贫穷一直是她的代名词。我的童年行走在山乡，而后一直远离了她，远离了那片年年给我食物与温暖的土地，远离了土地上的河流与植物，远离了那山，那消失殆尽的童年。故乡成了记忆里的树叶，城市里的混凝土隔离了我与大地的亲密接触，那地眸就是地母打开的一扇门吧，她想吸引我对大地的关注。

许多年没有回故乡了。叶落归根这个成语寄托了多少人终年的梦想啊！对大地的依附，对故乡的怀念，对母亲的衷心，一直是人走不出的围墙。在围墙里有爱，有温暖，有安全感。纵使没有风，没有雨，没有植物，没有河水，没有山路，站成一尊石像，也要依偎着母亲。

我该怎样回眸大地之眸？大地之眸所藏的万千情怀我该怎样去解读？在蓝天之下，在月光之中，在海的咆哮、风的追逐里，大地平静地睁开她的一只眸子。我颤抖着，不希望她睁开另一只眸子；我应该考虑为母亲做些什么，考虑母亲肌肤的洁净，思虑母亲呼吸的匀称，让大地之眸在沉睡中平静下去，养育一代又一代。在这个期待黎明的时刻，我希望看到那只地眸闪烁出一线——哪怕只有一线胜过黑暗的光明，让那只地眸充盈着亮丽、温暖与赞美人的力量！

荷塘春光

先生的塑像映衬着一池绿水，有一对男女在和先生合影。当年先生在塘边散步，夜里感受月光，那时柳树还小，不足以遮住曲折的小土路。而今，平整的石板路被柳荫遮着，一束柳枝沉到河里，远处的一束束柳丝轻荡着水面，像竞赛一样，快拂到水边，荡一下，柳丝又跑了。水面上新出的睡莲，叶子墨绿，此刻占据着池塘的北岸，全无夏日里荷叶们的挺直与拥挤，满池的清爽，如幼童干净的话语；柳絮为池水覆上了一层白雾，风一吹，韵味十足；岸那边的松树，映衬着远处的白云、蓝天，愈远，那云变得愈轻巧，宛如飘逸的情丝。平看那水面，能看到各类物体的倒影。巨石、柳丝、白云和古色古香的房屋，甚至鸟儿们的飞翔也倒映在水中。东岸的巨石，绿色芦苇下，显着亮丽的白，那芦苇是新发的，翠绿中含着一丝成长的羞涩，是春天特有的绿，甚至芦苇的裤脚还没有完全脱去冬日里的干枯，想起冬日里的寒冷，我一个人在冰光的返照里，感受冬日下午的寂寥。而我在春光里，坐在池塘边的木椅上，阳光暖暖的，照热了半个身子。柳丝随性地飘扬在空中，一面向池里的水起劲讨好，如一位不懂得如何求爱的男生，无法获取女孩的芳心，一面把它的媚眼，飞向游人，而游人们总是欢快的。水起了波纹，把柳絮们推向岸边，有小鱼儿跳跃，抑或不是，柳树已经老了，松树也老了，但那绽绿的叶子一律地迎合着春天。我的手机没电了，此刻已无法将美景拍摄下来，我只有看一眼天，观一棵树，又一棵树，一溜儿把那些假山石顺览了一遍。我坐在池塘的南岸，木椅居中，我的眼光也居中。刚才看到龙泉寺山顶上缺水的绿，再看这荷池塘水照映的绿，迥异而大喜，竟有些不舍。可惜我不是画家，无法描绘出这些美景的层次感。一切景色在水的波纹里，显得出奇的静。脚边的蚂蚁，或许疲倦了在树上攀爬的游戏，现在，它悠然如许，信步游走在几块石头之间。万物在春天已经复苏，有摄影的女子，斜戴着编织帽，把镜头对准前方，似要把美景镶在心里。一只野鸭，浮在水面上，头看上去是白的，身子却接近咖啡色，它如一位轻手蹑脚的舞者，水中的阳光被它拨乱。有游人坚定地说那本是一只鸳鸯，是一只失去伴侣的鸳鸯，因为失去所以愁白了头。或者那是一只单相思的鸳鸯，或者干脆就是决定孤独一生的鸳鸯，计划靠忧郁气质生存一生的鸳鸯。我把它看成是一位禅者，禅者舞动着池水，水纹四散开去，他从东游向西，又从西游向东，无语、无视而默然。

牵着孩子的父母，骑车而行的恋人，搭衣而跑的行者，步履蹒跚的老人，都没有搅动这一池春水。风和阳光一样温暖，让另半边在阴影里的身子也感觉到温暖，这是四月底的春日，刚过了谷雨吧，上午，我与原生态文学院的几位同学，游览了龙泉寺。满山的翠绿，还没来得及消受，就觉突然感受到另一种景致。北方山脉因为缺水，山上的每一片绿，似乎都是挣扎着挤出来的；而清华校园里的这片池塘，那些绿好像自然涌出来，格外清新。风也轻轻荡着，好像怕惊扰了这绿。树上的绿叶，或细小，或蓬松，或舒展，一律小心翼翼展示着自己的绿意，用不同形状的绿色宣告着自己的存在，而不去与其他绿色争宠。鸟儿的叫声似乎也是绿的，听一声，满心的绿香荡漾；岸边的草是绿的，水中的芦苇也是绿的，绿成了池塘周围的风景。等满塘和荷叶绽开，这绿会走向深处的墨绿了。而此刻的绿是青翠的，犹如刚从祖国各地赶到校园的学生们，那一脸的真纯，醉了校园的春光。

水面上的柳絮一会儿向东游动，一会儿向西，游动着，诉说着，好像被岸边的绿追赶着似的。松树的深绿反衬着枫叶的翠绿，而柏树的严肃、沉闷之绿意则好像指责着柳树的飘逸，直到满池子的水也都绿了，天光开始黯淡下来。等游人像绿意一样涌赶过来，我急着要去听一场音乐会，才依依不舍地离开。一路上，满脑海的绿冲撞着我，我真不知道怎么描述它们。等我赶到会堂，音乐会已经开始了，满屋的金碧辉煌，看不到一点绿色。我后悔自己从自然之美跨入人为的雕饰空间，愣怔在那里，许久没有转过神来。

那棵树

开始以为是棵草，从花盆里拱出来时，文弱的一根苗，的确如草。养着养着就变了，在阳台上，它长成了一棵树。与浇水多少无关，它有着树的基因。白天我们上班去了，它独守阳台。默默地成长，小心地守望。它无语凝视着窗里窗外的一切。

其实，看着它越长越大，我理解它内心的孤独与悲怆。是遗落的种子还是园丁故意栽培在花盆里错过了花期？长出来，却不像花。一点点长高了，全然如一位亭亭玉立的孩子。正是昂然向上的时光，我把它连同花盆禁锢在阳台上，应该说是我的罪过。

它只感受阳光，没有经受风雨；它在十二层的高度俯瞰众人，却少了在大地上与众树翩跹起舞的可能性。有一天，我对伊说：把它移栽到公园里吧？！伊无语，人的不舍构成对树的戕害，观赏有时就是一种暴力。我那天一个人对着小树私语，希望小树能听懂。树儿再长高，背就有些驼了，大概是花盆里的养分不够。有次出差，伊和我一周多未回家，别的花可怜巴巴的样子，有的干脆以枯死作为对我的控诉。而树依然扎楞着身体，挺立成一个瘦弱的智者。它保持了它的风骨，树就是树，在关键一刻，它依然精神矍铄。有一年去峄城青檀寺，青檀的根须盘络在石头上，似乎看不到土与水的滋养，但那绿却直扎你的眼。我的心被冲撞了一下，感到疼痛，又感到温暖。树毕竟是树，树有树生存的逻辑与气节。花不懂，阳光不懂，窗外的风儿懂，或许大地更懂得。

从观赏的角度讲，我也许与伊一样的观点，在我们的目光下，让一棵树成为风景。无论这棵树失去怎样好的一次成长时机。为了满足人类眼睛的欲望，我们忽视了一棵树的内在需求。我一直认为，树是有灵魂的，树的灵魂是属于大地的。而今，一个花盆，阻隔了大地与树的互为因果。树因土而勉强活着，土因存在而延伸着大地的气质。而断裂在束缚与武断之间，一朵花可以纵情于花盆，而一棵树难以在一个花盆里施展。同样的一棵树，在大地上成长，该是碗口粗了吧？！而今，成长几年的这棵树，在我家的阳台上，成了一位宦官，即使在冬天，也比大地上的树木晚些时日落叶，它的灵魂该对谁诉说？

我时常在看书的间隙看一眼它，它有时就是一个读书人；阴雨连连的日子，它则像一位怨妇，戚戚哀哀的样子，望着窗外的天空，期待雾霾早一天散去。有时出差几天，回来我总要直奔阳台，我一直想让这棵树早一日魂归大地。

一棵脱离了自然的树，在城市的阳台里，感受不到风的洗礼、雨的亲吻。它寂寞成学者，而无学者的城府，多了的只是空寂的时光吧！而大地和阳光，水与冰雪，它没有享受过，感受过。有几次在外地，梦见这棵树长成了参天大树，在原始森林里超越群树，而出差回来，那在阳台上的小树，不但没长，感觉还有些缩了，不由得心伤起来。更有一次，小树在梦中折断，泪水涟涟中醒来，见伊酣然入睡，只有窗外的月亮，照着疏朗的小树，我才心安。

期待有一天，我把这棵小树，归还大地。如动物窜进森林，蝴蝶返回原生态。我想，这棵树的自然成长比什么都好，也许人们的好心让它不缺水土，但一棵向上成长的树，期待的永远是宽阔的土地，那土地让它伸展粗壮的根须，让它感受阳光与月亮，风雨与沙尘。即使有一天枯干成木，这棵树也会无怨无悔。我计划着伊不注意的时候，就把它搬走，送它到很远很远的地方，无人可以看到。让它的灵魂游动在大地上，永远自由。我想它一定会高兴的，为了它，人类应该设置通道，而不应该设置枷锁。为灵魂找家，应该是人类应有的美德！

那些树叶间的阳光

在树叶与树叶之间，在枝条与枝条之间，在树与树之间，阳光温顺下来。阳光是泼皮的孩子，树是讲理的儒者。树叶是儒者的衣衫，阳光让它们青翠起来，树叶扩张着枝条的气势，枝条又壮大着树们的威武，一年又一年，时光蔓延，树叶绿了又黄。叶落满地的时候，枝条疏朗，而树们又规划了年轮。这是树们的哲学，也是叶子们生长的哲学。

我顺着林间小路行走，享受树叶的声音，观看枝条的摇动。在藏书馆的楼后，大片铺设的木地板上，找一处干净的所在，仰天躺下，阳光，那些从树叶间筛下的阳光，顿时温和了许多，风吹拂着脸颊上的汗水，看那明暗互换的树叶，被阳光咬着、晃着、相互抽打着，树枝们交头接耳，时不时还向阳光抛一个深情的媚眼，树们似乎很满意。这是一年里阳光最盛的时候，也是树叶们最光彩的时节。我仰望翠绿的树叶，树叶们摇曳着阳光，感觉天空正得意于阳光之上。阳光被树叶切割、折叠、玩耍，失去了它夏日里的暴虐、狂躁，世间的万物自然不会是同一种面孔。面对绿色，阳光放缓了俯冲的速度。

阳光在不同季节呈现不同的性格。在夏日，太阳的暴烈不像冬日暖阳那样亲切。人们躲避着阳光，躲避着夏日里的闷热，期盼着秋天的到来。夏日的太阳，想必是与人过不去的罢，而树叶在不断地迎合着火热的阳光，迎合着。树们跳跃着，阳光也跳跃着，阳光与树叶之间，好似在孕育着属于夏天的爱情。不时有新树芽发出来，膨大、展平、嬉笑与相互依偎，树叶们争宠于太阳，以阳光洒照身心，为自己追求的最高目标。我看着这些树叶，像阳光一样亲吻它们，倾听它们的私语。蚂蚁悠闲地爬过我的臂膀，痒痒的，如阳光轻漫树叶。大地上的人们，焦躁地踱来踱去，此刻，我想田野中的人们或许更为焦急，人们在忙碌着他们自认为十分有意义的事情。没有被树荫遮蔽的大地，此刻，一定也和人一样焦躁，好像通体在冒着热气。唯有树叶筛下的阳光，四散开来。光哭着，享受着禅者的舒展。

　　我半睁半眯地享受着阳光，阳光迎合着树叶，树叶伴随着阳光，它们一同在我脸上书写着夏日景象。我渴望有一片树叶，掉下来，再掉下来，扩大着阳光的面积。树叶忙着与阳光接吻，顾不上我此刻的感受。周末里的校园，要比往日里寂静，暑假的到来，为这些树叶们提供了与阳光偷情的机会。

　　我陶醉在这样的感觉里，任凭蚂蚁们排成队伍，在我的臂膀上耀武扬威地爬过，一只又一只，它们一定感觉到自己十分伟大，它们无视阳光与树叶的显摆，甚至对我臂膀的温度也熟视无睹。或许，这是一只只超自由的蚂蚁，我任凭它们游动、挪移，不久就游进了梦乡。

　　醒来离开那处木地板的时候，不知天空何时布满了乌云，树叶也在风吹树摇中全无了彼时的意韵。臂膀上落满了不知哪里吹来的灰尘，蚂蚁也不知跑到哪里去了。我抖落满身灰尘，不无遗憾地再仰看那满树枝叶，再也找不到阳光与树叶接吻的和谐，一切，恍若隔世！

　　天已变成黄昏，雨，或不久就要来了罢？！

那只游弋在颐和园里的水鸟

我在那棵树上扭捏作态，摄影师说：角度很好！随遇的女摄影师，风吹皱了她的脸，她要了我的邮箱，说要发给我和树的合影。那棵树原本是长在岸边的，也许是大风刮倒了它，也许是水涸塌了维护它的土壤，那棵树，那棵长了几十年的树，终于匍匐到水里，像一只水鸟。游人踩着它的身躯，走到它的枝丫处，坐在那里留影。这棵大树在游人的屁股底下，浮浮沉沉。有一对男女照了合影，想返回岸上，没掌握好平衡，掉进水里。游客中嬉笑的，同情的，关注的声音此起彼伏。我看着那树，在水里无语，起起伏伏着。摄影师说，过去照一个吧！可以把远处的宝塔一并照上，我未置可否，还是耐不住周围游客的怂恿，似乎不去照，不能证明我的勇敢似的。我停留在树的枝丫中间，树与水发出较量的声响，我有些重了，那个轻快的我离开我很多年了，现在的我臃肿不堪，树吃力地承载着我，摄影师不断地按动快门，她笑了，举手对我说，效果很好！我从树上慢慢移向岸边，我能感受到树的委屈，远处的山水几乎忽略了这棵树的存在。众多的树挺立在岸边，只有这棵树，尽管也如它们一样努力了一生，但此刻，这棵树一半浸在水里，成为游客照相的道具。我为我刚才的选择而羞愧，面对一棵树，我选择了继续在它委屈的身体上压上我的身体。这是春日的上午，整个颐和园里风景如画，摄影师们习惯了在等待中拍摄渐行渐远的水鸟。有时水鸟们也会在树上栖息一会儿。这棵孤独的树，在水中盘桓着，目送着水鸟们渐行将远。

在摄影家眼里，天鹅、鸳鸯、野鸭子统统被他们称作水鸟，甚至摄影家们就简单地把它们称作"鸟"，一个字，干练而简单。我站在岸边，看摄影家。摄影家们一天天就滞留在岸边。整个春天，拍鸟成了他们最悠远的故事。在阳光下，水光潋滟中，那些似有却无的水鸟们跑来又游去，直至消失在远处。摄影师们学会了等待，他们在享受等待的幸福。远处看岸边的摄影家们，也像一只只水鸟，享受着春天的美景。不过，他们和水鸟相比，没有那么舒展、自由。或许，我在树杈上，女摄影师也会把我看成一只水鸟，她为我拍照的动作，像拍摄一只水鸟那样专注。

我在颐和园里，用心观赏那些水鸟们，它们自由穿梭在水面上，俨然经多见广的演员们，根本无视游客的赞美或观望，它们不懂得害羞，也根本顾不上看游客的脸色。时而欢快游荡，时而把头深深地插入水中觅食，也许春天的鱼儿们很懒散，这些水鸟只好向水的深处扎个猛子，它们忙碌成匆忙的商人、学者或作家。在城市里，水鸟身上也渗透着现代气息。

游园归来，我都忘了拍照的事，但时常想起那些忙碌的水鸟。今天打开邮箱，看到苑女士发来我的照片，题目标明是我和树的合影，打开一看，却只有一只水鸟，不由地笑了，那是一只自由的水鸟，或许叫天鹅，或许叫野鸭子，此刻，在我的眼里，它叫什么已经不那么重要了。水鸟的羽毛和水的颜色，足以让我似回到湖面上。我想起那棵树，想起自己如一只水鸟被摄影师拍摄，想起渐行渐远的水鸟们牵拽着摄影师们的眼睛。我没有刻意去向摄影师索要我的留影，我欣赏着这只唯美的水鸟，享受着一个静谧的下午。

那只水鸟，如今占据着我的桌面，看着它，我的心就荡漾开来……

散步之美

在山东泰山脚下生活的人是幸福的。那时我在泰安上班，快乐散步是生活的一部分：从单位到家，从家到山上。走，散漫地走；散漫地看；散乱地听。散步之散，容易让人回归本真和自由；散步之步，让人体会到一种踏实满足。我喜欢散步，与一种潜意识里强烈渴望自由有关，与一种对自然的纯真呼唤有关。

散步分单散、群散和情散，我这种分法或许不科学，但这种分法描述了我的一种认识与感受。

单散的好处在于可以让我全身心地感受一个人的自由。在工地上劳作的时候，我喜欢在下班后沿着工地周围的村庄、城市散步，了解当地的风土民情；我喜欢到工地周围的田野里走走，与秋虫对话，与山水对话；一个人散步的感觉，犹如天地间的飞鸟，翱翔在空中。可以摆脱工作的劳累，可以无视周围人事关系的繁杂。单独散步可以享受孤独，感受寂静，倾听天籁。这种感受不同于读书的单一，也无混身于闹市的烦乱。就是一种简单之美，超越之类，静思之美。单独散步的人体会到孤独中一种独白，在无语行走中，有意无意辨别世间的一切，有心无心地领悟过往和现在。生活的乱麻得以梳理在单独散步中，计划在浅行低吟中慢慢成熟，未来在步履匆忙中悄悄勾勒。这是单独散步的赠予，也是飘逸洒脱的所得。

群散的妙处在于体现一种和合之美。群散时最多五人，一般以三人为宜。三人行必有我师焉，说的大概是散步时的最佳感觉。有一个人在说，另外两个人评点江山；或者两个人说，一个人在倾听。一路走来，满程欢笑。要是同事，可以翻检陈年往事，可以讲起周边现实，散步成为最好的沟通渠道；要是朋友，可以海阔天空，顺便讲起一场球赛或者一场国际战争，顷刻大家成为评论时事的英雄；倘若是同学，你言我论，散步就是学术探讨。群散能开阔眼界、增进友谊，还可以催化潜意识里的一些东西。晚年回想起各个年龄段的群散之友，你一定会感慨良多。群散让无味的人生充满色彩，让忙碌的工作得到缓解。

情散的佳处体现在一种情感的真诚。所谓情散，多是友情深厚的双方相约河岸、柳荫下、大海边，这样的情散自有一番风味。因为情是散步的主题，散步就多了些轻快；情话切切如丝弦，调和出最动听的声音；不知不觉间美景已远，游人渐散，倘若在冬天，雪影伴暗月，两个密语私话的情侣款款而行，那份意境该有多美；饱经坎坷的老友尽管白发苍苍，依然漫步在银杏树下，金黄树叶映衬着这对老友默言浅走，画面无声胜有声；或者久别的故友有一天忽然相见，你看着我，我看着你，丢弃了无聊、狭隘、猜忌、自私甚至敌视之心，旁若无人地互相倾诉，散步则成了一种最自然的宣泄过程。

如果说单散是一池净水，群散则如溪流奔腾，情散则是婉约含蓄的泉水叮咚。散步之美，美在孤独之中的轻灵，欢快之中的理性，缠绵之中的放松。散步之美，在心，在言，在行，在微风，在细雨，在月光，在真情。

无论哪种散步都蕴含着行者的从容，这是紧张过后的喘息，也是华贵之后的平庸。在朴素中追求练达，在交流中获得永恒。散步之美，美在随意，美在自然，美在过往，美在历史中。

太阳与大地

　　这一刻，太阳是那么珍贵，从高楼里钻出来，太阳光捧着我的脸，从大门追到很远的地方。玫瑰花苞还没有展开，寒风已将它们冷酷扼杀，这些花儿美好的季节过去了。它们喜欢阳光四射的日子，在整个夏天，玫瑰花与雨儿密谋，我在中午散步时，头顶着烈日。更多人惧怕烈日，但玫瑰花和树木喜欢烈日，阳光会葱茏它们的身体，让它们肥硕、妖冶或风流倜傥。我在土地上行走，夏天，汗从后背上滚下来，想到老农。土地里的老农，被阳光晒黑的脸发出油光。那是养育了一代又一代人的土地，阳光与土地组成联盟，滋润着大地上的生灵，我在田野里，看到那些躬耕者，远处天空的响雷排布过来，然后是风的声音，雨的声音，庄稼拔节的声音。

　　每天中午，我散步在城市的街巷里。阳光照耀着庄稼，一茬又一茬的庄稼养育了一茬又一茬的人们，我行走在大街上，土地已经被各类建筑物覆盖，高大的建筑下，保安面目严肃，工人们正在移栽树木。树很老，有的大概来自深山，有的来自平原。树的枝条如一位逆子挣扎的手臂，它们显然不满意这种移栽方式。人们将树五花大绑，掺杂进他们十二分的好意，可这些树，因为永远离开了养它们大半生的土地，再也不会那么自由地享受山水了。这本是一棵棵自由的树，本可以贪婪地享受土地的拥抱，或者尽情地在白日里挥霍阳光，夜晚享受月亮。它们在自由的大地上自由地生存了上百年。然后，到满身沧桑的时候，却被人类锯掉了一条腿，然后锯掉了一只手，为了满足城里人的审美感，移栽到广场上。没人会问询，这棵树从哪里来？也没有人去体会这棵树被砍伤的手脚曾流过多少血。树的血是人类觉察不到的。人类不喜欢让自己流血。我看着这些树，当时它们都很自然地依偎着山川，依偎着河流。或许，有的树木成了巨石的伴侣，或者，有的树木早已是山雀的朋友，或许，有的树木喜欢和松鼠嬉闹。而今，它们被移植到城市里，在城市的广场上，直立着干瘪的身子，像拘谨的哨兵。它们远离了大地，高楼也遮挡住白日的阳光，倘若有个树枝舒展出来，会被人们认为不整齐，很快会被剪掉突出的部分，城市不喜欢大树的自由。更悲哀的是，经过移栽的大树，来年春天很可能枯萎成一个树干，然后离开广场。而与此树相伴多年的山川、巨石、飞鸟、走兽，会望着那棵树丢失的地方，暗自沉思。城市已尊贵成不容蔑视的富人，可以用财富消灭一棵树的自由，还有另一棵树的自由，让这些自由享受阳光和大地的生灵默默地在城市里哭泣。

人为了获得更多的阳光选择了失去大地，在失去大地的间隙他们其实也失去了阳光。城市高楼里的人们，脸上泛着豆芽菜的肤色，太阳的红晕在他们脸上看不到了。现代化已经把人囚禁在楼的城堡里，隔断了阳光，隔断了地气，甚至还隔断了人与人之间的交往。树们离开了家乡，齐聚到城市里来，成为城市的弃儿。生命终止了，它们永远失去了吮吸大地汁液，享受温暖阳光的机会了。在冬日的阳光下，看着一棵棵来自于田野的树，我也是一棵来自于田野的树，我也变老了，老了就时常渴望看到乡下的阳光与土地。

少时的阳光是带有香味的。在冬天晒过的被子里，这种香味可以很好地嗅闻到，那种香味足以让你获得一个安静的夜晚，或许能赐你一个关于天堂的梦。

北京城里的冬天毕竟不同于故乡，故乡是有大地的，而北京的大地远在城市之外。数不清的楼房，让我整日享受穿堂风的寒冷，有了高楼大厦林立在城市里，我只感到随处可以感受的寒冷。阳光躲在楼房的后面，楼房后面还有楼房；大地藏在道路边缘，道路外面还有道路。大地被城市里的混凝土压在下面，失去了享受阳光的可能性，此前的几千年，大地一直在和阳光自由地对话，而今混凝土成了阳光的主人，压制着土地，不让它有一点呼吸。大地屈服于城市的淫威，不断退守着，大地离不了阳光，阳光也只有通过大地才能焕发出生机。每年春天，我都会带着爱人，从禁锢阳光的城堡里走出去，走向田野，和土地一样亲近阳光，和阳光一样抚摸大地。在阳光和大地交汇的感觉里，享受城市人才能感知的春天。

感谢上苍让我诞生在农村里，让我的整个童年镀上了乡村的颜色。乡村的阳光与大地能给一个人最丰富的想象。乡下的日落与日出才更带有原始的意味。大地没有哭，阳光没有笑。我在城市里成了一位坚定的思乡者，高楼绑架了太阳，太阳失去了原有的尊严；混凝土侮辱了大地，让大地无法自由地呼吸。每当我走在坚硬的混凝土上，我就念想童年时土地的松软、舒展，以及土地上爬行的动物。而这一切，多像一场梦。

城市的楼房越来越多，乡下的地块越来越少。大地缩紧了身子，阳光也躲避着人儿走。更多的人群成了城市的玩偶。远离了大地就远离了阳光，远离了阳光，就难以感受大地的生机。大地和阳光本来是人类最好的朋友，在城市里，如今，它们成了似有若无、时断时续的物质。我在阳光下怀念大地，站在硬化面路上；我在无阳光的背阴处念想大地上洒满阳光的神情。而在这对阳光片段的割裂，对大地无情的踩躏中，我想到一个词：出逃。

战争让人类互相残杀，而和平则让人类学会温柔地自杀。大地失去了原有的本性，成为人类驯服的工具；人类阻挡着太阳的照耀，最终让一个又一个人成了可怕的病体。生理和精神上的疾病驱使着人类最终走向灭亡，我无法想象下去，在我散步的过程中，楼房在一点点爬高，道路在一点一点延伸，而土色远离开我的眼帘。我靠着有阳光的一面，看到巨大的阴影遮蔽着那些散步的人群。冬日的阳光飞舞着，我有一种想抓一束送给他们的冲动，而阳光似乎不领情，它只庇护广场上一棵不知从何处移栽来的树，而阴影里的那棵树，永远生活在阴影里。我对着苍天笑一笑，再笑一笑，怨恨后羿为什么射掉那九颗太阳？大概他没有预料到在某一天，人类会在这个世界上建立起被他们称为伟大的城市吧？

雾漫大地

秋冬之交，京城的雾与霾联系在一起，总会因为霾重体弱感冒一次；而富于想象的国人也喜欢把雾霾形象化，人人都在谴责雾霾严重，却很少反思自己对这个世界霾的"贡献"。我是开车人，我承认，在城市的天空，至少有一部分霾是我所"贡献"的；喜欢无人机拍摄的朋友，在雾霾严重的时刻，用无人机航拍，不一会儿，机翼上已涂满了一层黑。作为京城的生存者，想象着我的肺里也是这黑漆漆的玩意儿，就不寒而栗。大地默默承受着这一切，霾与酸雨，混沌与无奈。

乡村的雾是富有诗意的，在秋冬，行走在乡村的小路上，雾一卷一卷地向前滚，如一位调皮的画师，大地配合着雾，由远到近，然后由近到远。雾们是自由的圣灵啊，她和大地捉着迷藏，近了，才能看到地上的物件；远了，就什么也看不到了。大地被笼罩着，神秘而亲切。雾不像雪，但雾却很有人情味儿，不一会儿，你的发梢或者脸颊上已有微微的湿意了；看不见往日挺拔的大树，看不见蜿蜒的小路，甚至西山也看不到，飞鸟也看不到。但你可以自由地猜想，凭着雾中的声音。你听到一个苍老的声音，你能辨别出那是本村大个子爷爷的声音，也能听出是谁家的独轮车行走在路上。麻雀也惊异世界怎么突然变了脸，叫声中多了一分怯懦；憋闷坏了的牛羊儿在圈里也莫名其妙地叫两声。雾依然不急不躁，迟迟不愿散去。人们凭着脚步声判断对方的远近，没见雾中撞个满怀的人儿。乡下的生活浅而漫，犹如雾漫大地，一丝一缕泛着生活的味道。大街上，看不到汽车与高楼。一切显露土气，雾自由伸展着自己，从草垛到墙角，从张家到李家，从茅草屋到大红瓦房，雾平静而饱满，被雾灌满的乡村充满了诗情画意，倘若在空中俯察这个小乡村，一定会怀疑到了人间仙境。当雾儿散去，鸟儿又开始欢唱，万物如冬眠苏醒过来一般，乡下又喧闹起来。雾一绺一绺儿地跑远了，大地渐渐清晰了轮廓，我看到一只鸟儿，在水坑边喝水，喝一口，叫一声，不一会儿聚拢来一群鸟儿，我跑过去，也想和它们一样，喝那水坑的水。鸟儿们四散而去，它们飞翔在空中，飞得很远很远，而天地间竟然看不到一点雾的影子，在蓝天之下，刚才无所不在的雾消失得无影无踪，天地又澄明起来。

这都是四十年前的记忆了，不知道现在的乡下是否也如我那时的雾境一样？

京城的雾却让人害怕。与毒霾混合在一起，雾已成了缺乏意境的东西。就如一位貌美的女子，一旦染上了恶行，其危害性更大。在雾与霾之间，你分不清哪是雾，哪是霾，人们索性把雾霾一起称呼，我不习惯戴口罩出行，看到地铁上那么多乘客戴着口罩，我的心里就添堵；在这个随时让人感到憋闷的城市，雾霾大行其道。雾霾中，你会听到刺耳的马达声，人们自己在毁灭着自己，却在仰天咒骂着宇宙。雾让人浮想联翩，雾霾让人躲居家中，远离大地。霾融入雾中，就让雾失去了过去的美好。有时我想，如果每个人，不是去诅咒别人，不是只看到别人身上的缺点，也许霾不会这样严重。霾是对人最奇妙的反讽物，在喧闹的城市，平静远离了人类，柔和远离了大众，而毒品和恐惧围绕着居民。大地无奈地承接雾霾赐予的酸性，混沌的天空散布着城市生活的恐惧感。

我想逃离这个城市，想回到四十年前的乡下，欣赏那如纱如棉的雾。而今，我在这个越来越无情的城市苟活，被动地吮吸雾霾，度日如年。我的肺一天天被毒害，我看到一只鸟死去，另一只鸟也死去。而水坑边没有鸟儿的呼叫，只有一具又一具鸟儿的尸体，我想那就是明天的自己。

我不忍心去看那鸟的尸体，在这个漫长的冬天，雾霾会越来越多，不知多少欢快的鸟儿又会葬身在雾霾之海里，看着它们，我十分念想雾漫大地的乡村，那充满诗情画意的雾。

大地无语，大地已经习惯了雾霾的肆虐，不知是她出于沉默，还是出于无奈。而我漫步在京城的街道上，我知道，雾霾在速推着我一步步走向死亡。

渴望一丝风，也渴望我自己不再让马达轰响，更渴望雾与霾的剥离，还我雾的柔和，雾的诗意。

大地上的城市

北京之秋

心野了，办公室里也有春秋。如一文竹，一绿萝。文竹泛了黄叶，如香山的枫，不过疏朗还是有的；绿萝有些硬盛，如底气十足的官员。在两者之间，我不知道倾向于谁，或者我都不喜欢。喝一杯水，再喝一杯水。厕所并不遥远。把尿憋在身体里，有时也藏着做人的功夫。

一早我沿着巴沟山水园行走，鸟儿们依然在绿叶掩映中，忘了我的行走；不如冬天，在阳光下，我与树干上鸟巢里的鸟儿们对话，鸟儿们看不到更多的生灵存在，它们看见我就笑。如今，树叶隐秘了，鸟儿们就躲到温柔富贵乡里私自享受去了。

还是有些微汗，不过稻草们透着金黄，散着清香，要留下你来似的，又有些催你上路的意思。荷花塘里的莲花几乎很少了，后来开的，就没有了夏日里的兴盛，倒是被采过的莲蓬，独立在一根独杆上，说着曾经的招摇。水也不是以前那种绿了，有种懒洋洋的感觉，离开莲花池的时候，我想哭。中年走到老年的门槛，这种哭一定是不吉利的，何况是早晨。昆玉河的水还是清澈的，清澈得有些纯净，对比刚走过的那荷花池的水，犹如一位得道高僧面对一位踌躇皈依的人。

遇一皎然老者，银发飘飘，手拿拐杖，并不用来拄地；鞋子收拾得利落，一身素朴白衣，清爽如这时节的天空。这样的老者，虽如北京的晴天一样少见，但见一个就飘然如仙。发朋友圈，言者多赞，称老者仙风道骨。吾问老者高寿，已逾九十矣。想我再过四十年，也是他这般年纪，不知那时的我，神情是仙风道骨还是弯腰驼背？这老者难道一生不负重吗？或者他把负重当作手中的拐杖般轻盈？

路还是要走的，走出汗水与累的感觉最好。北京城里的地铁是大肚子汉。吞吞吐吐那么多人，不管好人坏人，本地人外地人，穷人富人，男人女人，江南人江北人，中国人外国人，偷情的人和贞洁的人，哭泣的人和微笑的人，喜欢阳光的人还是喜欢阴雨绵绵的人，常爬山的人还是常行水的人，管人的人还是被人管的人，属于昨天的人还是今天的人，写诗的人还是读诗的人，修建文明厕所的人还是嗜好传统厕所的人……地铁对他们，一律平和相待。我每天把书包扔进安检机口，再等待着从安检机里拿出来，从一个站台到另一个站台，看一个人的后脑勺和另一个人的后脑勺。我很少看一个人的屁股，虽然有时屁股比脑袋更能显示一个人的特点。从屁股你可以分辨一个人的耐磨时光，一个人的功底深浅，一个人的性感指数，一个人的运筹帷幄，一个人的风花雪月，一个人的历史过往，一个人的未来走向，一个人的城府深浅。可我只喜欢观看一个人的脑袋，敦厚如牛的，高擎如瓜的，细绵如霜的，发髻披散的……我喜欢把上班路上的人拍摄下来，然后存到电脑里，靠他们点缀北京的秋天，打发我下班后的时光。

北京之秋开始一点点变老，香山的红叶，我不喜欢再去观望，当时来北京的心情，已被北京之秋的繁复之美所打乱。我只想在这个秋天，寻觅一丝属于我自己的平静。

也许那平静就在不远处等着我吧，我想是的。这就够了，真的，在抵达地铁口的那一瞬间，我忽然想起那位飘然的老者，时光会让一个人的须发慢慢变白。我需要的，是保持这份圣洁，直至永远。

城市穿梭的底色

——非墨散文集《城·色》赏析

非墨的散文集《城·色》是作者十几年前的旧作，用作者的语言描述就是"献给我的妻子和孩子，一个男人青春的最后记忆"。的确，这本书既有青春的热血，又有对城市的思考，它忠实记录了一个拖着简单行李箱进驻北京的青年曾经的过往。

当我翻看这本散文集，迎面而来的是关于北京林林总总的城市物象。有关这个城市的标志性建筑、皇城的历史、人情世故的演变，都可以从书里找到。每篇文字饱含着作者的青春记忆。作者对爱的回想与咂摸，对友情的珍惜与调侃，对风景的留恋与嗟叹。作者有时是平和的，有时是激越的。随着他穿梭的脚步，读者会感受到富有神采的灵魂在游走。每个人心中的城市固然不同，但能全方位地记录对一个城市的记忆，对一段青春时光的追索，非墨的这部散文集，有着其他类似散文集所没有的创新意义。

非墨的这部散文集正是在青春的骚动期所积攒的文字，带有原生态的文字特点，语言在自然与打磨中相互平衡，意象在相互掣肘中前行，逻辑在悖论中获取新生。非墨的散文，透着诗性和当下圈子作家所不具备的语言张力。

作为一位诗人，非墨的诗更多地具备体制内诗歌书写的特点，而非墨的散文则独具生存的况味。单独拿来一篇，可以赏读非墨生活的一个侧面，整部书连起来读，则像意象飞腾的故事。非墨所追求的散文的小说化以及小说的散文化的书写境界似乎更有另一番滋味。

作为十几年前的旧作呈现给读者的，并没有让读者们感到晦涩与陈旧。相反，作者的每一篇作品都带有明显的时光烙印。青春在记忆中闪光，城市在咀嚼中升华。每一处景物不单纯是景物，带有作者的情感，所以呈现"一切景语皆情语"，生活的底色播撒在景物上，人生的况味就出来了；城市的胶片被敏感的心所曝光，城是诗人心中的鸽子，散文是诗人生活的底色。城市景物的底色与诗人的豪情相互映衬，成就了散文集《城·色》的内容与形式。

《城·色》共收集了七十一篇作者写于十多年前的文字，更多文字陆续登载在网站或论坛上。作者年轻时似乎更注重城市景物的描写，曾想把此书取名《帝都景物纪略》，又有被人误作游记的担忧。我初读此书，亦有向旅游局推荐的想法。实际上，上好的文字总会在现实中派上用场，走入民间的话语读本未必一定是"下里巴人"，而非墨的散文，足见其具有雅俗共赏的笔墨功夫。

非墨的人生格调或许是慢的，成家慢，生孩子慢，出书晚。但这并不代表作家的底蕴不够、灵性欠缺，相反，作者的思考带有岁月的韵致，时间的淘洗打磨了一位诗人的灵魂，语言的修炼融入了诗人的哲思。把文稿沉淀下来，在回顾中出发，在修润中隽永，在匍匐中升华。非墨以自己的追求方式，完成了对青春的祭奠与文字的膜拜。

作者的语言叙述贴近生活的原色，在景与物的映衬中，人与情的推动下，向前涌动情节的发展。也从中看到作者行走的痕迹、阅读的取向、对爱的追索的路径。书中的小鱼儿是撩动读者的一个道具，还是作者心目中的青春记忆？当读者在阅读中品味，会不由得想起自己的青年时光。感同身受的阅读体验，会让读者开启一条无目的旅行的新路径。

相对于当下非墨的诗性创作，这本散文集忠实记录了作者过往的生活、北京城的风光。大概与我的误读相适应，这本散文集还存在语言过分随意的书写特点，不能断然以好坏去评判这种写法的优与劣。但散文的流传却演绎着更多的审美倾向，语言的干净、唯美，故事的清新、原始，结构的素朴、大气，似乎都在成为当下读者对好散文的渴望。正如住惯了城市的人们喜欢田野风光一样，新鲜的东西总会让人留恋，但未必能永远挽留住行者的心。对非墨的散文，我感觉还有更多延伸的通道，余不赘言。

诗人非墨接连出了两本诗集，去年喜得第二个千金，今年非墨的这本散文集又给我不少惊喜。作为他的朋友，我当初的喝彩是发自内心的；而当下，我想让非墨的脚步慢下来，无论出书频率还是写作速度，慢或许是打磨自己的最好方式。我的话，出自对一个作家现实的考量和未来的思虑，但愿非墨贤弟不要听偏了，一城拥有无限色，一个作家也要有万千触角才能丰润自己，启迪读者！此言乃共勉语耳！

城市过客

哪个城市也不属于你，你只不过是一个城市过客。哪怕你在一个城市买了房子，落了户口，那个城市也不属于你。漂泊是文人注定的宿命。昨夜，我看一位女摄影家的文字，竟熬到了黎明。她从孤独里找到自由，从一个人的远行中品尝到快乐。风景在摄影家的眼里，满眼皆美，一路寂寞。这是观者的幸福，也是行者的痛苦。

我从一个城市，到达另一个城市，借钱买了房子，又再卖掉。我像迁徙的候鸟，没有在一处安顿下来的愿望，也没有频繁辗转南北的可能。在一个城市居留，有许多现实因素，如果人不依赖吃喝就能生存，我一定选择不停地行走在路上；假如不用睡觉就可以正常生活，我愿意摸索在漫漫长夜里。长夜是属于寂寞旅行者的。长夜给人寂静，送人心静，有时也让你敞开胸怀，裸体行走在沙粒之上。夜晚听大海的涛声，自可以如一只乖巧的企鹅卧着。但这一切都是假设，肉身让我们不得不向现实屈服。多高昂的嘴都会被贪婪的胃牵连而失去尊严。生活是现实的堤坝，必须越过去，才能喝到纯净的水。为了更大的自由，你必须向你的躯体投降，无论多么伟大的灵魂，在这一刻，为了现在的这张嘴，你必须忍受屈辱，面对权贵，尝受身心分离的痛苦；也许为了未来你这张嘴，你要学会忍耐，加强自我修养，追求点点滴滴的成功。未来其实就孕育在现实之中。巨大的纠葛一生挥之不去，即使终老，新的平衡打碎了过去的平衡，在最需要言说的终点，你已经口干舌燥，彼时，你只好选择沉默。

今日，是一切起点与终点。城市不是你的城市，现在和将来，都不是。那个遥远的乡村，逐渐嬗变成你精神的故乡，不用解释你与她的血缘，也不用言说曾经的亲切、泥土的信息或者羊儿的咩叫。一切已经远去并继续远去着，你用不着惭愧、纠结甚至回望。生活的冷打碎了过往的纯真。铜墙铁壁是现实，而通向未来的路就狭窄在两堵墙壁之间，歪歪扭扭伸向远方。

当饥饿成为生命的折点，在这里你只有选择向胃投降，维持生理的需要；当疾病侵袭躯体，让你的游走成为无奈，病床上最好的举动是听从医生的摆布，回忆爱情或许是最好的解脱方式。

是的，回忆你的爱情，爱情不仅仅限于男欢女爱。你爱家人，爱朋友，爱同学，爱社会中人；你爱动物，爱自然，甚至爱星球，有时你也爱虚无。在这个世界上，只有渴望摆脱肉身束缚的人才配拥有广博的爱情，而在肉欲束缚中的爱，则仓皇成婚姻、媾和或狼狈为奸。

我在大地上行走，从一个城市到另一个城市，城市中间是渴望长成城市模样的乡村，走来走去，换来的终究是一声叹息。那叹息随着雾霾远走而飞，永远不会和我明天的叹息重逢，它们甚至不能组成一个完整的链条，各自散乱在空中，我也无法追逐上它们。所有的城市和我一样，都成为这个世界上的过客；而地球不过是星辰之间的过客。我也像一枚叶子一样飘来飘去，固然有嫩芽、舒展和金黄，终究会枯萎成一个蜷缩的形象，一粒尘埃，直至在大地上消失得无影无踪。

荷塘日色

借着清晨的静，从清华大学西门走进校园，听鸟儿欢快地在树梢间鸣叫，一位沉静的老人，全身沐浴在阳光下的草地上；晨阳是清醒的儿童的脸，照着青草上的露珠亮闪闪的；垂杨柳沿着那条路，往前跑去一排，如迎接你的礼仪小姐；隐没在树影中的亭子清晰起来，垂钓的老人与中年人，木偶一般，坐在岸边。

蜿蜒而去的河岸包围着一池的荷，靠近岸边的荷叶匍匐于水中，渐远了，荷叶越来越大，越长越高，至无人的彼岸，已是小树般的立成一把伞了；沿着这河岸，轻轻地走，水从湿地里挤出来，你变成荷，立在那儿一会儿，光从树梢的顶端分散出更多的芒刺，洒在荷叶上，有晨露一滚，青蛙跳跃一般，钻到水里去了，池水荡起涟漪，旋即水面平静如初；慢慢走过荷桥，向南看，荷叶溢满整个荷塘，和有亭子的荷塘相比，这些荷如新富起来的人，举止和打扮全然不顾别人的脸色，它们轰满整个池塘，雄性之美中难以见到一朵荷花；一道堤分开了富人和穷人，疏离的那一池子荷，则如精心过日子的穷人们，水一半，荷一半。荷中有水，水中见荷。岸边的土路已被池水洇湿，有葛藤形成凯旋门，从这门下穿越而过，可见狼尾巴草与狗尾巴草相间而生，再走几步，豁然开朗。近处的是浓密的芦苇、水葫芦，中间是垂杨柳倒映的水面，远处是稀疏的荷，荷叶簇拥的中间，是高洁的荷花，偶尔的一朵，成为久渴后所见的一杯澄明的水。荷花在晨光里，欲笑还羞，走几步，那荷花就隐没在荷叶里了，那一刻，你想哭。阳光是静美的，荷叶是平和的，池水也是包容的。你不由得放慢了脚步，生怕惊扰了这静美。

看过爬山虎覆盖的古老红楼，拍一朵紫色的牵牛花，蹀步到水木清华的时候，那满池的荷花已仰着笑脸等你了。我记得那天，我从另一个入口走进来，正是下午，游人方盛。透过巨石，看半池子的荷依偎在北岸，荷花散落其间，有静有动，一对新人正在拍照，新娘子着一身白纱，犹如荷花仙子，在绿叶红花之间，在蜿蜒的小路与静默的巨石之中，这对新人与这景色融为完整的一体了。

　　沿南岸曲径西走，斜歪到荷塘里的柳树荡出的柳丝像个调皮鬼，不时撩动池水，撩动睡在水面上的荷叶，撩动这一池塘的黄昏。夕阳之光射在水面上，一池子的温暖，回应着初秋的凉意。再往前走，西北角的小型瀑布，发出哗啦哗啦的水声，一对恋人在瀑布旁的椅子上，幸福成荷和荷花的样子。那位喜欢描绘荷塘月色的老人的塑像，掩映在荷叶深处，没有阳光洒在他身上，他要等待月光的到来。而今晨，我侧面看他，日光已经洒满了他的全身，似乎能觉察到他的微笑。从西往东走，晨阳是最好的心理调节师，你走，它陪着你，驱逐着初秋的凉，让这荷塘氤氲在暖意里，让你对那绿多了一层理解。蹲下来，迎着阳光拍那绿色，荷叶的两面都能呈现在熹微里。荷花懒散了外面的花瓣，里面的花瓣如伸着懒腰的初醒的少女，一切好像刚刚醒来，水里的倒影也像刚打开门扉的店铺，一切悄悄动起来了。往前走，回望那一池的荷，竟都醒过来了。恋恋不舍这一池荷花，荷塘边上的巨石、幽径、倒影。此时游人稀少，趁阳光未普照万物之前，我离开了这一池荷塘。辗转在古旧楼房前，往前走，再往前走，总觉那一池荷塘跟着，我知道那一池暖阳中的荷，就这样沉浸到内心深处去了。

门卫兄弟

准酒鬼，都有这样的体验，回家会遇到门卫刁难。我很幸运，喝醉了，门卫兄弟很体贴我。喝多了会主动替我开门，送我到家，把我当哥哥或叔叔，到家，酒就醒了一半。

一生没少和门卫打交道，单位的门卫，家属院的门卫，当然还有外单位的门卫。最喜欢的还是单位的门卫，最初的门卫都是本单位的员工，我那时写小文章，又没有享受报纸的资格，所以只要有我的文章发表，门卫兄弟就会偷偷留下来。有个门卫，最初和我在一个工班，抹灰工，小子狡诈，有我文章的报纸，捏在身后，总要我先给他一点小恩小惠，才肯给我，想来，让我幸福中夹杂着无奈，后来，我离开泰安，他不久就去世了，一个好哥哥，接到他噩耗以后，心疼了好几天。

前妻曾做过门卫，经常说门卫的辛苦。前妻人直率，但她所评判的人，基本准确。对她好的同事或领导，后来都过得很好，对她恶言恶语的人最后的结局都不怎么样。她是一位很较真的人，为了生存不得不迎合领导，在开关门之间，在送报纸的快慢之间，人间冷暖已经知道许多。曾在某个冬夜，我替前妻值班，才知一个门卫的难处。苛刻的制度锁不住年轻人的爱情，冬天里，一个门卫就要在别人的幸福里感受频繁开门的琐碎。我在那个冬夜里，感受了门卫的艰辛，而前妻大概做了三年门卫，我很钦佩她。

后来的门卫大多是聘请的保安，形式上是正规了，感情上却隔了一层。后来我到北京工作，曾经做过办公室副主任，与门卫兄弟情同手足。有个门卫，东北人，年过三十未娶妻，问其缘由，家穷所致。每到春节，我都会给他买一身衣服，一直买了三年。那时我在北京良乡住集体宿舍，每次深夜喝酒回来，门卫兄弟情同家人，送我到宿舍。门卫兄弟说，我就是他的乡下老哥，这话我信。

因为出身寒微，对寒微岗位的人多了一丝亲近。所以后来搬到所谓的高楼大厦，依然对门卫兄弟保持深厚的情感。平时来单位找我的人，门卫兄弟格外尽心。想一想，真正要感谢单位的这些门卫兄弟们。他们名义上是保安，我感觉就是我故乡东邻西舍的兄弟。

家住海淀区条件较好的小区，小区的门卫也是尽职尽责。见我老远打招呼，深夜酒醉回家，有时他们会送我到楼道口；我的学生邮寄来礼品或书，放到门卫不会出现丝毫差错。每当我看到有人对门卫冷若冰霜或恶语相向，我心头总会一紧，感觉到他们所不屑的是我的兄弟。

无论是曾经做过门卫的前妻还是每天见到的门卫兄弟，门卫所给我的感受不仅是一份求生的工作，更多时候，我感觉是做人的艰难。我曾在北京的大机关见到那些煞有介事的门卫的嘴脸，但更多单位的门卫，给我的感觉是朴素的情怀。追溯一下，工程队的门卫、机关的门卫、家属院的门卫、北京城里高楼大院的门卫，见的门卫越来越多，对门卫的情感越深越浓。生活其实很简单，以一种舒缓的格局对待周围的一切，一切就充满了温暖。

每天清晨，我离开小区时，享受小区门卫的祝福，迎接我的是单位门卫的笑脸。对我而言，他们是再普通不过的民众，但这些人给我的感受让我拥有每个真实的白天，让我在夜晚的轻松里，回忆这个本应该是隔断的疏通，严肃的美好，回忆这些本来可称为阻碍你抵达的门槛。感谢门卫兄弟，也感谢曾经做过门卫的前妻，所有的尊重与喜悦，大概与所处的位置无关，与你和对方所呈现的态度有关。有时，在千辛万苦之后，一个生活中人，需要的可能就是门卫兄弟的一张笑脸。哪怕，门卫兄弟的笑脸之后藏着万千的辛酸。

汽车与大地

　　我曾有一段时间十分迷恋驾驶着汽车在大地上奔跑的感觉。像风，卷着树叶；像鱼儿自由地穿梭。我独自驱使机械，大地颠簸着车轮，我感受到超越之美。突然某一天在迷雾之中，我发现空气中藏有因我的贪婪所带来的污染物，那一刻，我十分沮丧；在阳光明媚的日子，我站立在高楼上，远观城市道路，众多汽车如蚂蚁般蠕动，对的，它们像蚂蚁，一点一点向前蠕动着，想起我小时候的蚂蚁们，树上树下，窜来窜去。大地上布满了蚁穴，我还曾和其他小伙伴们甩一道尿线，泚毁过那些蚁穴。而现在城市里，很少再见到一窝一窝的蚂蚁了，原来蚂蚁长大了，长成了汽车。在城市的每个角落，这些"蚂蚁们"或规则或散乱地停靠在一起，它们让你心堵，慌张或者躲避。我有时不得不在"蚂蚁们"中间徘徊、迂回，找不到回家的路。有时我就驾驶着这样一辆"蚂蚁"行走在大地上，我没有考虑过大地的感受，我不知道大地会怎么想，当我意识到我自由地在大地上奔跑，我好像听到了大地恐惧的心跳。

　　"咚咚、咚咚"原来这就是大地心跳的声音，我独自驾车行驶在乡间小路上，车轮碾过的地方泛起了尘土，这些尘土扬起来，又落到车身上。我听到大地越来越响的心跳，好像看到一条柔顺的羊儿在挣扎，车轮毫无顾忌地碾过去，碾过去，在越过一条泥泞的小路时，车轮陷在泥辙里，我看到大地被挤出的眼泪。车辆蹒跚着走，大地呜咽着，那一刻，我想停下来，停在那里，让大地释放我，我真想弃车而逃，沿着乡下自然的路，一直奔跑到天尽头。

　　我感到了大地的痛，所以我在无数原本打算驾车的早晨，放弃了这个念头。但我为了我的这张嘴，有时需要从东城赶往西城，从北城赶往南城。城市地铁是必须要乘坐的。人类在为地铁骄傲，我乘坐地铁，就感觉这是人类为大地掏了一个洞，地面已失去了随时补水的可能。有人说，这个城市过去随处可以挖出水来，那时简直就是水上世界，为什么现在没有水了？纵横整个城市的地铁会给你明确的答案。

土地养育了人类，人越来越多，人类已经不习惯从眼前的大地上寻觅食物，他们的眼睛瞄向更遥远的地方，于是，各种交通工具开始出现。人类以更好的理由，为自己开始糟蹋大地的行为而百般辩解。

我诅咒汽车，诅咒这种飞驰的东西，把人类带向了欲望难填的境地。汽车让人疯狂，在蓝天下，这些密密麻麻的"蚂蚁们"让城市人获得自由的同时，永远失去了土地的眷顾。汽车多起来了，各色各样的路就多起来了，大地的身体被人类任意摆弄，摆弄成面目全非的屠宰场。我看到流泪的大地，流血的大地，满身伤痕的大地，再也无法完整成一片碧绿的大地。

我负责过征地工作，因为铁路，或者因为其他建设，成千上万亩的土地顷刻间就被征收使用了。一辆汽车的价格足以买几十亩土地，汽车蹂躏着土地，而大地却这么廉价地出售给建设者。大地永远失去了它最初的模样。汽车最长的报废期不过二十年，而没有被人类搅动的土地可以世世代代养育生活在上面的人们。在大地上修建的道路驮载着强盗一样的汽车，它们在大地上横冲直撞，而我就是怂恿强盗的人，我就成了强盗的强盗。我看到那么多养育了一代又一代善良人们的土地，被并非善良的人们糟蹋着，一块又一块土地消亡了，我的心都碎了。这是世界之美吗？世界之美就是要在汽车的轰鸣中享受穿越的生活？我真希望人类拥有不占用土地的风火轮，起码大地不会被糟蹋，大地还可以养育一代又一代人。

我诅咒以建设的名义糟蹋大地的行为。整洁成了人类文明的象征，不修边幅原始的大地反而成了人们声讨的对象，人类在按照自己的意愿塑造着大地的未来，但从来没有考虑过大地的感受。假如大地也会叫疼，汽车压过去，混凝土不让它呼吸，深长的桩基插入它的心脏，大地该以怎样的一种方式表达这种痛苦？幸亏大地只懂得承受，只懂得沿着人类中心主义的理论被动地接受人类的改造。我真希望某一天，大地上安满传感器，让人类能通过大地的哭喊，反思自己的罪恶。

其实人类完全可以与大地和解，保留大地基本的尊严。完全可以把大地请向空中，把最原始的地貌和土质，仿照原始土地的样子，设计在每一栋楼房上，这样的建筑物，或许在几十年、几百年之后，只怕当人类意识到这一点而想回报大地时早无回天之力。汽车与道路结为盟友，时刻在算计着一片又一片土地。汽车让大地在混凝土的鲸吞中失去了再生的能力。那些装载着人类无数先辈美好故事的土地，永远消失在现代车轮下。面对这些所谓现代化的交通工具，我突然为人类而感到透心的悲哀。

世界各国都在消减着城乡差别，而乡村迈向城市的道路，到底是前进还是倒退？意味着美好还是人类的自我灭绝？这真得打上一百个问号，当汽车的噪音盖过雄鸡清晨的鸣叫，当汽车轮子的飞转代替了木轮车的笨重滚动，人类已走在无法回去的路上。

大地上的汽车越来越多，能存活的蚂蚁们却越来越少。蚂蚁的领地成为人类未来生活的缩影。我不知道自己想变成一只蚂蚁还是驾驭汽车的高级动物。面对越来越多的汽车，在城市里，总有一种阻滞感，压抑着我的呼吸。我想对汽车说，给蚂蚁们让让路吧，也让大地歇息歇息……

人间厕所

看过士行先生的剧本《厕所》，是在一个无聊的下午。过先生很聪明，他写了二十世纪七十年代、八十年代、九十年代的厕所，一幕剧一个年代，线索清晰，说的是京片儿，有味道。其中，人物丰富，警察与小偷，传承与变迁，同性恋与时髦女，都有涉及。小小厕所，能盛下如此丰富的内容，可见过先生的文字功夫。

日本人对厕所的研究不亚于其他外国人。自从有《屎的历史》问世以来，对厕所的研究逐渐增加起来。韩国的研究者还断定，在罗马时期已经有简单的水冲厕所了。因为在京参加过几次厕所革命的论坛，对国内的研究者略知一二，中国需要厕所研究者。清华的一位学者即将出版一本《中国厕所史》，期待拜读。

乡下唯一不可言语的就是厕所了。虽说每个家庭都有厕所，但水冲厕所没见有几个，在北方农村，这种状况很普遍。厕所连着猪圈、羊圈，即使在儒家文化的发祥地曲阜，也是常见的事；而在祖国的大西北农村，拉野屎则成为自然生活的方式。有一位华人路过海关时，看一批换岗的士兵排着整齐的队伍上厕所，就对那厕所十分向往。亲自看了之后，大跌眼镜。污秽遍地不说，还没有手纸。

其实，国外厕所真正干净起来也就是一二百年前的事情。整个十八世纪上半期，法国巴黎的街道，在屎尿的衬托下充满怪味。城市居民喜欢在深夜将屎尿从楼房上倾倒而下，大概他们的马靴就是为了躲避屎尿的侵入。巴黎警察局对每家必建厕所的要求日甚一日。但多年来，平民与警察的拉锯战一直在进行。最早的巴黎市民热衷于用大便椅，路易十三甚至一边大便，一边批阅公文，远比中国皇帝潇洒。那时的剧场，喜剧演到一半，观众当场出恭，而使得剧场的气味大变。精神享受往往被现实味道所摧残。也有观众文明些，去剧场外的野地上出恭，但却错过了最精美的剧情。

当年到广州施工，转遍多个街道找不到厕所，最后只好在立交桥下撒尿，不远处就是行人，但秉承"活人不让尿憋死"的理念，还是旁若无人地尿了；男人的随意好在有生理特点支撑，而女人如若到一个陌生的城市，则会尴尬。一位久居京城的学者，最怕到京城郊区去玩，因为找到的厕所，其脏让人几乎无法如厕。弄得这位学者不顾斯文，或拉野屎，或尿神尿。

有人把日本人的厕所干净归结于他们的厕所文化。日本人把厕所当作聚财神的地方，所以要打扫得干干净净。而国人对厕所的忽视，的确源于祖祖辈辈流传下来的文化。我很纳闷，也很惆怅。

过士行剧本里的厕所是越来越好了，各个城市厕所也有不同的改观。最近买了几十本有关厕所的中外书籍研读，感觉人类逐渐重视出口问题的解决，的确显示着人类文明的重大进步。

东方文化比较避讳茅厕一类的话题，要是美女也一定塑造成只吃不拉的尤物。事实终归是事实，有吃就有拉，正确的做法还是要面对这种事实。和西方对厕所门的精巧设计一样，中国的古人也对厕所有诸如"听瀑""观泉"之类的雅称，把厕所演变成文化，出恭可以享受音乐，对每个人的一生也算是一种眷顾。

我对厕所的关注仅仅在于多读了几十本书而已，而真正厕所的规划者确实要在厕所修建上多下下功夫。譬如雄安新区，我就想看到高雅别致的厕所出现。最不起眼处的文明或更能展现一个民族的进化，这或许不仅仅是我个人的良好愿望吧！

站房之美

在铁路工作三十多年，印象最深的就是铁路站房。从一个车站到另一个车站，站房成了串起铁路工人生活的金环，每一个跑通勤的铁路人都会引发无穷的记忆。我曾在济南铁路局工作过二十多年，记忆中的慢车可以抵达沿线的许多小站，在京沪老线上，从济南出发，沿途许多不出名的小站至今仍深藏在记忆里。在春风荡漾的日子里，假如你跟随一列慢车旅行，沿途可以看到高山平湖、繁花似锦，更可以感受到丰富的民俗语言，那份与生活的贴近感，在慢车上足以感同身受。这样的时光温暖了我的整个青年时代，在工程队的日子里，我几乎跑遍了济南铁路局的每一个车站。有些小站连接着古老的历史，如官桥站，旁边有个毛遂墓，我记得自己还写过文章被收入毛遂纪念馆；兖石铁路的小站传送着铁道兵们很多久远的故事，有好多被我的朋友写成了小说，虽说有些虚构成分，但也平添了许多情趣。

古老的车站总是让人回忆不已。济南老站的钟楼不可不提，我当时是坚决反对拆除钟楼的，但济南站的钟楼终究还是拆了，一座城市的标志就这样离我远去了，想在异乡漂流的日子，一下火车看到济南站的钟楼，准会热泪盈眶；现如今听说又要重修钟楼，此钟楼亦非彼钟楼也；泰安站的钟楼保存得还比较完好，回到这个曾经与我相伴二十多年的小城，泰山站的钟楼让我回忆起昔日在泰安生活的点点滴滴。

站房不仅仅是一个城市的记忆，更是铁路发展的一个缩影。所以，北京站依然保留着的原貌风采，的确令铁路人感到自豪。铁路设计工程师们也有不少人文大师，譬如早期的曲阜站设计的就有些古色古香的味道，与古城相配就和谐了许多。我喜欢在旅游的时候，拍摄各地的火车站，因为火车站房藏着很多文化元素，一栋房屋足以让你深研细究多日。有些历史悠久的车站还打上了外国人侵略的烙印，我喜欢拍摄、研究它们，就好像抚摸祖国发展的脉络。历史是最好的老师，车站的荣辱很容易激发人们的思古幽情，振奋强国之心。

后来随着铁路提速，很多车站弃之不用了，我有一次沿着老铁路线行走，废置的站房长满了荒草野树，看上去多了一些历史的苍凉。回想在二十世纪八十年代，这些小站曾经十分热闹地迎来一批客人又送走一批客人，很多铁路人忍辱负重在小站一干就是一辈子，如今他们早已是白发苍苍的老人。无数铁路人的奋斗促成了铁路的发展，铁路的发展让铁路走向高速发展之路。

我曾经有幸作为高铁建设者，承担了京沪高速铁路沧州至徐州段的对外协调任务，徒步行走了几百公里的线路，三年间，参与了德州站、徐州站、济南站等大型站房的概念设计研讨，高铁车站无论从规模、气势，还是从人性化设计和与城市交通接轨诸方面，都达到了传统车站所不能比拟的高度。高铁车站更像现代化中国的一个注脚，其领先时代潮流的特点鲜明诉说着中国铁路一步一个脚印发展的辉煌历史。高铁车站成为连缀祖国铁路版图的明珠，闪耀着中国铁路发展的阶段性光辉。我现在所在的单位中铁建工集团是承担中国铁路站房建设的主力军，郑州东站、成都东站、北京南站等大型站房均是我单位所建。每当我到工地上参观学习回来，心情都难以平复。现代化的车站不仅设计理念新，更重要的是为铁路未来的发展着想，为广大旅客着想，车站设计外观上大气恢宏、细节上体贴入微。让每一个使用过高铁车站的人过目不忘。可以自豪地说，高铁车站给人不仅仅是一种使用上的快感，更多的可能是方法论上的启示。如果说传统的车站只完成了车站本体的意义，而现代化的高铁车站则改变着人们的日常生活方式和思考问题的模式。

我喜欢拍摄有代表性的铁路站房并积累这些照片，古老的车站值得我们存留和记忆，废弃不用的车站也许是最好的教育后人的基地，而现代化的车站则让我们心中涌上更多的时代记忆，这些借助生态伦理观念设计出来的车站，其环保功能超出了历史上各类车站粗老笨重的感觉，代之于轻盈、时尚、超前、低碳的现代建筑形象，成为城市的地标建筑，站房之美呈现出一个城市日新月异的变化，呈现出铁路快速向前发展的状况，呈现出一个国家综合实力的提升。作为铁路建设者，我时常为这些优美的铁路站房而叫好；作为一名普通乘客，我更为享受现代化的站房服务而欣慰；作为一名作家，我为站房所体现的祖国的蒸蒸日上而感到欣喜和庆幸。记得一个外国游客在参观完中国的高铁之后，指着一座站房对我们说：这样的站房，即使在美国也很少看到，中国确实强大了！听到这话，我的心里充盈的不仅仅是骄傲，更重要的是对铁路艰难而顽强发展史的追溯。我知道，正是无数铁路人的默默奉献，正是国家大力扶持铁路发展的雄伟决心，才使得铁路走向繁荣的今天。翻开那一摞站房图片，每一帧图片都会让我感受到与祖国共舞的每一座站房的历史变迁，我一边享受着各类站房之美，一边回顾着铁路这些年的飞速变化，站房之美化犹如祖国发展的一个缩影，给我带来无限遐思。

大地上的村庄

父亲的风景

春天，清明，颐和园，花，水，树和远山。我已经几个清明没有回家了，想回，又不敢面对那片黄土。父亲，目不识丁的父亲，用印章领了一辈子工资的父亲，肿眼泡的父亲。如今，我也快到父亲去世的年纪了，在颐和园，我想着父亲，父亲的手，春风一样抚摸着我，泪水就下来了。

我在颐和园，看到卧倒在水中的一棵树，在树杈上留影；远山如黛，近处的水波一波过来，一波又过去。父亲去世后，依偎着一座水库。戴家林据说风水很好，而去世前的父亲，很少游山玩水。和我不一样，我貌似已经走到了父亲的反面。

父亲的风景是什么？他不会读书，却拥有那么多故事和经历；他没有闲情去游山玩水，却随着铁路工程队，从一条铁路到另一条铁路；他没有为我和弟弟建造一处亮丽的楼房，却用了几个冬天的退休时光，在石塘里起出五间平房的石头。他给乡亲们挖掘的压水井一个又一个，有的现在还在使用。父亲的风景就是铁路、石塘和乡亲，就是孩子奔波的旅途，还有那壶永不干涸的老酒。在尝遍走南闯北的苦痛之后，在经历万千委屈与冷落之后，在多年暗自品味思乡之苦之后，父亲成为故乡山岭上的一道风景。瑟缩的身子，晃开石塘冬天里的沉寂，叮叮当当的劈石声在原野上传出很远。我把一块小石头抱出石塘已很吃力，而父亲能抱出很大一块石头。故乡是石头的故乡，父亲喜欢那些石头。那些石头被父亲割豆腐一样，分成一块又一块，整齐而有序地排列着。一块硕大的厚石板，被父亲不几天就破开了许多块规整的屋料。休息时，父亲就瞄着这些石头，脸上溢出笑花。石头的碎末布满了父亲的脸颊，他一笑，那些碎末也笑，近处的石头好像也在笑。整个池塘里就洋溢着不息的温暖，这笑容驱赶着寒冷。

退休后的父亲，除了石塘，更多时间好像与酒做伴。父亲喝酒时总要说起家事，说起爷爷，说起自己这一生。许多故事我已经听过多遍，父亲经常喝多，喝多了就会说起伤心事。有时就指责弟弟妹妹，我那时年少，不喜欢父亲喝醉酒，更不喜欢父亲讲千篇一律的故事，有时看着喝醉的父亲，还会负气而走。而今，我也到了父亲当时醉酒的年龄。虽不常醉，却也常喝。再去感受那时的父亲，隐约感到父亲的风景，或许就是孩子、亲友和石塘吧！

我是喜欢游山玩水的人，更愿做手不释卷的读书人。我眼里的风景处处皆美，每本书都能给我带来享受。而父亲的眼里只有我，弟弟和妹妹，还有母亲，石塘里的石头，乡亲们，更有家中破桌子上的那一把酒壶。酒壶是瓷的，猴子抱仙桃，是父亲从淄博施工时买的，不知道现在还有没有。父亲喝酒的基因传递给我和弟弟，我能喝，醉的时候很少；醉后话多，也像当年的父亲一样，喜欢酒后指责孩子们。孩子们大概也烦我酒后的多语，从她们的表情，我看到当年父亲酒桌前的自己。

有时吃大餐的时候，想想父亲当年肯定没吃过；到一处胜景，总会想父亲有没有来过；到图书馆有时一坐就是一天，想想父亲这一辈子该有多委屈，没看过一本书，他不知道书中的妙趣远远超过那二两烧酒！我漫步到颐和园，想想父亲这一生，北京都没有来过，皇家园林在他脑海里该是怎样一种模样？戴家林依山傍水，父亲有次去上坟，在戴家谱碑前沉思良久。父亲指了指他百年之后的葬地，我在那里似懂非懂地应着。以后父亲再也没去过坟地，每年春节、清明，都是堂哥带我到祖坟拜祭。后来我出去工作，上坟的事就淡了，每年都是弟弟去上坟。父亲去世后，弟弟每当遇到难事，就会到父亲坟头上大哭一场。母亲说这些时，我心里一震。想起父亲，老鹰一样护卫着我们，父亲眼里的风景，狭窄而充满温情。

父亲走后，母亲经常与儿女们回忆父亲，有时假想父亲在，对一件事情怎么处理；有时想起父亲的小脾气，一家人就笑，父亲的风景经常被母亲和弟弟、妹妹们分拣。母亲在一个冬天，追随父亲而去了。我在寒风中，仰望西山，想起那年随父亲上坟，父亲讲述着戴家林的过去，当年是他带头，保护了这块谱碑；看水库里的水，母亲目光一样的平和，而今，父亲和母亲都飞升到天国去了。我的目不识丁的父母啊，留给我们兄弟姊妹的是简单的生活片段、醉酒的形象和跋涉的艰难。

　　清明我很少回家的原因在于，每当触及那些熟悉的器具，看到戴家林的风景，我就会连续几天无法入眠。我总想父亲在桌边继续说着他的酒话，而我就把这酒话当作温暖的阳光，享受着。我在父亲的酒话里品味父亲一生的风景，父亲从我的恭敬里体味到做父亲的情怀。而今，这一切皆不可能。而孩子们开始厌恶我的酒话，皱纹开始爬满我的脸，一如父亲当年的模样，我看着颐和园里的那张我与水中树的合影，看到了当年父亲的形象，只是父亲无缘在颐和园里与我一起享受春光了。

　　我看着眼前的酒壶，已没有了猴子抱桃的诙谐，只多了些水晶分酒器的雅致。我将孤独的酒倒入杯中，品一口，再品一口，等待我的将是漫长的孤独，从春到夏……

母亲的心

　　今天下午，应好友于贞志邀请，参加了一个有关母爱的聚会。演讲者是台湾有名的"模范母亲"皿亮公主吴慧美女士。皿亮公主的孩子是早产儿，是脑麻儿童。皿亮公主以其超越一般母亲的爱心和教育方式，鼓励孩子，让一位不能正常行走的孩子成为一位法律专业毕业的大学生。皿亮的叙述自然而感人，她在叙述着一位母亲自然而机智的爱，这位母亲靠她的鼓励之法，让残疾孩子从鄙夷中获得自信，从跌落中看到希望。皿亮不愧是一位伟大的母亲，目光长远，方法得当，母爱无疆，让一位众人眼中无望的孩子，走向超越正常人的成功，走向充满希望的未来。和皿亮公主相比，我有愧于父亲的称号，我传递给孩子的，或许更多的是责任、责怪、责疑，而皿亮公主传递给孩子的是信任、鼓励和希望。同为人父母，皿亮的行为值得普天下所有的父母学习。皿亮的见识，是超越于常人的。她用鼓励之法给孩子经常性的自由；她用智慧性的母爱，让母爱的光辉照亮孩子前行的路。母亲节，有这样一位母亲向您叙说，胜过十本书的阅读。因为，这样真切而现实的教育，我们听到的太少太少。

　　忽然想起我的母亲。和皿亮相比，母亲大字不识一个，而母亲却给了我众多知识型教育。对所有人尊重与宽容，劳动创造财富，别埋怨任何人，多做好事，学会忍耐，不埋怨别人，会过日子……所有这些，都是没有文化的母亲传递给我的。母亲没有文化，却用她的行动教给我一生难以忘怀的哲理。作为铁路工程人的妻子，母亲尝受的辛苦非一般人所能比拟。有时在酒后，我会和我相同经历的男人们抱头痛哭。有自己丈夫的母亲却有着单亲家庭所不能超过的痛苦。那时，父亲在几千里外的铁路施工，迎接母亲的是养儿育女的艰辛、农活的繁重以及社会交往的繁杂。作为丈夫常年在外的妇女，要承受多种角色的转换——儿媳、妻子、母亲或者农民，她要用自己的努力向乡亲们证明一个家族的传承和一位母亲的存在。生产队时期，似乎最劣质的粮食都是由这样的母亲接纳的。或许，这样的母亲所承受的是寂寞的月光和无尽的泪水。父亲对于我家兄弟姐妹，比书中的太阳还遥远，当母亲老了，我喜欢依偎在母亲跟前，听她讲述逝去的故事。母亲喜欢咀嚼往事，回忆逝去的乡村伦理，回忆有关养儿育女的艰辛。难以相信，母亲如何用她柔弱的身躯养育了我们兄弟姐妹四人。每五天去赶一次集的舅舅，听到的总是母亲报喜不报忧的话语，看到的总是母亲的笑脸。其实只有我们兄弟姐妹知道母亲蹒跚在羊肠小路上的艰难。当母亲佝偻着腰，向我讲述过往的时候，我强忍住眼泪。我无法安慰母亲，也无法让母亲看到未来的希望。母亲一生的路，如她挑了一辈子水的山路，写着艰难与崎岖。作为她的儿子，我把所有的崎岖当作坦途；和母亲相比，所有的艰难不叫艰难，所有的白眼不叫白眼，所有的委屈不叫委屈，所有的挣扎不叫挣扎！

与皿亮相比，我的母亲没有文化；和皿亮的儿子相比，我的整个少年时代，得到的更多是母亲"恨铁不成钢"的责怪甚至鞭打；我没有教会母亲认识一个字，母亲却教会了我怎么认识天下的知识。当我在城市里用母亲的真诚换取真诚，用母亲的微笑换取微笑，用母亲的劳动换取劳动，我就感觉到母亲比普天下所有的教授都要英明。

母亲选择在一个晦暗的下午离开了我们。陪伴着母亲的骨灰走回故乡，我感觉母亲似乎一直在寻找着回家的路。我的心在路上颠簸着，我不想说一句话。母亲的一生，几乎都在用不说话的方式教育着我们。我感觉真正的悟性未必能用文字来表达。在母亲眼里，瓜是瓜，豆是豆。此外无须多说。母亲走了，母亲给我留下了一座卧在山脚下的坟。每当我驻足在坟前，我的心底涌上万般情感。不识一字的母亲用她的一生，写满了我一生读不完的文字。

今晚，离开皿亮女士，我感觉有很多话要说。世间的母爱尽管千差万别，但有一点是可以肯定的，那就是裹着真实的内核。所有的母亲，因为这真，成就了孩子的未来。无论她是否有文化，过来的路延展着未来的路，走向远方。

今夜，想起一字不识的母亲，我为文字满腹的我，羞愧满面。因为，我没有传递给女儿更多精神的力量。作为儿子，我感谢母亲；作为父亲，我愧对女儿。母亲节，或许更多人会讴歌伟大的母亲，而我祈愿我的母亲灵魂安详，一如她一生没受到文字干扰那般自然、朴素，不会表达的母亲，赠送我一生难以写尽的文章。母亲，儿子今夜想您……

掌中的故乡

平日里上班，终于抛弃了汽车，乘坐地铁抵达的过程，可在车厢里看书和摆弄手机。整车箱里的乘客几乎都在看手机。农民工看得少，有时我看书，农民工看我，我看他们。多年在工程队里做技术人员，早熟悉了农民工兄弟的气味。想起1993年，京九线，表弟从苍山到菏泽。每天去工地，不几天他的脸就晒黑了。有时下班后，表弟到我的办公室，说起童年往事，那是他最幸福的时候，笑容亮满屋子，让我想起他小时候两串长长的鼻涕，黄河长江一般，三个表弟有两个流鼻涕，表弟来我家走亲戚，我就对他们做恶作剧。转眼我们都长大了，大表弟到我所在的铁路工程队打工。表弟整天在工地上吃苦，我看在眼里，疼在心上。表弟是二姨家的孩子，二姨是个外交家，喜欢和左邻右舍拉呱，乡亲们喜欢二姨，二姨讲理，亲戚们服气，村里乡亲们也服气。

娘和二姨脸面几乎是一个人，性格却相反。娘耿直，遇事固执；二姨豁达，做事爽快。姨夫是退伍军人，常被二姨说得理屈词穷。以理服人几乎是亲戚们对二姨一致的评价。我的童年记忆里，独有二姨对我最好，说出这一点来，也不怕其他亲戚生气。

那年八九岁吧，记得是麦黄季节，二姨到我家去，当时我缠着要去二姨家。从我家流井到二姨家所在的漫溪村足有十八九华里，二姨背着我，走一段，歇一段。我小时特胖，二姨瘦弱的身躯，背着小外甥，歪扭步行在乡间小路上。走到半途，我喊饿了，二姨似乎慌了，把我放在树荫里，她去掐几个麦穗，双手揉搓了，清香的麦粒吃在嘴里，越咀嚼越香。我不知道为什么过去了四十多年，这个细节，我依然感到就像发生在昨天。二姨的家就在河边，村西的一条小河流水潺潺，我最喜欢暑假里到二姨家去。二姨会换馒头给我吃，二姨村里的人会把我唤作"北乡人"，虽只一二十里地，生活差距还是有的。我吃惯了地瓜干煎饼，乍吃白面馒头当然幸福；我家乡山上的桃子不光小，还长得难看，二姨家的桃子比馒头还大，吃起来满嘴流水，真过瘾。当然，有时还能吃到鲜活的鱼儿，这样的偏食并不是表弟们都能享用的，我小时记得大表弟好生气，用家乡话说"拐古"。现在想想，贪吃的童年，谁吃不上都会"拐古"。其实二姨先让亲戚家享口福的做法不是一件两件。我从小到大几乎年年吃姨家产的藕和山药，五天一集市，姨家常捎来青菜；那时父亲远在千里之外工作，家中的农活主要靠姨和姨夫去做。亲戚之中，最感谢的是姨家。千言万语的许诺赶不上扶一扶犁耙，这一点娘去世前都还念叨，我也时常回忆起来。有了姨的关爱，我的童年有很多值得回忆的走亲戚的细节。其实，在大人容易忽略的细节里，早已滋生了爱恨情仇的种子。一个少年在过早承受世态炎凉之后，才知道哪些值得珍惜，哪些需要舍弃。

而后，我出去工作，地点离家越来越远，回家的次数越来越少，到姨家去的机会也越来越少。时常回忆起二姨爽朗的笑声，会讲故事的二姨喜欢表扬孩子们哪怕微小的进步。娘的坚韧和姨的通达，让我的童年得到多方面的营养。幸福的童年总是相似的，而多艰的童年总让你回味难得的幸福片段。在姨家听知了的夏天，在小河里洗澡的欢快，听大人们讲故事的好奇，看泼妇们骂街时的五味杂陈，成为童年里定格的影像。这一切，与二姨家所在的村落密切相关。因为二姨的疼爱，让我在以后的岁月里，总把表弟们当作亲兄弟一般。在冷漠的都市里，每每想起，心中就感觉丝丝温暖。表兄弟们在一起，有说不完的话。

在和前妻分手后几年，姨曾劝我复婚；后来我带着伊人去姨家，姨偷偷把我拉在一边，为我的前妻叫屈。知道我已再婚，姨悄悄嘱咐我一定要对前妻好些。那一刻，我真想掉泪，姨对我的母爱，足以让我告慰九泉之下的母亲！

来京后，回家乡更少了。二姨有三个儿子，二子和三子都在上海工作，一年回家一两次，二表弟说：每次在光鲜的大上海，回到家，看到爹娘住得那么差，就要改造房屋，或者扔掉一些废旧的东西，姨和姨夫总会阻止；姨善于演讲，乡亲们也愿听她说，喜欢演讲的二姨拾掇家务的时间就少；有时我和表弟们讨论，说姨该去做外交部部长。姨夫干农活任劳任怨，记得我右腿小时得了风湿疹，一连几年，姨夫骑着自行车从一个村跑到另一个村，直到把我的湿疹治好。现在回忆起来，都是一些琐碎的事，感觉唯有这些琐碎，让我感觉到两位老人的亲切。表弟们给姨和姨夫买了手机，两位老人弃之不用，最后只好装了个固定电话。我想姨和姨夫了，就去个电话，姨就大声和我说话，我就感受到姨搓麦粒给我吃的幸福。一般白天二姨会出去和乡亲们说话、调解，到晚上，乡亲们也会到姨家里拉呱到半夜。而这些只会化作信息和图片、声音，在我和表弟之间传递。

我有时在地铁中看到那么多人低头看手机，就感到悲哀，为他们，也为自己。童年广袤的田野和湛蓝的天空消失得无影无踪，我想钻进河水里打扑腾，而城市只能给我提供雾霾的天空。离姨越远，感觉离故乡越远。

妹妹的女儿在京工作，一直想调回故乡工作。我有时想，一个人想亲人的滋味是难受的。掌中的故乡总不是真实的故乡，原始的真实浓缩在手机屏幕里，一切就变味了。而生活在城市里，难道真是高大上的幸福吗？我们为什么不能依偎在亲人身边，静静地度过一生？

昨晚大表弟发来一张姨的图片，姨明显地变老了。她的面容和母亲一模一样，我一看，眼角就湿润了。受苦受难一辈子的母亲，我没有孝敬多少；姨的苍老让我感觉到岁月的无情。我和大表弟视频时，嘱咐他常回家看看；告诉他，姨的指甲该剪了。

断了视频，一个人端详姨的面容，泪水不觉流出来，恍惚中那搓出的青麦粒，从眼前晃，一颗又一颗，晃在姨那手掌中，我看到姨手掌里托着一个稚气的孩子，慢慢地长高，而姨就幻化成一棵古树了，姨的脸面古树皮一样的晃来晃去，我的心像手一样，贴着那树皮，我又一次品尝到麦粒的清香……而夜蔓延过来，城市的一天又这样过去了。

走不出的村庄

在京城生活总有种感觉，除了雾霾让人心烦，似乎都熟悉。那种生疏的熟悉，见过的熟悉，熟悉的熟悉，都可能随时钻出来，荡出来，跳起来。那条昆玉河吧，也是故乡村西河的形状，只不过家乡的河冬天的冰没有那么厚实罢了。电视里咧嘴笑的男人和女人与村里田间干活的男人与女人并无二致。偶遇京痞儿，也长得和村中三秃子的样子差不多，把皇城高楼比作乡下的高屋吧，长城也只不过就是沙岭上的那道黑岗子。风吹过来的时候，树叶沙沙响，像极了在山林间行走的感觉。地铁上打电话的女人，不厌其烦地与女儿交代怎么做饭，声音像极了喜欢高声喊叫的本村高家二嫂；即使在高级酒店里，男人们狂欢的声音也极似故乡河沟里洗澡的男人们的尖叫，感觉皇都仅仅是换了道具一样。京城是放大的村庄，到处都可以找到或隐或现的村人和房屋；村庄是浓缩的京城，某处格局，某个情形，某人讲话，放大了就是一处社区，一种政治，一段报告。村庄有时在城市里哭泣，城市有时在村庄里大笑着。城市和故乡，是一本书的两个版本，装帧外观不一样，但内容却基本相同。

在北京城里生活，有时哭笑不得，就如在故乡，有时一天不说话却感觉时时在呼喊一样。新发地总是捎来故乡的气息，譬如煎饼，还有地瓜，或者八宝豆豉。在没有一个人认识你的逼仄空间，深夜也会有来自小村庄里的电话，声音是那种原版的乡土气息，亲切中含有命令的口气；你缩紧了脖子，被子滑落在床下，摸被时忽然惊恐地意识到这也是多年不见的同学用自家喂养的蚕茧制作出来的蚕丝被；手头碰到一本书，却也清晰写着《苍山文学》，一副铁骨铮铮，敢与《当代》试比高的气势。只好翻开来看看，好多熟悉的人物、故事和村庄的影子，依稀刚从某个讨论会上走出来。在北京城里生存，长年不断的论坛和会议，就像乡间无法中断的集市一样，叽叽喳喳，难辨高下的争吵，断断续续的缠绵，或者没有结局的结局。

理发的地方北京很多，可我发直，只能找会理短发的。学校里有个理发师，人瘦眼小，可能从乡下来，会理短发，见客人摁头就洗。我一再声明我不用任何洗发精，可他经常忘记；水我是要凉的，他却每次都是先热水后凉水，以致我感冒了好几次。不过，我还是愿意找他。他理发的程序和大爷一样，抚摸额头的样子既润帖又自然，理发时探寻你的口气也像大爷。不同的是，每次理发毕，我都要付给他钱。而大爷少时给我理发，每次理完，我会从大爷的钱筐里顺走一些钱，有个会理发的大爷真好！大爷前年去世了，学校里的理发师让我感觉到大爷还在。每次去理发，我喜欢理发室门前的大槐树。大爷家门前也有大槐树，大爷年轻时上树摘槐花摔断了腿，干不了农活了，只好去理发。大爷转悠着伤腿，一圈又一圈，驴拉磨一样，不同的是，驴就是大爷一个，磨却常换，每天一二十个，大爷靠手艺挣工分养活自己。

京城有大大小小的单位，村里过去有生产队，现在有联合体和互助组，还有以血缘为纽带的家族体系。村中不乏靠诅咒别人为生的人，也有愿意整天做被诅咒的事的人，皇城也如此。村里有牵线搭桥的人，城里有婚庆公司和公关公司。在村里，每个时代总有一些垃圾人，城里也是如此；村中无法庭，对不端行为总有骂街的老妇女和街谈巷议者予以道德调整，这有些像城里的报纸和自媒体。村里几乎每年会有自杀者，村人不屑的眼光比子弹还毒，有人就在这种眼光中自杀。当然也有乱伦者肆无忌惮，其脸皮之厚，像极了皇都的贪官。

北京城的确不大，大不过故乡那个小山村。皇都的每处标志性建筑，都能从我少时成长的那个小村里找到相应的对照物。甚至东西向的长安街也和流井村的主干道相同。这常让我产生出本不该有的很多联想。乡是城里的乡，城还是乡下人的城。在乡下看城，有向往之情；在城里看乡，有亲切之感！

皇都的聚会很多，犹如乡下的走亲串门；若是文化人聚会，总要拿出书画和著作互赠对方，还要在扉页上写下自谦的话，很像在村里，各家拿出得意的农产品奉送给邻居。不过，农人很少自谦，也少自大，话说得实在，食物吃得放心，自产自销，偶送亲友，用不着什么包装，皇都文化人比不上，尽管他们代表文化。

　　有时一个人在北京家里，满眼都是故乡。麦饭石的罐盆，是做物流的同族兄弟从故乡拿来的；甚至泰山石的形状也是听取了同村兄弟的建议。吃的油也是老家弟弟送来；老乡聚会很少参加，但几乎每天都会遇到故乡人，村里的人和事就会在口头上繁衍开来。地铁里有家乡话，论坛也会见到故乡人。

　　信息时代地球变成了一个村，也让一个村，一个带着童年记忆符号的村庄始终追随着你！让你永远无法走出来，村庄的气息是温暖的气息，故乡人的心性是质朴的心性。尽管生活给了一个漂流者更多的磨难，走不出去的村庄却赠予我对比的美感和永远的情怀。故乡的人和事不仅仅是轮廓和历史，更是借鉴和警醒。我喜欢这种感觉，品味这种感觉，珍惜这种感觉。在京城生活有这种感觉陪伴，尽管有时多了些羁绊，但更多时间怎会让你体会到一种释放的幸福，一份自由的亲切，一次带着故乡长途旅游的美好过程。所以，我一直在走不出的村庄里活着，也许有一天会活成地主，那可是很好玩的事儿。

走月亮

读《浮生六记》，知道在清朝苏州农村，农人在花好月圆时节，呼亲引朋，月光下徜徉，直至黎明，谓之"走月亮"。向好友陈晓峰君求证，答曰当下江南农村这类习俗很少了。翻检典籍，古人走月亮的记载倒是很多。走月亮的意境，藏有几多故事，几多情调啊！

我也曾经喜欢走月亮。沂蒙山乡，是乡下孩子的天堂。月明星稀之时，村庄在静谧中沉寂，我和小伙伴们，在场园里，享受冬夜月光的清冷。玩打瓦游戏，比碰拐技巧。夏夜的月光没有冬日纯粹，冬日里，趁着月光，追随电影放映队，伙伴们从一个村庄到另一个村庄，看完电影，又借着月光回家。似乎有永不衰落的激情，永远不觉累的双腿。月光是温顺的，抚摸着我的整个童年。记得很多个月光下行走的清爽夜晚。月光是苍天奉送给乡下孩子最优雅的道具。回忆童年无意识走月亮的过往，童心再度萌发，小溪再次发出声响，亲情也如潮涌般袭来。

月光是赶着岁月而变迁的。在铁路工地上的漫长岁月里，走月亮成了生活的必需。银蟾对工地多有眷顾，未曾运营的钢轨还不曾散发出光亮，高大的水塔也散发着新建筑物的气息。不远处的麦田有鸟儿夜鸣。月光下，我喜欢一个人沿着工地行走，想故乡，想爹娘，想初恋的情人，想悄悄溜走的时光。在半城半土的意境中，月光不再是故乡的模样，大地换了容妆。当麦苗重新润绿视野，变幻的月光终让额头呈现田埂的波纹，岁月为心海存留褶皱。我在月光下缓慢地行走，有时听着交响曲，有时背诵唐诗宋词，有时自说自话。月光下的行走，变成了与岁月最好的对话。仿佛，天与地之间，只有我，孤独地游逛着，一个人在月光下行走的感觉真好。或短或长的阴影，被月光映衬在大地上，如婉约、内敛的表演，反复咀嚼，才能感觉出味道来。

城里走月亮的味道，缺少了田间行走的自然和工地上的钢铁意味。赶不走的喧闹声让你会忽略掉月光的存在。城里的灯光毫无遮掩地张扬着自己的领地，月光如羞愧的老人，不耐心寻觅很难感受得到。我有时仰望苍天，看一轮圆月挂在清冷的天空，它俯瞰着喧闹的大地，我感受到月亮的孤独。我摆脱灯光与人类的干扰，企图寻找月光的影子，追寻童年走月亮的轨迹，嗅闻青年时代工地上月亮的容貌。哪怕一丁点儿感觉，我都会激动不已。

城市公园似乎更能营造走月亮的情趣。但周边高楼倾泻下来的阴影让月光变得沉重起来；永不停息的汽车在公园四周提醒你，城里的月光不再平静如水，月光盛满现代人的紧张、贪婪与浮躁。我在月光下行走，月光吻着我的足迹，再也没有惊喜与豪情，摸摸两鬓渗出的汗，汗似乎也老了。

后来到了北京，依然喜欢行走。行走在大学校园里，想一个人走，那是奢望或自私的行为。夜晚喜欢靠行走锻炼身体的人越来越多，夜晚的月亮和星星，在北京，十分稀罕。人们为了行走而行走，月亮成为多余，星星也不必要。行走为行走书写意义，而我却会在行走中怀想月亮。

雨后之夜，我和晓峰先生行走在校园里。湿漉漉的马路上，雨水反衬着灯光。夜空阴沉，没有月光播撒，我俩谈兴渐浓。我真希望天空悬起月亮，照亮兄弟俩前行的路。北京城的今夏，多雾多雨。曾有一晚，晓峰君步行送我回家，也如今夜阴云密布，小区门口欲别，雨突然而至，相背而行的我俩，顷刻成为被暴雨凌辱的人。今夜，空气清新，马路干净，行人也难得优雅，我和晓峰谈着俗事，多么渴望有一轮圆月出现，让清辉润满大地，为我俩助兴啊！乘晓峰君的车回家的路上，突然感觉心中有了月亮。在雾霾遮天的城市，一个人或许就是另一个人的月亮。倘若有人能陪你散步，哪怕无语地欣赏你的孤独，那份情谊，就如陪伴你的月光般清雅、素朴！

是的，心中要有月亮，那样的行走才会勾来各个时段的月光。对越来越老的人而言，月光不会衰老，它会永远陪着你，以它的行走，它的静缓，它的清凉，滋润你、包围你，甚而淹没你，而幸福会让心与月产生共鸣，月与心产生幻象。

我渴望月光下的行走，在月光下走出禅意；在月光下梳理自己对岁月的念想；在月光下，不停地走下去，把月光走成最原始的月光。

大地上的人

城市庄稼

除了开车，每天上班路上，我都要经过两个公园：长春健身园和巴沟山水园。我办了一个原生态文学院，早晨穿越两个公园的路上，我要给文学院的同学们上微信课。同学们通过微信也会给我发来问好的话语或笑脸。我一边走，一边讲，感觉分布在天南地北的学生们就在身边。伴着春天的小草，夏日的鲜花，早晨的露珠，夜晚的月亮和星星，我和同学们快乐互动、心心相印。

我在公园里行走，三个地方必须驻足。先是荷花池。公园的设计者很用心，在铺满圆形石圈的尽头，搭建出别致的小亭子，亭旁就是我喜欢的荷塘。冬天里，荷塘里的水干了，枯萎的荷叶，让你想起吴昌硕老先生的画；黄昏时分，在亭子里凝望破败的荷叶，心便冷起来；当春天里荷叶打着卷儿，如一位不愿听话的孩童，露珠在荷叶上滚，水面上跑爬着类似蜻蜓一样的昆虫，我会期盼着荷花盛开；酷夏世界，白天绽放的荷花，会在夜晚时分收拢花瓣。据说，有善品茶者，喜欢将茶叶放入欲闭的花瓣里，次日凌晨当花瓣打开时，取出，泡上一壶荷花茶，透彻滋润心肺。我没有品尝过这样的香茶，也只好在想象中抿抿舌头了。

再一处所在，就是那两棵相邻的树上，有两个硕大的鸟巢。冬天，树叶落了，我会每天观望这两个鸟巢。好大的鸟儿啊，它们清脆的叫声我只能模仿一点点，没想到那些鸟儿们积极回应着我的叫声。和鸟儿们相比，我的住处未必这么通透，我的飞翔也未必这么自由，但鸟儿们给我很多想象的力量。狂风过后，我会在这两棵树下，孤独成另一棵树，听不到鸟儿的声音，我就靠近了树去听，直到听到鸟儿微弱的声音，我才依依不舍地离开。我喜欢陪着鸟儿一同哭泣，也喜欢陪着鸟儿一同欢唱。树叶渐渐被季节催满了枝头，两个鸟巢慢慢地就躲在树叶里了。只有日日经过这两棵树下的我知道，树上有我的牵挂。仰头看看这两个鸟巢。鸟巢已看不见了，就如隐没在岁月深处的友谊。立秋过后，天逐渐凉了，黄叶纷落，两个鸟巢会渐渐浮现出来，直如修禅到家的高僧，英姿飒爽地挺立在树杈中间。冬天里，活着的意义，因有了这两个鸟巢而别有一番情趣。

其实，最让我念想的倒是第三处所在，巴沟山水园的稻田。每天路过公园时，我都要停下讲课，从各个角度拍摄正在生长的稻谷们。从植入水田的那一刻开始，我看着它们静静地成长，由稀疏的队伍成长为繁茂的密植，从草儿一般的貌不惊人到最后的金黄坠地。这些水稻簇拥成几块富有人间情调的庄稼地，我时常为这些生长在城市里的庄稼们而感动。有一年秋天，我报名收割稻子，动作不规范，不小心还把手割了，我似乎对不住在农村度过的童年时光，俨然成为乡村的叛徒。在庄稼们面前，我自愧弗如。我曾自名城市庄稼，但我的确背离了土地、小溪和自由的天空。每天越过稻田，我会心生无限感慨，有的能记录下来，有的却只能永远地埋在心底。

我就是一棵城市庄稼，依靠的泥土失去了故乡的香味，甚至，行走的动作也带着城市的规制。在城市有限的田野里，我供人观赏、认领乃至收割，我看惯了高楼、铁塔，在腥风恶雨里疯长，在蜻蜓观赏中微笑，在寂静的夜晚抽穗、灌浆或自我疗伤。城市给我以力量，可我再也嗅闻不到，嗅闻不到啊——故乡泥土的芳香。

穿越两个公园后，有一座过街天桥。天桥下面的河叫昆玉河，河水来自于颐和园，清澈而平静。岸这边是垂柳，那岸是不垂之柳，如两位性格相异的同学。游船从上游游下来，又从下游游上来。过往的行人陌生而又熟悉，我会请行人帮我拍照，把一年四季的风景、过往拍下来，碧水或浮冰。我会一边拍照，一边向东南方遥望：树上的两个鸟巢，亭子旁的荷花池，还有更远处的稻田。我想，我就是一棵生长在城市庄稼中间的稻草，最多算一棵会思想的稻草。这棵生长在城市里的庄稼，或许无奈于远离故乡的山水，但所拥有的是向往山野的自由、闲适或能做鸣蝉的知音，我想，这就足够了。

大地上的美女

    曹老师是一位摄影家，她的拍摄大多以798的女子为主，从春天到夏天，然后从秋天到冬天，她所拍摄的美女其实成了她生活中的一部分。进入她视线的女子自然、朴素，各个国家的都有。她几乎每天都要在微信上晒出美女，或者以美臀为主，或者以突出秀腿为荣，或者强调美女的秀发、衣服、体型，令人百看不厌。你可以想象，年近七旬的女摄影师，每天以女性的视角来欣赏女性，干净而自然。她就像勤劳的蜜蜂，留恋在花丛之中，对女性充满了赞赏。我不知道这位摄影家在拍摄时的心境，但凭我的揣度，或许她想到了自己的少女时代，或者她对当下的女孩子的自由之心充满了向往，或者她喜欢以一种女性无邪的心赞美这些女人，这些生活在城市之中的女人们啊，代表着各种文化。女人们或者来自农村，或者来自城市，或者来自于茫茫大海上的某一座小岛。有的浓妆艳抹，有的素颜朝天，还有的散出黑中透白的容颜，她们统统在摄影家的镜头下，呈现出别样的美丽。曹女士的微信公众号每天有近万人的浏览量，我想，不乏我这样的老观众。他们希望看城市里的一片空地，读雾霾中的一丝清新，看出美好，回味爱情，或者找寻回自己的青春。美女的目光让他们纯净，美女的腰身让他们思考别样的芬芳，在城市的逼仄中找到空闲，找到属于自己的遥远时光。

    然而，我更关注大地上的女人。

    那些亲近泥土的女人，或许是世界上最美丽的女人。

    故乡衡量女人的标准不是脸蛋，能干的女人才是最美的。在我的记忆里，好多女人的颜面之美可以忽略不计，而最美的女人一定是会侍弄土地的女人，织金描绣的女人，喜欢如母鸡领着小鸡一样领着一群孩子的女人。

    城市的审美还是有别于乡村的审美。当生活低微到求生的底线，技能或善心之美就超越了容颜本身；当城乡再无天壤之别时，人们的眼睛开始观望表皮的美丽。生存让生存本身失去了美与丑对比的力度。

    有时，我站在高楼上，观看这覆盖了大地的城市，那些行走在楼与楼之间的女人，道路与道路之间的女人，她们对大地而言已经失去了更多的意义。她们攫取着大地生产的食物，与她们一样的男人们，同在这座城市对望、苟且或者毫无目的与趣味地生存。自然的食物催生了他们希望看到的她们，而大地不再与她们接触，她们远离了大地，哪怕一粒微尘沾染到她们身上，她们都会暴跳如雷，而涵盖这种气质的所谓女人，被城市人称作美女了，充溢在城市的餐桌前、舞台上、教室里，甚至阔大的车展会上。她们会装扮成女神的模样，供人膜拜，或干脆沦为商业推手，美女成了浮躁城市的浮躁密码，让更多城市人见美人很难心动。而在我的内心深处，这些所谓的美女根本不是美女。

我依然喜欢与大地亲密的女人。有一年去非洲，那些黑皮肤的女人，她们和大地一样的肤色，她们的乳房如大地硕大的面包树，奶着孩子，孩子的牙齿闪现着洁白的笑意。在非洲大地上，我看到衣衫单薄的女人，在土墙与土墙之间，在黑孩子与黑孩子之间，在这棵绿树与那棵绿树之间，她们美丽成大地上的一幅风景画。那一刻我想哭，我看到妈妈的自然和儿女们的依恋，我看到与土地融为一体的黑人女人，她们的眼睛洋溢出对大地的眷恋。在黑人们的黑土房里，我无意触碰到一个现代化的收音机，就如看到一条贪婪的蛇，我想到生活在城市里的女人们，被现代化和高级饰品武装起来的城市女人们，那一刻，我不知所措。

城市里的女人们依然美艳地生活着，土地上的女人们大都向往着城市女人们的生活。我依然固执地喜欢那个几乎与大地融为一色的黑人女人，她在我的眼里，美丽成一面从未见过的旗帜，飘扬着，飘扬着，如沙漠上让你心发出呼喊的那片绿意。

那一刻，我将自己定格在黑人女人的前方，以蚂蚁的姿势，仰望。大地充满了温度，大地上的女人最美丽。

我有一个愿望，想让曹摄影家，与我一道，行走在非洲的大草原上，拍摄那里自由行走的动物，拍摄那些无视别人的眼睛，用黑色的乳房喂养一丝不挂婴儿的黑人女人们。我想问一问她，到底是黑人女人美丽还是798的女人们美丽。

我真不知道她怎么回答我，我只想，在我的书房里，放一张黑人女人喂养孩子的肖像照，那乳房，黑土地一样的颜色，好像，养育了整个人类的历史。

大地上的情感

北京的冬天还带着秋天的味道，雪就来了。

早晨起来，院子里一片雪花，汽车上的雪完好无损；落在地面上的都已经融化了；厚厚的一层落叶铺在院子里，有的树叶飘舞着与雪花嬉闹着，有的树叶多少藏着一丝悲伤；悬挂在枝头的绿叶们，与风抗争着，似乎在说："我能熬过这个冬天。"雪落在叶子脸面上，她抖落掉了。

我清晰记得那片叶子，从春天一直追随着我，也许是另外一片叶子，她映衬着楼房的一角，只要我每天早晨走过那棵树下，我就会仰望这片叶子。今晨，这片叶子不见了，我无法在路面上寻觅她的踪迹。很多事物，走了就走了，你的欢笑和哭泣，她已经无法享受；这一树的叶子，也许她们无法感知我的存在；但看到她们映衬着一树的绿，我的内心就充满敬仰。万千树叶成就了树木的葱茏，而冬天的抵达，让我仰望光秃秃的树干，在寒风中期待春天。树叶们摇晃过春天、夏天和秋天，最后把自己摇晃进冰清玉洁的意境里。

在秋天与冬天的分水岭上，雪是必然的客人。大地欢迎雪，而树叶是否欢迎雪，我无从得知；掩映在树叶之中的鸟巢，彻底显露出来。我看着它们，这些生活在空中的精灵，我就想哭，但它们似乎习惯了这一切，我看到两只鸟儿依偎着叽叽喳喳。鸟儿高贵的灵魂，一直是飞翔者的思维，纵使高空寒冷，它们也绝对不在阴暗处苟且。与树享受春夏的美好之后，这些鸟儿们在清爽的秋天，与树们一起享受树叶的金黄。当秋风刮尽最后一片树叶，在枝丫中间，鸟儿们生活在鸟巢中，享受着摇篮晃出的冬天。雪是冬天的使者，在风中的鸟巢，依偎的鸟儿们窃窃私语这个冬天的童话。每当看到鸟巢，我就会驻足拍摄，为这些大自然的生灵，为这些有可能冻死也依偎着大树的鸟儿们高尚的灵魂而感动。或许，动物学家们会给我诸多解释，这些高傲的灵魂就是为了求生的安全才选择了树杈间生存。其实，我的解释是，最不安全的地方最安全，生活的哲理告诉我们，苟且永远让苟且者无法苟且，反而，那些迎难而上的灵魂才能获得更好的生存体验。笼子里的鸟就是苟且的灵魂，它们驯化在人的视野里，远离了自然，大腹便便或者学几句人话讨好人类，但很难获得搏击风浪的技能和在大自然求生的坚强。在冬天，我在公园里行走一个多小时就有些难以顶住刺骨的寒风，而在树杈中间的鸟巢，在寒风中左右摇荡，我真担心它们掉下来，当又一个春天来临，我知道，我的这种担心是多余的。如今，人已经能设计鸟巢一样的建筑，作为会使用工具的动物，几乎无所不能。而对鸟儿而言，它们一根一根，从大地上，从大树上，衔来大大小小的木棍，是怎样把这些木棍搭成一个温暖牢固的小家的？它们搭成这个小屋需要怎样的抽象思维和理论计算？在上一根与下一根木棍的机械连接之间，它们是怎样不用黏结物而巧妙组合成一个好看坚固的巢穴而保证不被风刮掉的？它们建一个鸟巢会花费多长时间？是否也会像人一样傻，用更多的时间举行开工典礼或者竣工仪式？鸟儿们会在它们的鸟巢周围举办生日宴会或隆重的演讲吗？鸟儿们也会用夸夸其谈代替飞翔的优雅吗？我时常在黄昏看鸟儿们归巢，但那种悠然滑翔的优美姿势让我看到游子归家的笑容。

一只鸟，一只生活在四季的鸟，它自然的程度远远超越于人类，它的艰辛与欢快也会与人类媲美。我感觉鸟儿在一年四季都是温暖的，几乎随时都能听到鸟儿们欢快的笑声。在蓝天之下，在土地之上，在大自然中间，这些鸟儿们让我思考人类的情感。大地上的物事总让人深思不已，而鸟儿们作为自然的精灵，它们的视野，它们孜孜不倦的求生精神，或者它们作为建设者的精巧，永远值得人们学习。

我不忍心打扰一只鸟，我也无意去恭维一只鸟。人们喜欢以打鸟为乐，在冬天，我时常见到这些飞翔者的尸体，它们匍匐在大地上的姿势没有什么优雅可言，它们躲避不了人类的枪子，躲避不了伪装成美食的毒药，遇到强盗与毒食，它们甚至连在空中挣扎的机会都没有，纵使鸟儿们有再高贵的灵魂，有了人的龌龊，这些鸟儿们就失去了飞翔的可能性。雪或许会覆盖大地，而大地上的鸟儿会运用它们的智慧觅食，可恶的是心怀杀机的坏人们总会在这样的天气向鸟儿们落井下石。冬天，是鸟儿们需要躲避人类的季节，我经常在梦中，被一只呼唤春天的鸟儿叫醒，我看到那只鸟在空中栽头而下，鸟儿奔向河流，随水而下，它失去了飞翔的自由，也希望获得随水漂流的自由。

疲惫的人们已经习惯了大地变成城市，城市远离沙丘，树在城市里的数量越来越少，鸟巢也在城市里屈指可数。冬天，在北方，我会站在一个鸟巢下，另一个鸟巢下，静静地观赏。观赏鸟巢在枝丫间的样子，观赏一个鸟巢与另一个鸟巢的区别。倘若在鸟巢旁边，是瑟缩着芦苇花的河水，以及无边的大地，这样的景色尤其好，鸟儿们飞舞在空中，它们离开巢穴的谨慎以及归巢时的喜悦，我都能捕捉到。它们与树结成天然的联盟，陪伴它们的是大地、风，天空与山野。

这些自由的鸟儿们啊，在大地之上找到它们自由的情感。没有虚伪，没有做作，没有猜忌，没有设防，它们天天自由地飞翔。日出而作，日落而息，在阳光下，在风雨中，在恩爱里，在夜色蒙胧中。一个巢穴足以攒足飞翔的气力，一天自由足有存储自由的信心。

仰望鸟巢，我感觉到我作为人的卑微，它们才配享受大地上的情感，因为它们的情感是那样真实无挂、朴素自然！

大地上的人

　　大地上的生灵越来越少。最后剩下的将是谁？是百兽之王还是人类自己？此刻，我正在城市中心一个硕大的会议室开会，密压压的人群来自这个城市的各个角落，他们往往来自一个单位，是一组人群的代表。他们踩着大地而来，在商讨着怎样去开垦大地。大地赋予他们无穷的爱，他们却让大地哭泣不已。大地成为他们的实验室，他们试图通过大地获得自己的理想。

　　一个工程技术人员在诉说，诉说他对这个城市的贡献。他曾设计了无数的高楼，道路如蜘蛛网向着城市外围延伸。他喋喋不休，唾沫横飞，历数着自己对这个世界的贡献。在讲述又购得几千亩土地时，他的眼睛射出惊喜，好像那一块新征的大地如他征服的又一位美女一样。他在大地上，延伸着众人的高楼梦，听众在他的面前欢呼起来，掀起了噼噼啪啪的鼓掌声。人们似乎看到了城市的飞速膨胀，看到了自己的梦想化作了现实。我看着窗外的大地，大地无语，她已经习惯了人类这种形式的占有。

　　有人开始强调人类的安全，那是一位满头白发的讲述者，他如泣如诉讲述着人类被各类事故侵扰的事实——落水、车祸、疾病或者建筑事故。谈这些的时候，他似乎在讲述着人类的辉煌成就：他高兴地讲述自己这一生拦了几条大坝、挖了多少巨坑、修了多少地下道路、建了多少高层，他丝毫没向大地忏悔，而大地已经满目疮痍。他不认为这是人类的错误，而认为是自然毁坏了人类。风是大地的挚友，风将这些消息传给大地，大地什么也没说。

　　然后是一位艺术家的演讲，他说他要抓紧将当下的一些珍稀动植物描绘下来，以使未来的孩子们能知道这个世界上曾经存在过这些事物。他的话让满屋子的人暂时停息下来，旋即遭到一些人的反对。这位扎着马尾辫的先生指着艺术家的鼻子说："恐龙消失了，人类不是活得更好？"马尾辫先生的话让老艺术家面红耳赤，大厅里发出各种起哄的声音，有的嗤嘘，有的附和，有的吹起了口哨。屋外响起了风声，风让大地更冷了，会议厅遥对着的那棵树，一棵孤零零的树，树上有一窝鸟，按建设计划，明年春天，那棵树上的那个鸟窝，就会成为永远的历史。城市不再是鸟理想的家，而山野中也在继续修建更优雅的人的别墅，鸟儿也许只有迁徙到更远的地方去了。

一位女子开始就城市缺水问题做了生动的发言。那女子说新水穿越万水千山，终于来到了这个城市，这个城市又会鲜亮起来，大家又可以像以前那样尽情地用水了。女子动情地举起一杯从南方引来的水，一饮而尽。会场上响起一片欢叫声。

一个修电站的设计师十分严肃地批评了一些人的短视行为：那一片古树本在沙漠之中，虽然生活了上千年，迁到城市生存岂不更好？还有什么比人类的生存更重要，沙漠中的电站是一定要修的。而此刻，西北的那片沙漠中的古树林，正和沙漠悄悄私语，是最后的告别，还是深切的惋惜？

一位强调生态旅游的董事长，呼吁与会者不要在景区建设那些楼堂馆所，而要搭建不伤害土地的帐篷，尽情地享受自然的风光。他的建议立刻遭到不少人的指责，认为这只是董事长的浪漫设想，而非适合整个人类。人类就应该是大地的主宰，别去做那些异想天开的事情。董事长讪讪下台，有环保主义者开始埋下头去默然落泪。不久那棵迎客松枯萎了，被改道的瀑布也永远失去了飞泻之美。

人类的聚会结束了，地面的汽车开始发动起来，人们四散开去，会议室又恢复了平静。明天，或许后天，又有大批的土地会失去往日的容颜，大地再被人类重新设计一番，而被人类设计的大地愈来愈不是大地的样子。

我目送着人们远去，为自己是一个人而羞愧，我怎么会是一个人？倘若是一鸟，或许，我也会躲出去好远好远，直至看不到城市的地方，一个巢，悬在树杈间，那有多好！

风生活

　　夏天，田野里的母亲，仰望蓝天，沿着庄稼地劳作，一直到满脸挂满汗珠，母亲的腰杆快直不起来了，在地瓜沟里拔草，一沟又一沟。有风吹来，沿着秫秸叶子，风儿笑着，母亲就笑了。穷人对风都是感谢的，在阳光下，风是母亲的朋友，也是我的恩人，我知道风会吹落母亲脸上的汗珠，我也会在风中感受劳作之后的爽利。那是童年的影像，定格在一帧素朴的记忆窗格中。那时买不起照相机，但那影像却如刀刻般触及心海。

　　工地上的岁月，汗水会在一年四季流淌。普工、技术员、工程师抑或项目经理，是风中的符号，也是风眷顾的道具。寒风凛冽中，风与汗以不同的情感亲吻衣衫，肌肤在风中一年年吹来，让你年轻茁壮；一年年吹去，让你衰老不已。一个工地又一个工地，习惯了风中的行走，习惯了被风裹挟，习惯了对风的渴盼，也习惯了风的各种声音。风是有笑容的，冷风、热风、酷毙的风，微醺的风，抽打树叶的风，撩起向日葵的风，刮倒一棵古树的风。那些笑容或狰狞、或亲切、或冷酷，一如过去的岁月。

　　习惯了一个人享受屋子，当与人共处时，对风的感受就失去了自然的惬意。曾在燥热的夏天，一边在柳树下听着蝉鸣，一边享受自然之风的吹拂。夏天，空调的风我受用不了，倘若把门窗关闭不久，浑身顿感不自在。当我看到有人急切地寻找带空调的房间，我则喜欢敞开窗子，让风对流。空调散发的风是被动的产物，被动的东西我不喜欢。生活有时很无奈，让你不得不被动，我在这风的世界里，感受一丝温热。也许大半生享受太阳的恩赐，在阴暗的屋子里，通过温热去感受太阳的光亮，也是一种幸福。

　　风是我在这个城市，最熟悉的朋友，也是我最喜欢的东西。风或许能带来故乡的气息。夜深人静之时，雾霾锁着北京的天空，我希望风能像一把长剑，把天劈开一道口子，让月光洒下来，让雾霾跑得一干二净。风是月光的朋友，有时风又是雾霾的帮凶。我期待着风，又怕风引来雾霾。我遥望着远方，我盼着，风，风啊，来自遥远的过去，来自遥远的故乡。

没有什么值得我留恋不已，像一颗来自故乡的蒲公英种子，从故乡走出，就隔膜了故乡；从一个城市迁出，就遗忘了那个城市；从一份爱中剥离，就永远失去了爱情的记忆。陪伴我的始终，只有风。风是我的最爱，赶也赶不走。风啊，我欲与你一同归去，又想与你一同寻找来时的路。风吹灭了我的一路足迹，在贪恋风的气息中，我再也难以辨别本应明晰的来路，甚而未来的路也难以找到。

我是靠风活着的人。那风来自故乡，那风曾为母亲刮去汗珠；那风来自工地，那风会钻入外冷内热的衣衫，俯首听命于冬天的一个警告。我在风的簇拥下，一步步走向一所陌生的城市，我不希望与陌生相伴长久，我没有学会过多地逗留。城市里的风不属于我，风，被雾霾压着，被历史压着，被一些不明就里的事物压着，它无法自由地喘息。

我在风中徘徊，也在风中自省。喝酒归来时，风中飘荡着假酒的味道，家乡的老烧酒味道，偶尔能从金门高粱酒里感受得到。有时，真希望风把那款味道吹来，打一个饱嗝，再打一个饱嗝，让风醉了自己，享受，好好享受这一番风生活呀！

唯有风，让生活值得回味和赞美。我想，一定是这样的！摸着上下班路上的风，有时，我这样自言自语。高空中的飞燕，随风飘摇，也在与风嬉闹，飞燕的风生活一样也有许多动人的故事。

富有的穷人

作家是什么人？我一直在思考这个问题。作家就是在穷酸中神圣，在自我陶醉中解脱，在流浪中前行的人。作家适合一个人自由、潇洒地生存，不要试图用固定的框子去束缚一个作家。作家手无寸田，但拥有高山大海；作家身无分文，但可以享尽人间美色；作家弱不禁风，但他是铜墙铁壁；作家心冷似铁，但有时耐不住一句温暖的话。

高贵的头颅长在这样一批人身上。哪怕一袭长衫是陈旧的，但一定会漂白干净了，呈现给观众；哪怕脸上的皱褶不与年龄相称，也会再让皱褶反复沉思；哪怕没有温饱可依，也不会仰人鼻息。作家的头颅就是这样怪异，这样固执。真正的作家，他的头颅无法称量，他的面容与众不同。

善于思考的头脑注定了这一批人会惹人注目。这是怎样的一个脑袋啊，吃着朴素的白菜，操着黄金的心；身居浅陋的居室，却想着让世界充满辉煌；看惯了城市的落日，却喜欢到大海边享受阳光。他们的脑海里，有数不尽的光芒，用不完的智慧，写不完的故事，说不尽的思想。这样的头脑活像不停运转的机械，即使在梦中，泪的滴落，也发出金属的声音。

真正的作家骨头是最硬的。我看到一位作家孤傲成一只狼，在野地里寂寞地悲鸣。他看到了遥远的月亮，他看到了人类接近悬崖的绝望，他甚至感觉到自己的骨头在被世间的一切摧残着。疏松的骨头会暴露一个作家缺少钙质，但作家总希望靠自己的力量去改变自己和世界。更多时候，世界在作家的怀抱里哭泣，一如受伤的羊。

真正的作家可能一贫如洗。此刻，我站在诺贝尔获奖作家的门前，这座小城干净无比，每一个院落都是建筑设计的经典，带有传统的韵味和现代建筑的美学特点。而这位作家的门扉是凹进去的，作家采用这种别致的设计，显示着自己孤傲的个性；门扉是木质的，挡着院子里那些急切地想探出头来的荒草。这是一个病了的作家，作家的院子生病了，满院门的荒草，我感觉我的心里也长满了荒草。然后我深深地向作家鞠躬，向这个一贫如洗的院落鞠躬，向我心中的荒草鞠躬。然后洒泪，与这座城市格格不入的院落告别。

真正的作家平凡得像一块土地，他的人生之地上生长着各种各样的植物，死去了，人们也会从这片土地上挖出丰富的矿物质。我看到一位位作家老去，然后他们又一个个从春天里出来。我从孩子们的眼神里看到了作家的灵魂，从老师的教鞭上看到作家的笑意，然后从企业品牌的扩张中，看到作家的怨气，在大地上嬉笑的猴子身上，我看到了作家的裸体……

作家更多时候喜欢自言自语，不喜欢被别人的语言绑架，也不企图用语言去绑架他人。这是属于四季的语言，属于田野的语言，或者属于一个歌者的语言。作家更多的时候是神经病，他的神经始终是敏感的，敏感于别人的麻木，敏感于这个世界的变化，敏感于未来的危险。

作家的穿戴与常人无别，但他穿的是朴素的衣衫，他和平民一样朴素，更多的作家享受着生活的简朴，但我时常感到他们是富有的一群，在北京，在异地，我时常为作家们的境界而欣慰。富有的穷人多了，这个世界才会敞亮起来。

古镇的厨子

这是冀中山区一座赫赫有名的古城，青砖黑瓦石板路，装点出老城的古朴。清晨的叫卖声和着鸽哨飘荡。那一袭白云游荡在某个高宅大院的上空，演绎着这座古城的春秋。

最早叩响石板路的一定是祖孙二人的拐杖与木屐声声。女孩回眸看一家家小吃店里摆出的紫绿青黄，一手扯着爷爷的衣角，一手放到嘴里撕咬着。小姑娘天生是个表演家，也是一个十足的馋虫，爷爷的拐杖敲击石板路的声音清脆而有力，总会在孙女的坚持声中止下步来。爷爷在一牛肉摊点停下脚步，孙女望眼欲穿。爷爷掏出两角钱，取过荷叶，铺在孙女的小手上，店家恭恭敬敬地将牛肉摆在小女孩的手上，连汤带汁。小女孩一脸羞涩半脸绯红，半张脸的绯红已被张开的大嘴淹没。店家笑了，爷爷也笑了。目送祖孙俩远去，店家神清气爽；每天早晨，这样的情景都会发生在这俩祖孙身上。阳光绕过门楼舔在小女孩身上，一副讨好的模样，阴影多了衬托，石板路的清冷就被食物的清香融化了，古城温暖起来。爷爷这时会扔了拐杖，沿着石板路向前走，小女孩拾起拐杖递给爷爷，爷爷笑着。祖孙俩一步步走远，一老一少的身后，丢下满石板路的阳光。

爷爷还不是白胡子老头的时候就已经是这座古城的名厨了，方圆百里，以请到爷爷去做饭菜感到荣光。曾有数年，古城失去了街道的繁华，那时爷爷在银行里做饭，据传有好几个姑娘小伙因为贪食爷爷做的饭菜咬伤了舌头。附近机关的人也喜欢托亲访友到银行里来蹭饭。物质困乏的岁月，一顿香汤足以让人回味半年。小女孩出生的那一年，爷爷退休了。古城上的许多名吃店蜂拥而至，都想聘请爷爷去做压阵师傅，爷爷笑而不答，头摇得像拨浪鼓。

爷爷梦见一条蟒蛇顶着房顶的当天，小女孩出生了，爷爷坚定生的是孙子，可生出来竟然是个孙女。爷爷那一天喝得大醉，但第二天听到孙女的啼哭，爷爷还是捻着半黑半白的胡须笑了。

小女孩叫凌凌，冰凌的凌。凌凌的爸爸妈妈在省城上班，把凌凌放养在爷爷家里。爷爷对孙女十二分地尽心。抱着、背着，驮着、托着，真个是"放在嘴里怕化了"的小心。凌凌长得乖巧，喜欢贴着爷爷的胸膛睡。爷爷每天要醉，爷爷的酒气熏天，凌凌就摸着爷爷醉了的胡须睡去。凌凌的小肉团儿贴着爷爷的老榆树皮儿，睡得舒心、香甜。凌凌离不开爷爷，每晚一定要缠着爷爷睡，爷爷也离不开凌凌，每晚都会在凌凌的甜言蜜语里喝醉。

在太阳似醒非醒的时分，祖孙俩总要离开自家的院落，到大街上走一圈。教堂上空的鸟儿开始飞向远方，早起祷告的人们恢复了多年前早起的习惯，古镇开始喧闹起来，各种早餐也如人们的信仰一样从各家门口钻出来。凌凌喜欢跟着爷爷走，爷爷看的是路，凌凌看的是吃的；爷爷前行，凌凌拽着爷爷的衣角后退。多年之后，古镇上的人们依然记得这祖孙俩滑稽的早行图，一个老房东凭着印象画出来的图画，让长大的小女孩看得满脸绯红，满眼甜蜜，那贪恋的吃相惟妙惟肖，覆盖了凌凌的整个童年。

爷爷在孙女的牵拽里步履越来越慢，只好拿起了拐杖；山羊胡子一点点变白，后来全部变白了，孙女也扎起了羊角辫儿。古镇上的青石泛着青光，叙说着无数人走过的历史。喜欢打麻将的爷爷人缘不错，爷爷有些走不动了，爷爷靠打麻将叙述自己的一生。打麻将的人们一边打着麻将，一边听爷爷讲述每个菜品的来历，直说得每位牌客满口生津。爷爷是古镇里唯一一位把自己做的菜品讲出文化、讲出历史的人。小女孩凌凌依靠着爷爷，站直了身子，对各种名菜名吃充满了向往。只是爷爷有些老了，爷爷再也不能每天早晨拖着自己沿着古城的大街小巷一步一步地向前行走了，爷爷在牌桌上，向牌客叙述菜的来历时，凌凌感觉满口香味。

终于有人请爷爷出山了。是一家人办喜事，也是牌友。牌友以子之矛攻子之盾，就点爷爷常讲的几味名菜，爷爷碍于情面，只好答应下来。不过爷爷有个条件，要带着凌凌一起去，凌凌高兴坏了，一夜没有睡着。

从此，凌凌成了爷爷的跟脚虫。自从爷爷重操旧业，几乎隔三岔五就有古镇上的红白喜事发生。爷爷的菜品传遍四面八方，谁家都把能请到爷爷去做菜当成殊荣。人们根本不在乎一个小女孩的吃喝，凌凌就是爷爷的小油瓶，在硕大的场院里，在油香四溅的铁锅旁，小凌凌吃得满嘴流油、满脸微笑、满身壮硕，在古镇里，只有这个孩子的童年能与古镇的古老相匹配。

爷爷把古镇熬老了，古镇上空的鸽哨也一天天变老了。爷爷的手脚迟缓下来，凌凌也快到上学的年龄了。凌凌离开古镇的那一晚，搂着爷爷的脖子睡得香甜，爷爷的嘴嚅动着，说着醉话，老泪从树皮脸上流下，一遍又一遍。第二天一早，凌凌被爸爸抱上自行车的时候，爷爷虚脱了一样。爷爷在凌凌走后，谁家请他去承办红白喜事，他一概拒绝。爷爷就是爷爷，爷爷重新回到麻将桌，不再讲述曼妙的菜品，专心致志地打牌。爷爷的牌桌以寂寞著称，麻将拍在桌子上的声音，冷酷而悠远，一声又一声。

凌凌很少再回那个古镇，因为求学，因为升官，因为生存，因为爱情，因为旅途遥远，因为出国学习……有一年，爷爷终于架不住了，爷爷倒在了牌桌前，爷爷连同他松垮的肌肤一并倒下去了，任凭崇敬他喜欢他的人们怎么呼唤，再也没有起来。

出殡的石板路上，不时有街坊邻居摆出麻将桌，长大的小女孩凌凌就要跪下来向人家磕头。和爷爷打过麻将的人，吃过爷爷饭菜的人，恭请过爷爷承办红白喜事的人，都会记着爷爷的喜好。麻将桌无言无语，凌凌却泪雨滂沱。在青石板路上，跪下又起来，起来又跪下，早哭成了一个泪人儿。爷爷是她整个童年的记忆，如今她生活在城市里，吃过众多山珍海味，没有一份能超过爷爷做出的味道；她继承了爷爷的基因，平时喜欢做菜，常常馋掉了同事的舌头。在名庭大店就餐，她能讲出每个菜名的来历，她成了菜文化的传播者。她在品尝菜的时候，自然会想起爷爷花白的胡须、贴心的胸膛、指点自己额头时的嗔怪，常常一个人大笑起来。

一个值得纪念的下午，女博士与我同坐在茶舍里，回忆起她的爷爷，哭一阵笑一阵，我也像一位她爷爷菜品的食客一样，与她一同回到那个古镇。古镇于我，只是表象；于她，则是她的灵魂。我羡慕她拥有这样的童年。整个下午，我们沉浸在古镇的悠远之中，沉浸在爷爷的菜香酒醉里，以至于步出茶馆，都没有感觉到中秋的冷，这个世界到处弥漫着亲情的温暖。

老教授

　　伊的博士副导师是他，伊经常去看他们——老教授和他夫人。我去看老教授的次数快超过我的恩师了。一旦有好吃的，总要想到恩师和老教授，自从认识老教授，一种亲，从心底发出来。

　　那时他还住在别墅区，我认识老教授的时候，老教授已经退休。老教授退休前是中国人民大学哲学院的老师，爱人在校工会工作。老教授的夫人身体不好，而比老伴身体更不好的是儿子和儿媳。因为一次变故，儿子的身体换过内脏，落下了病根，要经常性地换血，每次去他的别墅区，听老人讲述，我都揪一次心。中国人民大学的许多老师在那里买了房子。老教授一住十几年，儿子的住地离他们很远。

　　每次去看老教授，老教授都会反复询问我的工作、学习情况。老教授对我写作的关心超过他的哲学著作。伊经常代老教授收取文章和稿酬单。那时，老教授的身体好些，还四处去各地讲课。老教授几十个博士、硕士弟子，弟子们都很牵挂老教授。陪伴着自己的导师，天南地北地讲课，让更多的后生能聆听老教授的声音。

　　随着老教授儿子病情加重，为了互相照顾，老教授卖了别墅区的房子，迁移到五环外的上坡家园居住。一早一晚，家人能居住到一起了。儿子儿媳很孝顺，老教授住宅条件变差了，眉头却舒展了。搬家前，他担心自己的那一万多册书籍的去处，学生们终于为那些书找到了好去处，他才放心地搬家。

　　老教授搬远了，我们只能挤相对大块的时间去看他，每次去都亲如家人。老教授就讲他大半生的历史。老教授本姓封，三岁时没了父亲，随母亲改嫁到宋家，遂改为宋姓。自小生活在鸭绿江边。小学、中学一直是学习尖子，校长的哲学修养引发了他的哲学爱好，他报考了中国人民大学哲学系。读书不过一年多，接二连三的政治运动让他终止了学习。改革开放后才得以补发本科文凭。老教授很感激他从学校到农村去工作的几次经历，认为学到了许多书本上没有学过的东西。人大复校后从事伦理、道德学科建设，拧紧了发条般工作，编辑了伦理百科全书，最让他心疼和遗憾的是母亲只到北京来过一次，他再也没有机会回去看望母亲，直至母亲去世。老教授的岳母一直在京，与他们一起生活，直到病故。老教授的夫人说起这些，总夸赞老教授的孝顺。

伊和我总是在老教授出院之后才知道老教授刚刚住过十几天的院。老教授嘴紧，不愿意麻烦人，我几次交代他老人家，遇到急事一定喊我们，他还是坚持不惊扰别人。八十岁的老人了，经常骑着自行车到学校，北五环到人民大学有很长的一段距离，对我来说都是畏途。最近一次，老两口去校医院看病，突然晕倒，赶紧转院治疗。他出院后才告诉我们，怕影响我们工作。老教授夫人告诉我们说，就是编书累的，整天坐在电脑前，血压、血脂、血糖更高了。

每次我去老教授家，都会到老教授的书房看看。他的书桌上摆放着解放初期出版的繁体字书籍，上面用笔勾画着，能看出一位老学究做学问的严谨。几年前，老教授写过一本《幸福的哲学》，教导读者如何享受幸福，而他自己把做学问当作最幸福的事。

执意邀请老教授和他夫人去新开的酒店就餐。扶着老教授登车的那一刻，老教授步履蹒跚，让我突然感觉到老教授真的老了。席间，欢声笑语，老教授说起往事和学术，依然兴奋。饭毕返回上坡家园，老教授坚持不让我们送进院内，而在路边停下来。老伴牵着老教授的手，示意他俩能行。晚灯中的两位老人始终没有忘了考虑别人，那一刻，我好像被什么激了一样，在缓缓行驶的车上，向二老默默观望。两位老人一直笑着看我们离开，他们的笑烙在我的脑海里，晃了一路，久久不去……

每个人都是自己的太阳

　　早晨看新闻，奥巴马开始驱逐俄国外交官，认为这些外交官干扰了美国的总统选举。这个有些孩子气的美国总统啊，这一做法不仅滞后，还显得没有肚量。不难猜想，随后将有更多的后续效应发生。人不能活在历史中，所有的历史只能相似而不能重演。在故纸堆里可以找到值得崇拜和唾弃的人，但真正想找到完整的成功经验来套用，那是天方夜谭。其实，每个人都是自己的太阳，不要试图通过别人照亮你自己，你往前闯，未来一切都会明亮起来；你自己的历史可以借鉴，但绝对不可效仿，不是你变了，就是世界变了。所以根本用不着别人怜悯，你的成功是由内在品质决定的，你的失败也是由你的错误决定导致的。一句话，心中太阳的大小，决定你的判断，掌控你的格局，伸展你的未来。

　　读书是幸福的事情。我几乎每一天力争读一本书，有些人认为这绝不可能。我反问他：你一个小时读几页书？他瞠目结舌。一个人读书的多少，绝对与自知有关系。我一个小时读正常版本的图书是 32 页，一天用 6 个小时读书的话，200 页左右的图书足足可以读完。地铁、午休或者晚上是工作之余的读书时间，牵扯工作的书，自然可以在上班时间读，所以一天读一本书不是难以完成的事情。自知是人成事的基础。测算一下自己的各种能力（譬如读书与打字的效率），面对一项任务就能有把握面对，而不是茫然以对。

　　在我的经验中，那些整天忙碌的人多是没有章法的人。曾在某单位工作时，一位整天忙碌不已的老先生，时常得到领导的赞赏，认为他很辛苦。其实仔细研究他的工作，毫无章法。桌面上的文件一摞一摞，为了找一个材料需要半个多小时，而他的工作又缺少计划性，导致工作断无头绪。可想而知，这位老先生每天工作在无序和杂乱之中的情景会多么影响他的工作效率。运筹帷幄者不急不躁，心中早有长久的计划，每日工作就会有条不紊。工作的有序会让他游刃有余。而不少领导喜欢看下属忙碌程度来判断其工作优劣，这种方式算不得高明。

一位研究垃圾处理的专家，在小区里提倡垃圾分类，因为宣传方式不对，在小区里受到居民的攻击，最后只有自己按照他所定的规则进行分类。这样的效果可想而知。可见，良好的愿望不一定能获得良好的效果。要想在生活中获得更好的结果，需要改变方式方法。只有别人接受自己，才可能获得更好的效果。

一位老教授苦于无法改变儿子的生活习惯，他总结说自己的教育方式是失败的。其实，对他而言，恐怕不仅仅是教育儿子的失败，更多的是教育学生的失败。我也在做某校的研究生校外导师，我的愿望是催生学生的思想，而不是限制学生的思想，这样出来的学生也许没有规矩，但总不至于限于套子里。教育的失败就在于让人循规蹈矩，学着学着就学傻了。

一次集体合影前，我发现阳光洒在光与影的交汇处，人的脸是花的。摄影师说，图像软件很难对此修改。其实自然中的很多事情，需要我们自然地去对待，硬性的修改总不如自然的完美。就如一个人，自然地成长，总比那一纸命令要给予你的多得多。

当有人问我，你感觉你自己怎样？我会说：我心中有个太阳，我感觉前进路上始终有光。因为这光，我看到了希望，也知道了等待的分量。关键要知道，自己心中需要什么样的太阳。在世上生存，这是一个人成就他人和自己的根本。

那把小提琴

妮妮看着老父木然的眼神，知道父亲的病治不好了。作为一位几千人大厂的总工，父亲当年是多么英俊、威严而又充满父爱。现在父亲和大厂一样倒了，每天流着鼻涕，双目像要找回丢失的大厂一样。妮妮帮老父亲洗着手，想着这双手当初是多么地秀巧，多少精密的机床来自父亲那双手。家中墙壁上贴满蓝图。父亲每天晚上在蓝图前徘徊、研究。妮妮也养成了看蓝图的习惯，每天，当爸爸上班走了，妮妮就对着蓝图一点点地看。妮妮徒手画图的功夫好呐，那天去买保险，保险员要她演示一下家的方位，妮妮一出手，画出的圆让保险员的眼都亮了。和爸爸不同的是，爸爸一脸严肃，而妮妮喜欢唱歌。在妮妮的童年里歌声连着歌声，那所学校的人都知道有一个金嗓子，那就是妮妮啊！妮妮的嗓子能把天上的飞鸟唤来，也能屏住了全校师生的呼吸。几乎所有与音乐舞蹈绘画相关的事，妮妮都爱参与，拉二胡、拉手风琴、打鼓，妮妮占全了，这些似乎都是宣传队留下的东西，在参加一次市里举行的音乐比赛时，妮妮喜欢上了小提琴。那简直是一个神奇的物件，琴声悠扬，天籁之音在音乐厅里久久回荡，听得妮妮眼都直了。

妮妮是老大，下面还有老二老三老四，清一色的女娃。爸爸一个人的工资养活着她们四个，当然还有妈妈。姊妹们的衣服补丁摞补丁。妮妮张不开口向爸爸要小提琴。一把小提琴要花去爸爸一个多月的工资呐。不过，妮妮有妮妮的办法，她喜欢画小提琴，正的、反的，小的、大的，从上面往下看的，从侧面瞧的。妮妮的画本里藏着一张一张的小提琴。有时小提琴在妮妮眼里动起来，妮妮能听到美妙的声音从纸面上蹦出来，敲击着自己的耳鼓，妮妮就幸福地笑了。

爸爸猜透了妮妮的心思。爸爸答应给妮妮做一把小提琴。借一次去北京出差的机会，爸爸到商店里看了小提琴的模样，还认真地量了尺寸，直看得营业员不耐烦了才离开。

父亲在周末用了一整天时间画出了小提琴的平立剖图，找来了两块完整的木头，开始了他一点一点的雕琢。连续一个多月的业余时间，父亲乐此不疲。木头在父亲手上变戏法一样，开始有了小提琴的轮廓，后来又脱坯出一个完整的琴盒。父亲在木头上一点点挖刻，木头如一位听话的孩子。爸爸把做机器模型的功夫全用上了。甚而，爸爸在小提琴的竖面上还画了一幅画，刻上了妮妮的名字。在妮妮生日这一天，抱着小提琴，妮妮泪水涟涟。小提琴在妮妮手上发出怪音，引来小伙伴们里三层外三层地看，从此，妮妮所在的学校有了第一把自制的小提琴。

小学的音乐老师是小提琴高手。这把小提琴的音质在音乐老师和爸爸的互相商讨下得以提升。妮妮靠这把小提琴获得了市里的大奖。不仔细去看，这把小提琴和别的小提琴并无二致。仔细看上去才能看出手刻刀削的痕迹，加之油漆的功夫不到家，这把小提琴的颜色看上去深厚了一些，像一把古琴。

妮妮靠这把"古琴"过关斩将，从小学到中学再到大学，吸引了众多粉丝，获得了不少大奖。从小村房屋的古朴到大上海潮湿的空气再到皇城根的大殿，这把琴一直跟着妮妮。直到父亲和大厂一样倒了，直到父亲有一天患上老年痴呆症。

妮妮摩挲着父亲的手，看着墙上的小提琴，一会儿又看看父亲的脸，妮妮幸福地小声哭泣着。妮妮取下琴来，掸去琴上的灰尘，抽动拉杆。屋子里开始弥漫起醉人的琴声，妮妮看到父亲笑了，妮妮开始每天为父亲拉琴，琴声穿越门窗，引来鸽子的叫声。出奇的是，两年之后，父亲在琴声里慢慢恢复了神志，后来又能看书读报了，妮妮眼里闪耀着泪花。父亲坚持回到那座不起眼的小城，过起他悠然自得的晚年生活。

又到中秋，看着墙上的小提琴，妮妮想起爸爸。她再一次拿起小提琴。琴声悠扬，妮妮又回到了童年，她看到了父亲佝偻着腰为她做琴，她听到了父亲哼唱的琴曲，一个人在屋子里啜泣着，直到月亮升起来，琴声一样洒满大地……

巧青

巧青的针线活在小县城独一无二，有人说巧青无师自通，有人说巧青悟性高，会偷艺。巧青当兵走的那一年，不少邻居大妈来看巧青。巧青当兵的地方在北京皇城根儿。表哥在军营，路子广。巧青刚想在女红上大显身手的时候，被表哥招进军营，成了一位英姿飒爽的女兵。

女兵的苦对巧青算不了什么，军营里的饭菜很快就把巧青养成一朵又白又壮的花儿。军营里的战士们喜欢和巧青说话，巧青喜欢军营里的铁血男儿们，巧青唱歌像百灵鸟。有一位老将军，看上了巧青的乖巧，说什么也要让巧青成为自己的儿媳妇。将军的儿子叫宝钢，国营大厂里上班，从小在军营里混大，也有几分英气。巧青的表哥替巧青做了主。秋高气爽的一天，巧青与宝钢举行了一个革命化的婚礼。从此，巧青就进入了一个军人的家庭。

结婚后才知道，宝钢这军人子弟，啥活干不了不说，脾气还挺大。晚上夫妻做那事，让巧青翻来覆去地换姿势，还动不动以上司的口气下命令。好歹巧青有军人素质，忍了几年。女儿一出生，丈夫一家人，马上换了脸色。丈夫喜欢儿子，婆婆喜欢儿子，连小姑子也喜欢儿子。这时候，巧青的乖巧不再重要，重要的是女儿只能是女儿。宝钢回家的次数日渐减少，有几次，巧青去商店，竟然看到宝钢挽着一个女人的手臂，从商店这头，走到商店那头，看见巧青，如没事人一般。

巧青跑回家哭了一夜。肿了眼泡，面对着嘻嘻笑的女儿，巧青还是忍住了。有两次，宝钢带女人回家，巧青气得肚子疼。在一个血染西天的黄昏，巧青决定和宝钢谈谈。她说到父母的责任，说到一个人在社会上的名声，说到女儿的可爱，她把自己都说哭了，而宝钢的脸色却越来越难看，宝钢把碗筷摔在地上，一拧脖子，人就走了。

巧青谈判无望，求助公公婆婆，公公开始还劝慰巧青几句，时间一长，耐不住婆婆拉长的脸色，也就不言语了。孩子慢慢长大，逢年过节，丈夫不喊，婆婆不叫，开始几年，巧青还抱着各种幻想，但经常看到丈夫挽着一个女人的手臂，再挽着另外一个女人的手臂，巧青的脸就慢慢凉了。

逢女儿生日，巧青就给女儿买一大堆的玩具；要是巧青过生日，女儿也会给巧青画许多画儿。表哥、表嫂隔三岔五打个电话，关心这娘俩。军营里的规整和养孩子的辛苦让巧青没有更多的时间想自己的事。巧青都忘了自己曾经拥有丈夫了。

表哥退休的那一年，巧青也转业了，转到政府部门。她和女儿还住在军营里。她把精力放在工作和女儿身上，时光过得真快！转眼女儿已经快高中毕业了，宝钢有一次回来，似乎有些回心转意的意思。正碰上女儿生日，宝钢没给女儿买一点礼物，甚至一句吉祥的话都没有。巧青泪眼盈盈，一句话也没说，也没留宝钢，也没撵宝钢，最后还是宝钢若有所失地走了。

终于坚持等女儿参加完高考，巧青对宝钢说："我们已经分居了十几年，现在把手续办了吧？"宝钢却坚决不同意。巧青远在小县城的母亲打来电话，奉劝巧青还是凑合着过吧，婆婆家也发来求好的信息。巧青住在部队大院的房子里，孩子读大学后，倍感孤独；可回头想想这些年，宝钢没有半点怜悯孩子，不管不问不给钱，靠着巧青自己支撑；婆婆一家权当没有巧青母女存在。除了这一家人有想要一个男孩的理由之外，巧青真不知自己做错了什么。但想想母亲那满头白发，她还是以沉默表示了应允。

宝钢终于住到家里来了，不过二人还是分住。巧青部队待久了，干活利索，宝钢在家，她就做饭，从来不给宝钢说一句话；宝钢也知趣，做什么就吃什么，二人在一起，生活着，每日如看无声电影。

巧青计划着这样待上几年，等女儿毕业了，她就去陪着女儿。她希望女儿尽早生个娃儿，好把这一辈子积攒的话儿说给娃儿听。每次这样想，她就会给女儿电话，千叮咛万嘱咐，一定要让女儿早一点找个男朋友。女儿笑着在电话那头说：老娘，我就喜欢过女光棍的日子。不像你，一辈子看老公和婆婆的脸色讨生活！巧青泪眼婆娑，自言自语：这孩子，女红不做倒也罢了，连男友都不要了……

外婆的黄土地

女博士的房子是背阴的，周末或假日，女博士一个人爱两只手托着腮发愣。被子要用熨斗熨了，才能去潮，但缺乏太阳的香味。自从离开黄土地，被子的太阳香味就享受不到了。那是外婆的习惯，早晨把被子拿到场院里，让阳光钻进被子里，夜晚，阳光一点点溢出来，妮妮就喜欢闻那香味。女博士那时叫妮妮，妮妮喜欢缠着外婆撒娇。当然，妮妮最喜欢的是与外婆一起串亲戚。冬天的黄土地上，一老一少，一个黑衣一个花衣，奶奶头儿梳得一尘不染，一丝不乱，把小脚一层一层地裹了，把尖鞋往地上压压，然后踮起来，牵着妮妮就走。黄土地因这一老一少的行走，顿时光鲜起来：老的左摇右摆像跳舞，小的蹦蹦跳跳像杂耍，远看是一张油画，近看是祖孙亲情。

妮妮每天都看外婆梳头，外婆好像耙耧黄土地，一遍一遍，耙过来，耧过去。梳掉的头发也舍不得扔掉，积攒下来给妮妮换扎头的橡皮筋。妮妮最喜欢享受奶奶梳头的感觉。一梳子一梳子，像音乐老唱歌；一梳子一梳子，像细雨撒入黄土地。然后外婆分开绺儿，刘海衬托着两个羊角辫儿，让妮妮顿时生动起来。外婆为妮妮梳头，有的是耐心，没有一点焦躁，像音乐家完成一场演出。整个童年的记忆里，爸爸和妈妈难得有几件关心自己的事，外婆对待自己的细节，一摸一大把。

妮妮几乎和奶奶一个模子刻出来的，脸白、腰细，不久就如一棵钻出大地的向日葵一般，跳跃在黄土地上了。奶奶每天为妮妮梳头，犹如抚去压抑妮妮成长的泥土。妮妮开成了黄土地上的一朵花。

外婆的厨艺没有爷爷的厨艺好，但妮妮知道外婆做的面条比任何人做得都好吃。黄土地上的面食数不胜数，妮妮最爱吃的还是外婆做的面条。外婆会把面条切成长短相等，外婆擀出的面条一根是一根。妮妮吃着，外婆数着：一根、两根、三根……十根刚刚好。每一根是一根，从跟着外婆到离开外婆，妮妮吃面条一直是一根一根地吃，只有外婆知道，每根面条的长度在逐年加大。妮妮养成了习惯，每次吃面条十根，妮妮喜欢清清爽爽的。

妮妮长得白，人又乖巧。从小学到大学，十分惹老师喜欢。一路面条一样的白，一路也吃面条一样的踏实。在黄浦江边结束了大学学业，她竟然获得综合成绩第一的好成绩。校长亲自把她送到北京，并把她托付给一家部委的领导，计划经济，好学生会分配一个好部门，妮妮就成了领导眼中的好学生。

妮妮的到来打破了机关的平衡。这位黄土地上的孩子带有黄土地上的单纯和黄土地上的气息。妮妮一根一根吃面条的动作化作工作中的有板有眼。妮妮的工作得到了领导的认可。领导夫妇出门，喜欢把自己的女儿交给妮妮带，妮妮像对待自己的亲妹妹一样教领导的女儿。像奶奶为自己梳头那样为领导的女儿梳头，也会擀出面条让领导的女儿一根一根数着吃。后来领导走了，机关里的女人们对妮妮的受宠说三道四。妮妮偶尔听到，心中装满了委屈。新领导来了，依然喜欢妮妮，妮妮还获得了一次出国读硕士的机会。在国外，导师是位慈祥的女人，和外婆一样。学业结束后，妮妮特意邀请导师到黄土地上转了一圈。还和外婆合影留念。见过合影的人都说，外婆的脸盘和那外国人太像了。

妮妮又回到机关工作。原先的脾气又加上去国外学来的洒脱，她的工作更加得到领导的认可，只是机关里的女人们不再和她交流，平时看她的眼神也是鬼鬼祟祟的。机关食堂里的面条没法一根一根吃。有时妮妮躲到宿舍里，自己擀面条，一根一根吃面条的时候，泪就掉落到面条碗里。

后来妮妮恋爱了，男子是部队大院里长大的，说起来公公婆婆还是高干。举办完婚礼，男人成了老公，老公看她的眼神如饥似渴。婚后，妮妮下班晚一点，丈夫就会盘问；大街上遇到妮妮和领导行走，回家就会追根问底一番；有单位的女人似讲非讲地告知丈夫一些莫须有的事，就可能引起丈夫回家后的追东问西。妮妮就像失去了自由的鸟儿一样，每天在生活的牢笼里扑腾。

后来换了领导，新来的领导受到机关女人们的挑唆，对妮妮与前几任领导的"暧昧关系"深信不疑。妮妮欲哭无泪，工作更怕出半点差错。

终于有一天，妮妮回家晚了一些，丈夫暴跳如雷，拳脚相加，污言秽语吐了妮妮一身。妮妮一根一根吃着面条，然后毅然决然选择离开这个小心眼的男人，无论亲属怎么劝阻。

妮妮"在机关里与领导好"的"事实"因为与丈夫的离婚进一步被机关里的女人们"坐实"了。看着一个个身边的人不断被提拔，有一次妮妮找到领导，领导用"这个嘛、那个嘛"去搪塞；有一次她拿出一套改革方案给领导，领导大发雷霆，骇人的眼光让妮妮好几天不敢去上班。

妮妮决定考博士，靠学习驱逐无聊；妮妮想接外婆来住，外婆说住不惯大城市。外婆说，家里的鸡又长大了，黄土地里的向日葵也收了，外婆脸上的老皮儿也越来越松了。每次电话，总想让妮妮回家。妮妮困乏的时候，大片黄土地就会走到妮妮的梦里来，外婆在黄土地上越走越远，只有妮妮一根一根吃着面条，坚持吃完十根。

当机关里用女博士取代妮妮的名字的时候，她已经是社会上知名的学者了。妮妮坚信社会上还是有许多识货的人。女博士的改革方案获得了一批又一批专家的认可。领导看她的脸色更难看了。女博士是个孝女，十年前借钱为父母养老在近郊买了一套别墅，后来因为父母坚持回家而空闲着。一出手，女博士就成了富人了。衣食无忧的女博士想通了，也不再叹羡周围不如自己的人纷纷升官晋级，她在学术上博得了众人喝彩，为自己找到了心理平衡。她依然每天吃着面条，一根又一根，直到十根。时光推移，机关里的女人们嚼舌根的渐渐少了。

女博士一个人的时候，喜欢一边喝茶，一边与外婆聊天。女博士历时五年写出来一本书，书的结构却被王家大院的讲解员给戳破了。女博士书中讲解社会责任的结构，竟然与女讲解员说的一样。女博士把这些事告诉外婆，外婆说她是有遗传的。外公的爷爷曾经开过票号，开票号的人想的就是要照顾好方方面面。女博士的泪又一次下来了，她挑起碗里的面条又放到碗里，看了又看，想起外婆的黄土地，一根也没有吃下去。

雪地里的红围巾

人生充满了宿命。

二十世纪八十年代初，我在济南求学。那时面向青年的杂志很多，我是铁路工人出身，来自工程单位，喜欢看《建筑工人》，一是喜欢此刊的刊首小诗，再就是喜欢衬底的散文和小说，中间部分的施工小窍门，可是我的最爱。在崇尚劳动的时光里，读起这份刊物来，自然、亲切！我喜欢把诗歌抄写在笔记本上，一遍遍地读，有的至今还能背诵下来。这份刊物，温暖了我的青年时光，从某种意义上说，奠定了我以后所行走的技术、文学双重路线。

毕业分配到铁路工程队时，随身携带的是一年的《建筑工人》，我在刚走向工作岗位的第一个月，看到工地上工人们劳作之余喜欢下象棋，工地上下象棋的人虽然言行不文明，但充满了生活情趣。有些臭棋篓子善于把握对方的心理特点，运用激将法将对方战胜，两军对垒，充满了棋盘内外的厮杀，有的喜欢用生活中的细节揶揄对方，常常不是因为走棋本身，而是因为互相揭短而面红耳赤，有的甚至发展到动起拳脚。周围的工友们，看戏的不嫌局大，瞎起哄者有之，明着劝暗里挑拨是非的也有之，棋盘内外，杀声阵阵，棋前棋后，内容丰富。我那时虽然少不更事，也感觉棋里有学问，做人有曲折。在这种环境下，我写了一篇稿子《棋趣》，细化描述了当时的情形和我的所思。文章工工整整地誊抄在方格稿纸里，寄往《建筑工人》编辑部，两个月后就在《建筑工人》发表了，还配了一个插图，工友们争相传看，那一刻，我感觉《建筑工人》的编辑是和基层员工心贴心的。随样刊寄来的还有厚厚的一封回信，编辑充满了鼓励、期待和指正的话语，字迹端庄而秀丽，猜测应该是一位睿智的长者；那时我是工地上的一名工程技术人员，《建筑工人》的姊妹刊《建筑技术》也是我的最爱，那里面的施工方法成为我最直接的借鉴。打个不恰当的比喻，《建筑技术》是个理论家，能把工艺和方法串起来；而《建筑工人》则是手艺人，说得不多，但能把独到的技艺传授给你，二者相得益彰。

在崇尚技术的岁月，这两份刊物备受大家喜爱。两刊的主编彭圣浩是一位精通建筑技术的学者，编辑了很多建筑业富有影响力的著作，我是他作品的终生受益者。当然最直接的受益，还是他给我的亲笔回信。在工程队艰苦的日子里，是文学和技术鼓舞着我迈过一道又一道难坎。

岁月在与这两份刊物的相恋中度过，转眼近三十年过去，我在近知天命之年到北京求生，先是我不喜欢的一项工作，接着又是我不喜欢的一项工作，在北京，一个无奈而活的场所，人压抑成从未有过的萎缩气球，我在北京度过了人生最低潮、隐忍的一段时期。所幸有《建筑技术》《建筑工人》时常陪伴着我。犹如一个脱离疆场的勇士，看到它们，抚摸它们，好像又回到征战的岁月，技术是我的最爱，现场的叱咤风云的管理才能显示一个建设者的豪迈。我在这两份刊物里寻找丢枪损地的痛苦，也让自己仅有的一丝阳刚之气不至于彻底消失掉。

一次偶然的机会，结识了《建筑技术》的主编彭雪飞同志，雪飞的温柔和善良打动了我，互相问询起来，才知她竟然就是大名鼎鼎的主编彭圣浩的女儿。岁月蹉跎，青年时代的追求一下子蒙太奇般卷来，让你目不暇接。雪飞十分热情地盘查到当时发表我文章的期数，发给我电子版，故文相见，几多感慨。从青年时代执着著文，一路走来，到如今我仍然沿袭文学、技术两条腿走路的方针，看到雪飞小妹女承父业，岂不感慨万千，倍感沧桑。遂与其相邀，去拜望了彭老先生。彭老先生虽在病中，书卷气息扑面，素然老者形象养眼，感觉如同家人。嘘寒问暖时刻，回忆过往，倍感亲切。在老先生那里，我又找回了自己的青年时代，找回了在北京压抑时空里的个人追求与向往。

自此有了一个异姓妹妹，我把她看成亲妹妹一样，她也把我当作亲哥哥一般。

快要到新年了，2013 年是我的本命年，雪飞给我买了一条红围巾，秋天的柿子一样红，是 BURBERRY 牌子的，雪飞说：哥，带上它，你在新的一年里一定能交好运。在这个寒冷的冬天，围巾托在我手上，泪却汪在眼眶里。望着遍地的雪花，在这个纯洁覆盖的世界里，尽管有很多人喜欢用自己的狭隘心思去揣度别人，但雪永远给人以一种纯美，而围巾代表的不仅仅是一种情意，还是青春记忆的延续和成人之美的文化传承。

我慨叹自己没有走出我青年时代的轨迹，其实，每个人昔日的轮廓都会透视出你未来的人生走向，这大概就是宿命论吧！谁能想到一个围着红围巾的人在雪地里思索的老者心情会是多么复杂、多么多姿，但生活给了我更多的教育，我一定会在除夕之夜到来之际，带上这条火红的围巾。我相信拥有美好心灵的言行最终所获的一定是美好，犹如雪映衬红围巾，让寒冷的冬天，诗意盎然。

一个人的泰山

我喜欢泰山，泰山是我不出声的朋友。她所给予我的，让我终生受用不尽。因为生存的需要，我离开了泰山，每当回到泰安，我总是要抽出时间和她亲近。泰山是用来感受的，不是用来炫耀的。在她的怀抱里，你有一种说不出的滋味。

泰山是属于一个人的，众多的登泰山人都有各自不同的泰山。我在泰山脚下生活了二十多年，泰山所给予我的，确是因年龄阶段的不同而不同。在和泰山接触很少的人眼里，泰山或许就是一座累人的山峰，很多人一生或许只和泰山接触过一次。在他们的视野或者记忆里，更多的是泰山上的石阶、雕刻和庙宇。泰山和日常凡俗生活一样给他们的感受是浅淡的。千篇一律的爬山人正像芸芸众生一样随风而来，随雾而去。

泰山是属于一个人成长的不同时期的。在少年时代，泰山不过是两个多小时的爬山旅程，两侧的山景来不及欣赏就登到了山顶，在山顶上呼喊，少年乃至青年的豪情如搏击风浪的水手，那样的时光总是无忧无虑的。整个青年时代只知道泰山是用来显示青春朝气和竞争力的所在，等一切如云烟一样散去，生活的磨难接踵而至后，泰山才真正走进你的心胸。

我喜欢一个人静静地登山，沿着别人没有走过的路。和青松对话，和瀑布商谈，和小鸟对歌，和岩石对视。我最敬重的泰山，充盈了我青年时代的尾巴和整个中年的旅程。在山上，我一个人默默地哭泣；我不相信迷信，但我相信泰山是一个伟人。泰山上的树木去年来看还小许多，今年一看则发达起来。在我所景仰的树中，那些上千年的古树依然参天浓郁，如活在人心目中的哲人。我喜欢从一座山峰到另一座山峰，数着一棵树和另一棵树。树是泰山的精灵，也是泰山的知音。树所给予每一个登山者的气场是那样让人感觉到舒畅和自愧。貌不惊人的小树在我们化为灰土若干年后，依然会挺立在这个世界上，人类没有任何理由自高自大。山中的鸟儿是自由的歌者，几声呼唤足以让你把所有的烦恼统统忘掉。我喜欢登山，喜欢山里一切自然和谐的生物，是它们所发出的美妙声音打动了我。在一切不遵守规则的环境里，物竞天择似乎也不是唯一的法则。杂乱、自然中的和谐去掉了人间最虚伪的成分。在泰山上，你时常被一些灵动的东西所触发，对照俗世的一切，你会感到人间的肮脏。

一个人的泰山是富有内涵的。在不同的年龄阶段，在不同的感情抒发期内，你在泰山上所获得的是不同的感受。天下人的泰山各自不同，即使怀着相同心愿登山的人，所看到的泰山也是只属于他一个人的。我每次登泰山，总有新的收获，少年和青年时不同，去年和今年不同，雪天和夏天不同，欢快和思虑时不同。泰山成了我精神的仓库，每当我遇到生活中的种种困难或问题，我喜欢对着泰山诉说，在泰山那里寻找答案。泰山是我最贴心知己的朋友，我相信她能听懂我的语言，看透我的心思了。

有年大年初一登泰山，母亲和女儿一起陪伴我，而现在只能我一个人登了。想起那年母亲的兴致，竟然是那样高，全然不像一个快七十岁的老人。母亲在泰山上所表现的兴奋和坚韧，足以概括母亲的一生。我之所以选择在大年初一与母亲爬山，一则因为母亲要求爬山，我想尽尽孝心，再则希望没有吃过苦的女儿能通过爬山经受一次意志的锻炼。祖孙仨在说笑中相互鼓励着登上了泰山极顶。我感觉到心底充盈着豪气和温暖。在爬山那年中，登泰山所给予我的一切，使我战胜了很多困难。泰山，我时常在心底里感激她，她所给予我的几乎就是深入骨髓的血液。泰山是慈母般的老师。

而次年的大年初一，我只能自己登泰山了。母亲刚刚安详地离开这个世界，因为决意离开那个跟随我二十多年的善良女人，所以不便喊女儿一起爬山，我只能一个人孤独地登山。山在我的脚下，似乎是温顺的朋友。在大年初一的早晨，来来往往的旅客，构成泰山各种形式的朋友。人们喧嚣着，好奇地评论着。我在他们中间，静然成一个哑巴。我默然看着记录着历史沧桑的石刻，多少仁人志士的情怀仍然洋溢在山涧，你好像看到历史的接力棒在默然传递着。曾经自由奔跑着的羊儿不见了，倒是鸡们欢叫不止。台阶是那种永远走不完的感觉，迈过一个，新的更高的台阶又来了，很像苦难的人生。

在登山的每一步努力里，两侧的景色不时给你一种充实的力量。静止的泰山只有靠你运动化的登攀才变得灵动起来。你只有坚韧地一步一步往前走，泰山才能告诉你想要知道的一切。泰山馈赠你的不仅仅是风景，还有不弃细石的宽容，错落有致的层次，不畏严寒的成长，大小和谐的韵律，高低统一的风景。泰山对每一个他虔诚的参拜者，都是谦和的，大度的，无私的。对浅层次的敬拜者，她赠予他信心，让他在未来的一年里信心满满；对追求高蹈的人而言，泰山所给予他的是慎重的反思，洗肠涤脑的超越。泰山足以滋养任何人的一生，她所拥有的内涵是增长人类智慧的源泉。我喜欢把南天门的两山夹道看成是生命之门的形象，每个攀登到山顶的人再从南天门下来，应该获得了一次重生。倘若他不是泛泛的登山，而是有所感悟，有所思考，泰山馈赠给他的绝对是比金子还要宝贵的东西。

母亲走了，我还要在这个世界上好好活着。沿着那年与母亲一同攀登的路，我毫不迟疑地登到了山顶。初一登山可以躲避凡俗的应酬，自由平静地走着真正属于你自己的脚步。想快就快，想慢就慢。虽然中途遇到几个熟悉的人，大概看我寂寞，非要和我一起走，我惶恐地回答他们：我想一个人静静地走走！看我执意坚持，他们也就不再说什么。其实世间很多所谓好心的帮助，最后的结局大多不妙，一个人的内心有时比山洞还要深远。我舒展地走着，泰山上的空气保持了一份清洁，蓝天也是那样地醉人，鸟声如没有经过城市污染的山民的语言一样清醇。我贪婪地享受着山上的一切，全然不顾游人虚张声势的吆喝。有个来自西部黄土高原的家伙，自以为自家的床铺海拔高度超越泰山极顶就污蔑泰山，我对他的肤浅只保留一丝藏在心底的微笑。泰山教会了我宽容，尽管泰山的蕴涵穷很多人一生的精力也挖掘不完。在山顶，阳光倾泻的巨石前边，我打开电脑，不顾冷风干扰，敲打下属于春天的文字。母亲给了我鲜活的躯体，泰山让我的躯体重新复活，我在两个母亲的呵护下在这个世界上自然成长着，举目远望，远山已在泰山的巍峨里远遁或缩小了。看着即将发芽的桃树，游人系满了红绳，我没有再系红绳的企图，因为泰山已经深深走进我的心里了。

我现在在北京生存，北京的山海拔不高，奇秀的也少，心不免淡然起来。

爬山之于人，同读书一样重要。我喜欢泰山的沉稳、内涵，灵性而不招摇，沉蕴而不麻木，泰山经常走进我的梦里，走进我的思考中。我时常在泰安人组成的一个"驴友群"里，倾听他们对泰安的赞美、感叹，观看他们出游的照片，他们的笑容和泰山的景色融合在一起，成为泰山上的特殊装饰品，我时常感慨城市的浮躁和压抑，哪里能和泰山上的纯净、豁达相比？泰山正如一部鸿篇巨制，不同的人读她，会因各自的阅历、处境、心情、期望，而有不同的感觉。我喜欢在寂静的夜晚，无人打扰的时段，或者繁忙工作的间歇，与我的泰山相对，感受一个人面对泰山的那份心情，那是让人冷静下来的一种感觉，一种触及灵魂深处的平静之美，一种感觉重新充电后力量倍增的劲头。泰山是无声的老师和朋友，她的真实、诚恳、慈爱、智慧、博大的教益，只有一个人走进她的心灵时，才能切身地感受得到。

我喜欢一个人的泰山，一个人的泰山最美丽，最富有内涵，最让人留恋。我也经常劝那些喜欢泰山的朋友，盼望他们也拥有各自的泰山，因为泰山所赐予每个人的都是无比丰富的智慧、力量和信心，与泰山的共鸣会使我们的灵魂崇高起来。

大地上的思考

晨思

阳光挂在天上，如不愿吃草的绵羊；天比天更高，围墙外面还是围墙，我站在院子里，院子是属于大家的，我没有只属于自己的院子，属于我自己的院子荒芜着，在乡下，在曾经蓝天白云俯瞰的下面。现在，那里的天也染上了颜色，大地长了癣，空气里弥漫着人类的欢喜，而空气本身充满了忧伤。

此刻，我在院子里站着，把自己站成蘑菇的样子，我不知道自己是毒蘑菇还是香蘑菇。我用脚思考，脑袋里什么也没有，脚把我带向哪里，我就走向哪里。昨夜的花朵用手机拍了，出来却是惨白，拍摄的景物和眼中的景物的确不同，而真正的景物与眼中的景物又有什么不同？路的漫长因为脚的感觉而产生舒畅与艰难的感觉，我听凭脚的指引，脑子一片木然。

我像被砍成两段的蚯蚓，上半身和下半身在跳着不同的舞蹈。有时人不如一条蚯蚓的自愈力强，人类习惯了用大脑思考，久了，就钝化了其他器官的敏感性。那一天脚上磨出了泡，是那种硕大而又意味深长的血泡。那血泡对接着童年的旅途，一直从家中延伸到驴脖子山上。我一直在驴脖子山上找驴，找了好几年。一位老人说，只有从远处看，驴脖子山才像一头驴的脖子，你到山上找，怎么能找到那头驴？我的脚起泡了，我看到一头驴为了找另一头驴拼命地跋涉，停下脚步，我就成了一头驴；在这个养人的院子里，我仰天长叫，发出驴一样的叫声。会说人话的人们纷纷驻足，他们充满惊愕或者疑问，有的人竟然笑了。天在天的里面，围墙在围墙的里面，然后我就哭了。眼泪血泡般大小，驱赶着我的童年，然后，一切都丢失了，丢失得无影无踪。

腿是思想的思想家，我一直无语，我知道沉默是沉默的伪装者。在无风的秋天，我看到风的奔跑带来了无风的韵律。甩开两手，我把思想留在半空里，用手辅助脚思考，脚就勤快起来。脚是躯体的牵引师，是脚让我远离故乡，远离大地，远离高楼，脚把我从一地引入另一地，从深山引向城市，又从城市引向遥远的地方。我渴望找到一处只用脚思考的地方，丈量每一处土地，感受每一处坑坑洼洼，用脚体会农人的笑，鱼跃水面的声音。茶花长在天上，天空扎入水中，没有围墙，没有天空。天在水里，墙隐没在地里，我的脚把我变成蝴蝶，飞啊飞，飞回童年的执拗。让童年那双不会思想的脚，学会远远对着一座山观望。把山看成山，把自己从与驴的暧昧里解脱出来。

一座颇像阳具的山被人类无限解读，许多女子在无人的黄昏偷偷观望，其实，眼睛蒙蔽了人类，一座山怎么会有性的功能？眼睛和脑袋时常会压榨思想的气囊，让高尚变得卑微，悠远成为时尚，一生变成薄纸，传言成为鸡汤。只有把思想彻底交给脚，这里走走，那里看看。风才是风，水才是水，风水才是风水。

我一个人站在院子里，没等听到最后一声蝉鸣，秋就快要过去了；没等看到蚂蚁的逃遁，天猛地就凉起来了。据说，远方的远方，是一个不知四季的所在，我决定带着会思考的双脚，踏遍青山，让自己慢慢老去。在这个世界上，用脑子思考是一种浪费，用眼睛观察是一种奢侈。唯有用脚去感知大地的温度，去寻找蚂蚁，通过搓地声去恐吓响尾蛇，才能留下思想的脚印。这样用脚思考着，天就亮起来了，天与天开始叠加，围墙与围墙意象重合，而我开始用双脚思考，把头当成脚，把脚当成头，旁若无人地向前走着，有人说我在玩倒立，看成一门艺术，有人说我疯了。只有我的脚知道，我与大地成了真正的朋友。

对着大地说

其实，您站在台上的时候，我就想对您说："我们都是农民的儿子，我们不要忘记了那片土地；我们都是吃地里生产的果实长大的，不要忘记了果实的土腥气；我们也都是一步一步行走的人，不要期望着一步登天；更不要说一些不着边际的话，因为我们不可能永远生活在空中；偶尔在飞机上生活几个小时，别以为自己就有了鸟儿的本领，有了超越大地的本事。最终我们还是要亲近大地，靠大地供给我们的食物生存。"但您不听，以为我土，然后依然高高在上，依然目空一切，依然视大地为粪土，您终于远离了大地，从高空摔下的那一瞬间，没有想到您的躯体最终还离不了大地的承接。

我想说，泥土是最贴实的朋友。曾有一段时光，我们一同下河去摸鱼儿，那些鱼儿们在身边自由穿梭，摸到鲜虾，我们直接送到嘴里，带着泥土的味道；一棵葱叶子上还带着土星子就下肚了，而后，您与我从乡土分手，各自求学，各自奋斗，各自沿着一条道路行走。

然后看到您一丝不苟的发际，看到您西装革履的形象，看到您侃侃而谈的神姿，看到您经常穿梭在各种重要的场合，那位摸鱼儿的伙伴不在了，那位追赶着蜻蜓的伙伴不在了，那位甜笑着呼喊大爷大娘的少年不见了。我看到屏幕上的您似乎没有从乡村生活过，讲台上的您好像从来没吃过地瓜，您正襟危坐的样子好像与乡村没有半点瓜葛。有几次，我拿起电话，拨通了您的号码，听到您居高临下的声音，我就放下了；您已经习惯了以这种口气与世界对接，与他人打交道，或许这被别人看作是一种威严，一份领导风范。我想说，那个可亲可言的童年伙伴儿永远永远去了。

后来听说您拥有了那么多的拥有，甚至在土地上飞扬跋扈盖起来很多楼房，不知道土地是需要呼吸的吗？那些土地上藏着先贤们多少卑微的灵魂？一个电话就把山劈了，地硬化了，您说您是为山区造福，然后楼起来了，那一刻，我犹豫着。我当然贪恋那片大地，那片写满我们童年欢乐的大地啊！

我想劝您手下留情，起码留一块土堆，留一处小菜园，留一条小河，电话拨通了，我听到您的焦灼，您为着未来建筑大业的勃勃雄心，我一语不发，我知道那块清新的土地永远失去了童年的天真与想象。

您如一路飙升的股票，被许多炒股者看好，追随着您，护卫着您，追捧着您。我不炒股，所以我看得清，哪有永远上升的股票？但您已经习惯了人们的吹捧，习惯了庆贺的鞭炮声。少年时代的一切早已遁去，大地在您的眼里没有了踪影。

而你随着那逝去的大地一起逝去了。面对这一片土地，它们已经被您的命令吞掉一多半，剩下的土地，像疤癞头。还未竣工的楼房不知道是否会因为您的离去继续建设？我为失去的土地和土地上的童年而惋惜，对您的离去，我真没有感到半点儿悲哀，因为我知道，您已经远离开这片土地；我悲哀的是我自己。

新起的坟茔埋藏着您的骨灰，您最终还是埋藏在这片土地里。依稀回忆起，我与您一同行走在乡间小路上的情形，我对着您的坟茔说："我们需要保留童年的记忆。假如没有属于您的坟茔，我们该怎样找寻到与您的童年记忆？"

也许，几十年后，现在的童年长成您的模样，这个乡村那时就真的永远地失去了，彻底而全面。而大地那时会不会哭泣？人死去后的灵魂恐怕永远搁置在高空了，因为已经没有土地可以供人们无尽地挥霍，鱼虾之类成了书中的文字，而葱，葱呢？该从何地快递？

走吧，我已经没有力气喊你一声兄弟，何况，有些人一旦离开土地，他就与土地为敌。只可惜，更多时候，我们被感情牵拽着，总把他还当作自己的兄弟。

那片坟茔，如果以土地的方式存在着，才是我真正的兄弟，我知道，所以，我对大地说！

放屁的艺术

屁乃五谷杂粮经人体消化之气也。在乡下田园里，常见鲁迅先生所写的斑蝥，俗称"放屁虫"的，其所喷之物，臭不可闻。人本尤物，断不可有此类恶毒气体产生。和斑蝥相比，人实在是上好的动物。

即使是端正贤淑的女子，也避免不了放屁的尴尬。路易十三之前，巴黎街道上，经常有人从楼房上将屎尿倾倒在大街上，据记载，路易十三就曾被一位少年倒了一身尿，不过，路易十三没有怨恨这位少年，倒是对少年起早读书的好学精神予以赞扬。那个时候的宫廷女子似乎对自己的排泄物不大在乎。糟糕的剧场建筑设计师，经常忘记设计厕所。所以宫廷妇女时常每人手提一个便壶，演出当场开尿，现在想起来简直不可思议。路易十三的屁曾经得到一位宫廷诗人的赞美，颂其声之柔和大气，其味亲民如甘，等等。可见这位诗人的用心良苦是经过怎样的过滤和升华才提取出来的。读这样的诗歌，过去有，现在还有。

其实，放屁在各个国家、各个时代都有讲究。在中国，因为上朝时大臣放屁，被革职的也不是没有记载。记得曾在铁路工程队工作时，一位电工对领导不满，放屁气贯长虹，久久不绝。此屁多年后让同事们还不时回忆。宫女婉转，放屁多以无形无声处之，所以许多女人的美多体现在日常的自律上。在十七世纪的巴黎，对上流社会的女人最大的约束就是，一定要把屁牢牢挤住，能不在公共场所放的就不要在公共场所放，能在人少时放的就不在人多的时候放。放屁之举，如何优雅有致，足可以锤炼一位尊贵的女士。不过，现代医学表明，"憋屁"是一种自戕之举，对健康不利。

昔日有位军中谋士，能根据屁味判断对方所吃之物，俗人只能悟出韭菜鸡蛋之类成屁后的气味，此公却能断言对方军队有无粮草，官兵是否吃的是肉与草。如此者三，将军以其屁鉴为谋，屡战屡胜。此君死后，民众颂其为"屁将军"。

现代城市人的活动空间大，公交车、地铁、电梯、会场，生人居多，容易滋生厚脸皮，默然放屁者不在少数，甚至放了充一脸无辜相的居多，有时像被动吸烟一样，在享受雾霾之后，再享受无名氏的屁味，也是城市生活的无奈；亦用勇敢者，亮出"好汉做事好汉当"的架势，让屁声充满旋律美，也让你在公共场所大叹之余，忍俊不禁。

曾有一酒驾者被一警察逮个正着。酒驾者多方央求，警察不允其走，酒驾者哀求曰："您就把我当屁放了吧！"警察长笑间，酒驾者已溜之乎也。屁之功劳，善莫大焉！

在城市里生存，犹如在缺少羞耻感的处所徜徉。我在更多时候，放屁总要到没人的地方。有人的地方，屁老放不出来。我怀疑，自己的高血压与此有关。人生如梦，屁总如影随形，赶也赶不跑。不过，总是牵挂和担心，生怕有一天控制不好，在大庭广众之下，屁门叛变于我，令我失尊于世。宁愿一生委屈自己，也要让屁憋在肚子里，更不能让屁轻易成为污染别人耳鼻的东西。只是，屁虽产生于你，更多时候却难以被你控制。

有时，我倒羡慕中世纪的法国妇女，她们可以行走在并不宽阔的大街上，左一个屁，右一个屁，有时放一路连环屁，她们一边放屁，一边与绅士们自由潇洒地聊天，她们享受那份身体的自由。只是，现代社会，这样的举止很少了，一个很好认定的事件，因为所谓的体面，而失去了事物的真实性。追究屁的制造者或者臭气的散发源，似乎成了当代哲学家和文学家们必须尽的义务。

沟通的难度

在这个世界上，最亲近的不是血缘，而是理念。所以，持相同政见者容易尿到一个壶里，而理念不同的人，纵使彼此交好也难免走向对立面或疏远。倘若不信，你可以从身边人、身边事考究起来。所谓"无缘对面不相识，有缘千里来相会"，小偷有小偷的智慧，大盗有大盗的哲学。穷酸文人有穷酸文人的理论，著名作家有著名作家的招数。去除代沟的因素之外，父与子的关系处理不是亲情就能左右的，恰恰是理念驱使二者的分裂。爹妈穷迫，反而促使孩子自强；父母商贾，却培养出纨绔子弟。生活的辩证法告诉我们，望子成龙的结果可能是竹篮打水。父与子意见统一，大于血缘关系的统一。

有个皇帝的儿子，桀骜不驯，皇帝驾崩前留言，心想平时说东孩子却往西，干脆死后让孩子将自己埋在水里，皇子一定会把自己埋到山上。但皇帝一死，皇子大伤其心，想自己一生与父皇作对，这一次就从了皇尊，结果把皇帝就葬在水里。每个人都会认为自己的儿子一定会继承自己的衣钵，自己的下属一定会听自己的，事实上，结果并非如此。

因此，与人沟通是最难的事。那些说"我为你好"的人未必真是为了人家好，一个喜欢吃煎饼的人你非给他鲍鱼吃，他可能从味觉到脾胃未必接受得了；一个不惜以恶意揣摩别人的人，纵使你用最善良的言行去感化他，他总以为你别有企图。与虎谋皮，成功者稀；与懒者语快，达效者少。问题在于对方的先入为主，或者你的先入为主，造成双方沟通上的困难。

这个世界上，最难做的事情是沟通了。对一件事情的理解因为站位不同，就会出现不同的效果。一座矗立在海峡中的圆形孔洞，打鱼者看到了小船可从中穿越，艺术家看到了那图形像一匹渴饮的战马，建筑家看到了它结构的不稳定性，战略家看到了它的关隘作用。假如渔民问及艺术家，艺术家无法回答那洞口的确切宽度；假如建筑家问战略家，战略家则会认为此处不可修建楼宇。同一事物，不同职业的人会有不同的看法，即使对同一职业的人而言，也会因层次不同，得出截然不同的答案。

科学答案与社会选择自有不同。这让我们在沟通中费尽气力、踌躇不已。有人对厮守一生的夫妇最终分道扬镳大惑不解，而当事双方却感到从此获得了自由。一个人在另一个人阴影里生活，等于有了两个阴影。倘若没有了对方，也就没有了太阳与阴影的相互伴生。生活经常给我们开这样的玩笑。抑郁症患者喜欢走极端，就是因为他想通过决绝的方式与心中的影子告别。

最近看到一篇稿子，断言不要和垃圾人接触，认为垃圾人充满了负能量，其实，这位作者何尝不带有自己的主观思想。先入为主的观点让人与周围隔离，带着防范的心理向世人表现真诚毕竟代表不了真诚。明智的做法是，沟通需要求助时间的磨合，真诚就要彻底去除虚伪。

在沟通的道路上，没有屡试不爽的标准理论可以奉行，因人因地因时制宜才是最重要的。所以好多被别人誉为"变色龙"的人，在生活中却是最好的沟通者，这一点，已经被无数的历史事件所证明。坚贞者留下气节与鲜血，而善于沟通者却度过一生颇为富足、优雅的生活。后世的继承者们，这两路人马依然存在，风尘如土的世上，晴天一身土，雨天一身泥，唯有庄稼，不弃不离这泛黄的土地，在一年又一年的更迭中，绿化自己，成就种子，传播历世不衰的生命原色。

汗漫黄昏

年老体弱，一感冒就涕泗横流。师弟新疆饭店请客，贪杯误事，当晚身体就闹别扭。至第二天一早，头脑昏昏沉沉。弥漫中怪梦连连。学生魏薇母女从贵州来，强挪身体迎接，返家时，四体乏力。怕与高血压有关。余患病，很少吃药，听医生说这样可以增强免疫力。本来应该很惬意的周末，度过了一个难受的礼拜六。

周日，在家读书，胞妹来电话叙及其厂遭盗窃事，心情更加不爽。言语中训斥胞妹几句，过后又觉过分，一本原计划读完的书只好丢弃一旁。生活由芜杂的事情构成，人处在病与不病之间的感觉最难过。中午时分，好友李君喊我赴宴。至和顺小镇，几杯普洱下肚，方感通体舒泰。李君劝我少酌，恭敬不如从命，二三杯美酒品过，涕泪竟然止住。喝酒治感冒的理论暂时有了注脚。人长了年岁，免疫力开始下降。喜欢在家吃饭，粥好菜香。无奈朋友同学频繁相邀，总是磨不开面子。虽无利益瓜葛，却有身体担忧。心善有时是身体的杀手。平日里不累时很少午休，这场酒回来，虽觉身体有些转好，终也有些疲乏。头一沾床，就呼呼大睡了。好歹怪梦皆无。

醒来但觉精神大好。吃蝎子、品花生，小康生活。两碗粥一喝，人顿觉有了气力。突然有了散步的冲动。穿上丝绸短裤，有些黄世仁的感觉；扯上红色体恤，提醒我也曾青春过。沿着上班走过的路，先向西走，抵达公园，再一路向北，不觉黄昏就近了。

今年和往年不同，一走路就爱出汗，有医生说好，有好友说虚，有学生劝我要多休息。平时早晨上班路上，要通过微信给原生态文学院的同学们上一个小时的课，坐上地铁，才觉有些困乏。靠打开一本书驱赶疲劳。我的好多书就是在地铁上读完的。有人见我发朋友圈，不是山水，就是美女，以为我是浪荡公子，细心的读者会根据时间猜测判断，大多是在一早一晚上下班路上拍摄的；面对文字和图片，仁者见仁智者见智，你不可能堵住任何人的嘴，把一个人说到最坏，也就是那个人好的开始。所以我不介意别人的尖嘴或者小汇报，问心无愧间，世界就如烟云。

人是易受环境影响的动物。到了公园，似乎两条腿就会使劲迈开。周围都是运动的人，你不运动你就是落后分子。沿着公园行走，看散步的胖子、瘦子，男人、女人，丑的、俊的，高的、矮的，老人、小孩，各有其趣。和早晨散步者斗志昂扬的气氛不同，晚上的公园多了一些生活的情调。跳舞的人婀娜多姿，甩鞭的人也多了一点柔情。这边是情语切切的恋人，那边是父女相逗的亲情，我散步在公园间，看着听着。北京这几天，雨多凉快，公园里的草散发出清香，和春天的轻香不同，这时的草香有些过于浓郁了，好像一进入草场就难以脱身出来似的；与人竞赛的芦苇越长越高，探身到路中央来了，它们的齐整让人惊诧。自然的事物，因为是自然的规整，自然给你自然的享受。我在那些芦苇前留影，手轻触一朵花或一根草，做亲昵状留影，伊说我做作，我其实是自然而亲切的。感觉世间万物皆为生灵。家中的花，我会把它们看作孩子，适时地料理、浇灌，感觉就像尽了父亲呵护孩子的庄严。

走到稻田深处时，我深情地凝望这片城市中的稻田。有一年深秋，我报名参加公园里的稻子收割，感受的不是农民的辛苦，倒是收割的欣喜。这些稻子在公园里与周围的绿色融为一体。等到金黄呈现，才能显示出它们的与众不同。一年四季常见的两个大鸟巢，此刻掩映在茂密的树叶里，黄昏把树叶掩埋，路灯下的荷塘此刻也倦懒起来。我对伊说，有人善喝荷花茶，到黄昏时分，将茶叶放入荷花中，晚上，荷花闭拢了花瓣，第二天花瓣打开时，那茶则会透着荷花的芬芳。伊很惊奇，凑近了看那荷花，原来竟真是开了又闭上的。那些荷花如劳顿一天的人们，渐渐地睡去了，亭亭玉立的荷花杆立着，衬着或舒或卷的荷叶，有贴着水面的荷叶，铺成绿绸，旁边涤荡着水草。我在靠近荷花的石头上，嗅闻荷花的香味，满池子的香气不同于早晨怒放时节的那份感觉，如清茶之于普洱，已是两种味道了。伊耐不住在荷塘边的时光，大约是受不了岸边柳树上的蝉鸣。伊说："蝉鸣是求偶的信号吧？"我戏言，那蝉的荷尔蒙含量也够大的。没有蝉鸣的夏天似乎不叫夏天，犹如沙漠，我指着两棵挺拔葱郁的塔松对伊说，倘若这两棵树在沙漠上，就会给人无限的希望和向往。它们在城市里就平淡多了，一如蝉鸣，倘若在沙漠里听到，好比听到大雁的叫声。我所指的当然是寸草不生的沙漠，看网络视频，涌动的沙河如水一样不停奔涌，那份恐惧来自平静中的不平静。

　　走着走着，膀子甩开了，腿也打开了。不知不觉汗水溢满了全身，感觉整个黄昏也被汗漫一般。回家时，身体大好，急忙拉杂写下这些琐碎的文字，记录下这个夏天的一个细节。

好心人的委屈

故乡讲迷信的乡亲不少。老同学常来电话，说做梦梦见了我，叮嘱我注意这，还要注意那。有时还说去帮我找了好几个算命先生，如何如何。这些同学还活在三十年前的记忆里，他们对我的好，让我温暖中含着苦笑，只有在电话里点头称是，我不能多说一句话，否则他们就会感觉到委屈。

不同的人生活在不同的意境里。以前，我也经常以自己的心态去劝说别人。不能说自己的愿望不好，最终结果却是可悲的。人的意念不同，自己认为好的东西，在别人那里可能是坏的。更多时候，我们连自己都没有弄明白，却到处去做救世主，最后落得各方埋怨。时常听到有人抱怨"好心没好报"，以自己的好恶作为衡量别人心境的标准，最终大多是这个结局。

借钱给别人，本是一件助人为乐的好事情，如果你以自己的心境或者自己的品质去衡量别人，那十有八九会犯错误。一个品质优秀的人不喜欢让借钱人打借条，而借钱人很可能就会钻你这个空子。到期不还或赖账，弄的债主心里憋屈，还无法对人言说。借出去钱次数越多，就会产生更多的怨恨。所以好多聪明人，见朋友借钱，有会说无；遇到应急的朋友干脆就提前送去小数额，让对方免开尊口。借钱出去，收获满肚子的气息，还惹是生非甚至对簿公堂，实在令人烦心，这其实都是好心惹的祸。理智的人不这样面对社会，他会按照规矩来，先小人后君子，该打借条打借条，相信字据而不轻信言语，虽显得生硬，但最终不会把两方关系闹僵。假如开始两肋插刀，依据所谓的情谊，最后大多被情谊所伤。

生活是最好的老师，人越老，做事越谨慎。所以年龄大的人常被称作"老狐狸"。一辈子做官的人一旦退休，为什么感觉处处不适应？因为他在台上，人们处处在适应他，他是居高临下；而下台后，除极个别亲信还没有忘记他的所谓恩情外，大多不再像过去那样对待他，他要天天适应大家。一前一后，境况大变。达观的官，退休前就想通了这些道理，所以能颐享天年。

而那些习惯于官场思维者，就大骂人心不古，郁郁而终者多。

人看清别人容易，看清自己很难。说别人处处缺点，看自己却头头是道。在个性越来越张扬的今天，自傲当作自信，无耻当作通达，刚愎自用当作坚定果决，谄媚求荣当作尊重上级……在这种心态下，变形的价值判断会让人心态失衡，会让坏人觉得自己是好人，好人总感觉委屈。作为父母，喜欢为儿女包办一切，儿女未必会走父母设计的路，有时放开手才是明智的选择。

无数经历告诉我们，理性处理问题很难，遇事多想一些，多从对方角度考虑考虑，跳出惯性思维的藩篱，委屈就少些，生活就洒脱些，就少了些怨天尤人的气质，没心没肺有时真是有心有肺的表现，不影响打嗝放屁打呼噜。

连接之后的连接

人生而平等，活着却越来越不平等。当家传、权力和工具成为附着在每个人身上的外在物，这种不平等感会越来越强烈。印刷术的出现让目不识丁者明显丧失阅读的权利，而互联网将知识重新分配。边缘地区没有手机的农民，对知识资源的获取远没有城市初中生的资源额度大。这是现实状况，而非故弄玄虚。至于掌握公权力的人肆意用权，一再演绎着腐败的悲剧，不管你是否认可，腐败是任何国家永远无法根除的对权力占有的变异形式，也是人同样活着而不平等的证明。

人们希望互联网能带来公平与正义，固然在一定领域内成为可能，但更多的公平却被互联网所打破。人们不可能再回到原始社会，所以对网络的态度不仅是任何一个政府，也是任何一位生活在这个世界上的人对权利的重新认知形式。

也就是说，世界重新赋予人们一种新的权利——连接权，这种权利让你的想象力大为提升，让你的自由度大为改观，让你的未来出现可能性的无限延伸。连接权已经改变了国与国之间的政治生态、人与人之间的交往格局，更改变了人与物之间的关系，历史因为连接而改写，个体因为连接而发生了基因突变。

昨天作者还会仰望纸刊编辑的脸色而投稿，今天则面对读者自由而谨慎地书写；昨天我们还在马路上驾驶着汽车而小心翼翼，明天我们完全可以在无人驾驶的汽车内无忧无虑地漫游世界；昨天你正为在道路纵横交错的大城市里四处寻觅而发愁，今天可能在高德地图的指引下享受共享单车。人工智能机械人和真人谈恋爱不再是神话，云计算轻松辨别一位装睡的人。这一切源自连接，足不出户就可以联通世界。上班模式不再是每天囚禁于格子间里八个小时，而是在自由闲逛中完成你的工作任务。连接让每个人获得信息自由的同时，却要品尝被手机绑架于袖珍荧屏的无奈滋味，需要你付出视力下降的代价。连接让你我放弃互相间的直视，咫尺之距代之以虚拟的仗剑天涯。

连接形式的改变让这个世界越来越清晰，也越来越充满各种现实可能性。当饥饿、瘟疫和战争不再成为威胁我们的主流，但传统的隐私权、独立意识或者管理态度正在被互联网模式所吞噬，世界正在有序与无序的扭结中向前汹涌，不以我们的感情好恶而发展，而这一切源于连接的形式在发生着急剧的变化。不连接意味着封闭，而连接在某一时刻意味着被侵占。现代战争已经不仅仅是展之于外的战火，更多靠网络摧毁对方各层级的大脑，在这个意义上，连接权也意味着被这个世界否定的权力，连接重新让我们感受到另外一种形式的饥饿、瘟疫与战争。我们每个人在连接与不连接中纠结着，也一直会纠结下去。人们在停顿与行走中，观望或者高兴，而连接之后的连接，可能会给我们带来更多的恐惧和欣喜。

当我噼里啪啦每天游走在键盘之间，一按发送键，电脑就成为出卖我的工具，我想把我自己牵拽回来已断无可能。未来的连接可能会让众多人发现你未表之于外的思想，甚至那时的法律会引申到对你思想的追究。当连接之后的连接无限伸展你的自由空间之时，你却永远失去本质意义上的自由，这就是人类的悲哀所在。

被过滤的事物

　　早晨，索性关了手机，看雾霾中的万物。今晨的雾霾有点黄，是有点沙尘暴的成分？我看着平日里争奇斗艳的花，也无精打采。空气是蕴含动力因子的，气看不见，霾能看得见。由看不见到看得见，人就感觉到生存的胁迫。在皇城，每遇雾霾，我的胸口好像被什么堵着。十六岁的时候，我接班到铁路工程队工作，倒过大半年水泥，落下了硅肺病的病根了吧？想想一些老知识分子也有数年在农场劳作的情形，汪曾祺先生就有过。他写自己在农田里劳动的体验，浇水，听庄稼拔节的声音，亲切而苦涩，如茶，喜欢。

　　自从有了手机，特别是有了微信，自己就被手机绑架了，或者说向手机投降了。可以一日无食，不可片刻无机。翻检手机里的照片，一年四季，过往行人，万千花朵，起落烟云。人情冷暖，红白喜事，手机拍摄得很逼真。不过，逼真归逼真，只是离真贴近了一些。手机照不出内在的东西。我每天在昆玉河边走，走上过河天桥的时候，总要找行人帮我照相，师妹说："师兄，不要整天穿那一身衣服，呆板不说，还无情趣。"我回答说："这是工作服，我懒得换。"其实，我对衣服几无感觉。从少时到青年，从青年到中年，从中年到老年，衣服追随我，我没有追随衣服。到了手机这里，翻了个个儿。再没钱，也要买功能多的手机。是新潮，还是做作？自己也说不清楚。外人看我在过河天桥的留影，就是那样的上白下黑的装束吧！只有我自己知道，某日的照片是一位退休老教授照的，我的面部还洋溢着和这位老教授对话的脸纹；某日的照片是一位少女照的，眼角还隐藏对一位羞涩少女绯红脸颊的赞许；某日的照片是一位老军人照的，他的义愤填膺也感染了我的嘴角；某日的照片是一位摄影家照的，我们刚赞美过来自颐和园的飞鸟的叫声，我的眼睛透出了共鸣般的欣喜……别人看到的只是一张平面的像，我则看到了我背后的景物，当时的情感，拍摄者的形状。一张照片背后的真实，才对得起这张照片，但手机里的照片，生生将这些过滤掉了。文字是笨拙的，它无法穷极照片背后的故事。或许在照相的那一刻，我的心境是复杂的，有时甚而是促狭的。而照片统一呈现的是上白下黑的情景。所以，有时我特别厌恶手机，总要拿出珍贵的时间，抛开手机，这个过滤掉真实的滤网，自然地观看周围的一切。

去看花朵，那一滴欲落的水珠，那张嘴像要说话的花蕾，那一只贪婪到花蕊里尽情吸吮的蜜蜂，或者超然飞走的蝴蝶，呈现得真实如微风和煦一般；我看到人们脸上散发着雾霾一样的黄色，有两个女人争吵的情状如她们被汗水撕开的妆容一样恐怖；洒水车以沉闷的声音还路面一地清新；再走下去，地面没那么硬了，如五十岁以后的脚步，不像年轻人那么喜欢规矩和干净了，这时更喜欢一双布鞋，一段土路，一处荷塘。看万千景物都淡了，想万事万物都一样了，回复到少年时的单纯却有感觉是另外的真实了。这时，手机的照片总没有眼里的形象生动、自然、随和和可以触摸。生活回归到生活的原来，人脸自然到原来的人形，空气呼吸起来就出现了原始的味道。

真实最有力量，但真实充满了丑陋。人们喜欢美，就通过各种手段过滤掉丑陋，真实就不在了。我们喜欢在美好的照片跟前唏嘘，真正该唏嘘的是装有滤网的人类，割裂了这个世界的另一面。有时，我一个人在土路上走，感觉城市充满了滤网。隔离土地的樱花面，遮挡阳光的高楼，打满胭脂的粉脸，手机里的照片……若干年后，人们解读的已经不是原有的真实了。人们在虚假的历史里向前穿行着，那时我已经化成一粒尘埃。

人贵有自知之明

　　中国的古语很有意味，有些至今不落后，有些说了一半，另一半就需要补充。譬如"人贵有自知之明"，放在过去，也就是"知己知彼、百战不殆"的意思，衡量来衡量去，还是要知道自己多粗多长，有几亩地，种几亩庄稼，自己种庄稼的本领如何，这样才不至于落后于别家，最起码荒年也能有饭吃。如此，"秃头上的虱子——明摆着的（虱）事"，放到每个人身上，也不是那么容易。因为时代变了，自知之明的套路就多了。

　　世界上的事，按照某些学者的说法，无非是自己的事、他人的事、老天爷的事。其实，套用当下的学术术语，就是人的事，社会的事，自然的事。在人和自然、社会之间，还横亘着科学的事。咱先借助第一种方法。他人的事不好驾驭，老天爷的事更不好驾驭，唯有自己的事，还有驾驭的可能性。问题是，自己的事，自己就能全驾驭得了吗？答案自然是比前两者更难驾驭。问题是，一个人看别人和看老天爷都要比看自己容易些，眼睛长在自己脸上，瞅的是别人，却很少自我审视。更多时候，我们习惯了量化别人，感性自己。一切跟着感觉走，总认为自己是诸事诸物看得最明白的人。其实到最后，发现自己却是糊里糊涂了一辈子。

　　人往往连最基本的对自己的量化考核都做不到。有几次到大学讲课，面对一群师生，我拿起一本书，问大家，有谁知道自己一小时能读多少页书？竟然没有一人能回答得出。类似的提问有过几次之后，我是否可以推断，大多数人没有细化到对自己的能力进行量化的程度。一种人是默默去做，能做多少算多少，以勤恳代替理性，貌似不错，忙碌一生却难以总结自己的所学所得；另一种人则喜欢高喊口号，口号过后，一切难以落实。因为他的口号超越了自己的能力，超越了人的极限，超越了人的自我认知。伟大的贪官不在于他们的贪心多么巨大，而在于他们对自我缺少计量考核。凭着感觉拥有，满头白发了，都秃顶了，还不忘去贪恋万物。到头来，却害了卿家性命。

以百岁寿命计算人的一生，去除孩童和上学所花费的二十年时光，再减除最后十年的衰弱多病，对一个人的一生而言，充其量按照凡人轨道生存的时间只有七十年。而在这七十年里，刨除每天十个小时的休息、吃饭时间，一生用来全力做事的时间不过 357700 个小时，倘若完全用来读书，按照每小时读一本 16 开本的书能到 30 页的速度，再假如一本书 210 页，一生最多读五万册书，这是一刻也不停歇的理论速度，事实上，我们每天用来读书的时间占用可支配时间平均下来不到十分之一，以这样的情景计算，你一生最多读书不过五千册。这样说起来，所谓学富五车，所谓读遍天下书则是一种神话。何况，每个人的大块时间似乎都是用来浪费的。世界充满了欲望，欲望折磨着人的身体，日渐颓废的身体蚕食着本来宝贵的时间，所以能充分运用的时间会大大缩短。锻炼延长生命，但锻炼本身耗费的时间让延长的功效大为减少；对英年早逝的科学家而言，人们送上的是赞美和叹息，世间增生的是碌碌无为的生命，混沌地活着似乎幸福感要超越富有自知之明者。

"己所不欲，勿施于人"，这也是中国的一句古话，推言之，己所欲可施于人？回答自然也是否定的。我们不可能要求每个人都生活得明明白白，量化到对时间的运用精确到分秒的程度，那样人生的况味没有了松散的回味。但拍拍身上的尘土，洗洗脸上的污垢，掏一陶堵塞的耳窝，看一看自己的身高与树上苹果之间的距离总不为过。在生硬的数字背后藏着的是透明的人生，这样的人生才不至于虚妄，才不至于人云亦云，更不至于被人卖了还帮人快乐有加地去数钱。

孰是孰非

"一将功成万骨枯"指的是昔日战场上发生的事情。其中显示了将的威武与士兵的贡献，没有对将军的智勇论是非长短。事实上，"兵熊熊一个，将熊熊一窝"，将军的力量固然不可忽视，和传统社会相比，当下的将军意识在逐渐瓦解，队伍里的人要想保持高度一致性，增加了莫大的难度。思维的多元化导致了行为的多元化。战场上的逃兵多了，有头脑的士兵多了，将军的"功成"就增加了些许的难度，这是好事还是坏事，还真的不好说。

从某种意义上来说，有战争就有牺牲。将军作为指挥者，得到最基本的保护，最终获得胜利果实，也是一个团队的荣耀。而对一个将军而言，追求领导者的智慧境界，寻求战争的时机，破解危险、克服困难，以极小的损失获得最大的成功，是将士共同的心愿。倘若是个便便将军，脑满肠肥，没有多少军事才能，只是凭借将军的权力，指挥士兵们东奔西突，最终获得的战果无几。即使胜利，也是悲凉的胜利。战争的千变万化，永远不可能以一种模式赢得永远的成功。随机应变应该是优秀指挥家的智能体验。而对士兵而言，也有矛盾心理。一则作为群体的一员，不服从将军意味着背叛，就构不成军事合力；但当将军的指挥明显失误，聪慧的士兵就会犹豫不决，进是炮灰，退是叛徒。犹豫不决之间可能就成了牺牲品。当将军沦为士兵，士兵成长为将军，这样的悲剧依然会上演，将军与士兵之间的悖论扩展为父子，延伸为上下级，或者推及任何一个组织，这样的状况周而复始地发生，演绎着形形色色的悲剧故事。

没有任何一个人能对正在发生或者即将发生的事情做出永远正确的判断，我们对历史的评析也是在囫囵吞枣中自以为是。生活的轨迹总是充满虚幻的意象，历史总在这种浮浮沉沉中延展自己的翅膀，若隐若现，若明若暗。每个人是历史链条中的一环，或为上级，或为下级，或为父亲，或为儿子。君君臣臣父父子子的纲常在打破中重构，又在重构中被打破。

究竟孰是孰非？没有公断，也不可能有公断。一个退休的大学教师，慨叹他一生教育学生的理论，全是无稽之谈，他的后半生走到了他前半生的反面。生活时常给人们开这样的玩笑。当地位、年龄或者生活的环境发生变化，人的心态可能会发生逆转。一个人今天做自己的爸爸，明天就是自己的儿子，甚至是仇敌。研究人这种心态的变化，不仅仅是哲学家的事情。

有了这样的警惕性，对自己大可不必那么自信。而应该时刻把自己放到变化的环境中去理性地考量，不要把自己打扮成多么高尚的人，当然也大可不必自惭形秽。

有人管着一个企业，失去了企业，他就失去了所有的依托；有人始终管着自己，凭着思路往前走，借机修理、反思自己，做自己的主人，或许晚年的日子会更好过些。平民和领导的区别，不在于地位，而在于头脑的清醒，这是亘古不变的真理！

同学与老乡

同学多是好事，互相帮助，互相提醒，同学最知根知底，能说到点子上，所以，同学之间互相成事者多。但因为同学关系，狼狈为奸的也不少，最终双双入狱的也不在少数。也有暗地里你争我夺的同学，貌似亲兄弟，私底下却是真动刀枪的人。利益上的你死我活让一些同学反目成仇。为了自己生活得更好，出卖同学的越来越多。所以，竞争场上的同学已经失去了同桌时的温馨，再也不是骨子里的那种好，而是带着利益的翅膀在飞行。曾参与某场宴会，席间听到客人在聊起许多同学之间尔虞我诈的事情，听来让人寒心。同学间喝茶可为友，一旦论起酒色财气，反目成仇的居多。当然，随着社会阅历增多，同学之间因为立场不同、做人理念有别，分道扬镳的也不少。你盘中的鲜肉别人会看作恶食。所以，同学之间随着岁月的流逝，渐行渐远也许对双方都是一件好事。如果企图通过一次聚会，把全班同学再团结成上学时的模样，既无必要，也不可能。我倒是佩服某个学校的同学之心齐整，一位同学有难八方支援，这样的同学真情，让人心暖。毕竟同学一场，尽管心灵越来越远，但断断不可见死不救，更不能落井下石，萌生害人之心。因为曾经青春过、同窗过，甚至友谊过，一切都往远处看，宽容大度一些。虽说达不到一辈同学三辈亲的程度，也没有必要整日冷面相对。

老乡是一个有些暧昧的词语，多加了一些感性的调味品在里面。理性的人不信任这个东西。因为即使一个村庄的人，照样有正人君子和龌龊小人。你想一离故乡，就达到个个精神饱满，人人皆为圣贤，显然是一种理想化的想法。"一个老乡半个公章"的时代，的确有过，在部队，在学校，在大型企业，老乡之间的抱团也曾有过。但反过来想想，这样做的结果，对一个时代而言，对领导者而言，未必有多好，这和以地域看人的观点如出一辙。如果人真能以地域划分人的品性的话，这个世界上的一切事情就都好办了。一方面要承认地区差异，另一方面不要误认为湿地总产生青蛙，照样也有癞蛤蟆。

　　我早年因为老乡观念，也曾振振有词，从不对老乡设防，总认为地缘关系，人就容易走近。事实证明，这样的想法很幼稚，有些老乡，打着老乡的名义，坑你、骗你、踩你、害你、污你、逼你，你开始还蒙在鼓里，等看清了这类老乡的嘴脸，你就会为你的误判而叫冤。奔着利益而去的人，最终会失去了利益；想沾老乡光的人最终总被老乡所害。所以，聪明的人靠公理说话，有企图的人靠说瞎话赢得老乡赞誉度日。我对老乡与非老乡算得上是一视同仁，因为我知道这其中的道理所在；我从不轻易相信某某省的人如何不行，因为，即使在赞誉声最高的省份里，照样有品质恶劣的人。

　　同学是手电筒，可以互相帮衬着走向远方，但不可将光束朝向无望的天空乱射，更不可沿着虚幻的光柱爬升；老乡则是荠荠菜，腌好煮烂再吃，拿过来就生吃，容易扎嘴。

　　我对同学越来越冷静，我对老乡越来越疏远了。岁月告诉我，这是真理，也是生存法则。

相信良心

良心是信仰的底线，或者说相信良心也是一种信仰。

年轻人容易被忽悠，被宗教和理想忽悠，就会沿着一条路走下去。遥想当年如何如何，成为许多老者的口头禅。有时以一生平顺或者死之前的荣华富贵作为对一个人一生的评判标准，其实未必是准确的评价。

善良的人或许有一颗善良的心，未必能办成善良的事。善良者多想象人性好的一面，而对人恶的一面很少给予考虑。他所看到的永远是阳光，未必看到阳光带来的阴影。所以，他的思考往往是浅显的，缺乏多维度的对问题实质的考察。所以，生活中，"好心办坏事"的人为数不少。我很少和那些自我标榜善良的人打交道，一则这种人的所谓善良有时不通世事，再就是他们中混杂了打着善良旗号的伪君子。

恶人之恶，或来之于家族文化遗传，或因之于个人坎坷经历使然。在恶人的眼睛里，这个世界处处、人人都和自己作对，他的起点在于自私，衡量事物的标准看是否对自己有利。有利的就是我的朋友，没利的就是坏蛋、敌人。这种人善于搞小圈子，用小圈子的真理来限制公理。或抛出"只要对我小圈子好，你就是好人"的理论，说穿了，是把自私放大了。仔细分析，不少利己主义者和贪官就是靠这一套蒙蔽了很多人。等人们恍然大悟，往事已蹉跎。这种恶人常常自我标榜，化身真理和权威，以各种利益诱惑身边人，当更多人进入他的圈子，他的势力范围会逐渐加大。仔细分析他生存的底座，你会发现他始终飘摇在海上，随时都有翻船的危险。

宗教的局限在于用一种精神束缚人，过去字典里讲"宗教是欺骗人的精神鸦片"，这话就有些片面。作为宗教本身而言，信仰者源源不断，总有其道理所在。人活在世上，有的图当世安宁，有的求来世成仙。宗教适应这种需要而诞生，解决人的精神问题，不算坏事。加之世间很多事恰巧被宗教所解释，所以信奉宗教的人信念愈加坚定。在乡下，我问一位信奉基督教的人为什么骂人？他说他不骂好人。敢情他已经把坏人当成非人；在城市，我问一位信佛的老者，为什么还喝啤酒，他答：啤酒不是酒。敢情白酒才是酒。可见有人不是为了信宗教而宗教，而是为了求得自我安慰。我常到寺院里与禅师交流，也愿意和信众们交流，这些人中间不少人是为了寻求心灵的安慰而信教的，至于让他说他信奉的教义是什么？不少人说不出。闭着眼睛念经，比什么都不念似乎好些。

无论善人恶人或者不好不坏的人，这些人都是人。但良心作为一个基准线，能让好人变坏人，坏人变好人。好坏之间，没有明确界限。因为衡量的价值不一样。各个国家之间有差异，民族之间也有差异。你认为好的东西，我认为恰恰是坏的。对一个人短暂的一生，也是如此。对一件事的不同态度，实际上体现了不同人的良心观。譬如，某一个贪官曾经是你的朋友或者老乡，你在该提醒他的时候，提醒他，让他避免堕入深渊，你认为你尽了自己的良心；另有一种应对措施是，帮他助纣为虐。二者的结局都很难说。但前者，你要么很糟糕地被他冷落或者被打击，要么被感恩，贪官止手或者弃恶从善，毕竟对社会是件好事；后者也有几种情况，要么你与贪官一起飞黄腾达，要么你与贪官同归于尽，或者贪官进去了，你却上去了。所以良心这东西具有多面性，不能用简单的好坏来判定。

但有一点可以肯定，随着阅历增多，你对良心的解读会越来越有城府，讲良心会越来越有水平。因为良心是基于一种基本的事实前提，良心是对历史的评判，对善良的解读，也是对人性的考验。虽然在不同的年龄段，你对良心的看法不一样，这源于你价值观的改变，但良心能促进一个人内心的自我完善，因为相信良心，做出的事就无愧于心；因为相信良心，就等于你评判事实的标准是真实，而不是权利与经济。良心是一杆秤，时刻在称着你灵魂的重量。

有时和朋友私下里辩论，我强调良心的重要性。朋友说：良心多少钱一斤？因为讲良心，多少人命归黄泉？因为讲良心，多少人失去了升官发财的机会？我指着远处的堤坝对他说，良心就好比那道大坝，欲望是水。有些能抵挡得住，就会惠利于民；有些漫延开来，就会贻害百姓。但这些的确不是良心的错，期待良心能水涨船高，那是理想者的妄想！他望着我，半天没说一句话，然后转身走了，他的身影越拉越长，远处是渐入山峦的夕阳……

享受孤独

一棵树，一座小岛，一片大海，一处木房子，依偎着他。孤独的猴子和他一样孤独，他选择了孤独，选择了每天早晨拍摄太阳。阴天，太阳藏匿，他就拍乌云，乌云在大海上，大海在乌云下面，孤独是悬在乌云与大海间的迷茫。他每天早晨起来，推开窗户，拍照，拍太阳与大海，拍乌云和房屋前的一切。一只孤独的猴子看着孤独的他，默不作声，天地沉寂下来。风很平静，夜很平静，他会早早地上床，早早地起床，早早地拍摄太阳。太阳是白色的，映衬着大海，从云雾里蹿出来，顶走了一片孤独，又一片孤独，整个天空就洋溢着太阳的孤独了。仰望着天空，他想哭，哭成一朵云，下雨的云，飘逸的云，与海水媲美的云。

他在蓝天下站成一棵树，满院子的树在一点一点被他砍去，他要放倒一个孤独，再放倒一个孤独，然后满院子就是空荡荡的孤独。他会一个人在孤独的院子里，面对一棵上百年的树，研究那树叶的喧哗，枝干的伸展。风哭了，风抚着树哭了。被杀的树，树叶悬在树枝上，不想下来，树叶怕树孤独，就像他离开故乡怕故乡孤独一样。下乡时养成的习惯是夜晚数星星，星星不知疲倦，星星们看着月亮享受孤独。他在一个人的田埂上，听青蛙的叫声，和星星一起观看月亮，月儿悬在天上，他感觉自己飘起来了，他就是悬挂在天上的月亮。

在北京，他一个人驾驶着汽车，孤独的音乐拒绝更多陌生的旋律，城市的喧嚣、评委的荣耀、艺术展的熙攘遮盖不住他内心的孤独，那是美的感受，犹如下乡时一个人追赶夕阳下山，撵着老牛入圈，痴呆呆地看着抽水机房，那个让他感受爱情孤独的地方，孤独让他感受到孤独以外的东西。在蓝天之下，在乡村的蚊虫叮咬之中，孤独更像是一种痛。孤独的痛是岁月的种子，住在身体里，随着他一同生长、哭泣，然后孤独长大了。从农村到北京，从小城市到大城市，从中国到别的国家，孤独是一个越吹越大的气球，到最后，气球里的孤独装不下了，需要有个处所承载这孤独，需要一个安静之地去分析孤独，需要一个人静静地享受孤独。

于是，他选择了放弃城市，选择了放弃女人，选择了放弃所有的繁华，静静地与一个小岛为伴，与孤独的树为伴，与大海、太阳为伴。他在舍弃中选择拥有，在拥有中选择了舍弃。孤独旋转着，围绕着他，他开始感觉到孤独的美好。他想把这个小岛上属于自己的院子，变成一个孤独而僻静的场所。

他精心设计了一个木屋，房子的外面刷了白漆，靠大海的一面是落地窗连成的推拉门，可以在床上就能看清晨第一缕阳光的孤独、海水的孤独和风的孤独。

有时他看到孤独的一只鹰，盘旋在大海上，孤独地飞翔；有时他看到一条船，大海上唯一的一条船，越走越远。他真不忍心再砍掉更多的树，但孤独让他选择了逃离，在异域的土地上，他孤独成一言不发的猴子，左顾右盼，远处是大海，大海深处隐约可见一座岛，岛那边依然是向远处延伸的孤独的海，泛着茫茫的雾气。

夜色降临的时候，孤独伴随着花生米的香气充满整个小木屋，他想起爷爷，一个喜欢吃花生米的山东老头。爷爷把吃花生米的习惯传给了爸爸，爸爸又传给了他，他会传给谁啊？那只孤独的猴子？他吃着花生米，好比翻检着满碗的孤独，满屋子的孤独，他看到了爷爷的孤独，品咂到爸爸的孤独，然后就拥有了三份孤独。他回忆起有一天自己跑到大海里寻找孤独，回来，那只孤独的猴子正坐在他的饭桌上剥食巧克力。猴子把孤独理解成精致，吃巧克力的动作比他优雅。他想自己吃花生米的动作一定比猴子优雅。他想着爷爷吃花生米该会是什么样子？推拉门他也懒得拉严实，他知道风是孤独的，也想溜进来听他自言自语，风想把他的孤独带出去，让他每天所看到的孤独的那只鹰，感知他的孤独。他摇摇头，熄灭了一盏灯，又一盏灯。而他所关注的行驶在大海上的那条船上的人们，可能永远不会知道这一屋子的孤独归谁所有。

而不一会儿，他就枕着孤独睡着了，只有波浪发出单调的回声，顽强而固执，呼应着他的鼾声……

向身体道歉

连续数日喝酒，身体出现不适。今晚承蒙兄弟们照顾，终于没有让身体受损。一个人静静地回到屋子里躺下，身体格外舒服。随便一想，喝酒史已超三十年。每当看到大街上大腹便便的人，我就要看一下自己的肚子，还好，曾有的肚腩正一点一点消瘦下去。我的眼袋一如当年父亲的眼袋，肿而大。人老了，念旧，或者懂得了爱惜身体。

人的脸庞受之于父母，是难以改变了；身体何尝不是。很多孩子的头型好看，与睡姿绝对有关；有个地区的孩子，大人们习惯把沙土做个布袋塞在孩子裤裆里，所以那个地区的人罗圈腿居多。一个孩子的身体，带着一个地区的文化，或者父母的生活习惯，甚至父母的见识。我想想身体上的伤疤或者坚韧的品格，要么从父亲身上继承，要么从母亲身上学来。

就这样混混沌沌地过了五十多年。一母养百般，一个娘的孩子，最终结局不同，除了机遇之外，与各人对待身体的态度不同。想想我这五十多年，几曾爱惜过我的身体？当更多的时间徜徉在工地上，随意和粗疏成了我生活的主流。穿衣戴帽的随便自不必说，感觉身体好像不是自己的，现在想来，一是对不住身体，二是有愧于父母。

呱呱坠地时的欢快，每位父母总是希望自己的孩子光鲜地活着。呵护成了父母疼爱孩子的方式，尽管有时呵护的形式变得有些怪异。孩子的躯体确实有美丑之分，父母早年的责任是要大些；但一旦走向社会，身体被自己所掌控，对身体的塑形恐怕就要由自己负责了。

想想这些年，我到底喝了多少酒？吃了多少不该吃的东西？因为嘴的贪欲，让我的身体曾一度膨胀起来。胃抗议，肾抗议，我依然我行我素。假如这些器官能说话，它们一定会喊出最强烈的话语。事实上，有一个灵魂始终在摧残着它们，看似在满足衣食住行的需要，实则每天在狂灌它们，蹂躏它们。在酩酊大醉之时，还会醉眼惺忪地观看美女，听一些靡靡之音。这些似乎都在超越着身体的极限，在众多的贪婪之下，身体上的器官渐渐麻木，幡然醒悟，人生已进入暮年。

今夜，我要对这些器官们道歉，我要向我的身体道歉。的确，生活给我提供了无限的可能性，但我现在的身体，却离父母当初的愿望越来越远。倘若我把身体上的器官，当作我的朋友，我就会善待它们，聆听它们发出的微弱的声音。从给人以观感的外形，到触动疼感的内脏，从眼耳鼻口舌的吸纳与排泄，我都应对这些器官以应有的尊重。无论是形而上的思索还是形而下的满足，我没有理由像将军役使士兵一样对待它们。它们来自于爹娘，适应于环境，一直在追求与我的和谐相处，我理应善待它们，让它们始终感受这个世界的美好。

当体贴的话语轻淡说出，当美妙的音乐悦耳动心，当素淡的食物清爽口舌，当鲜美的气味萦绕鼻孔，当双目触及远近的美色，我想，这欢愉的身体，一定懂得我灵魂深处的呐喊。

今夜独坐在这里，我深深忏悔。灵魂是属于我的，身体不过是灵魂的附着体。它来自于父母，归之于自然，的确不是我有资格随便消受的。我要用我虔诚的心灵，好好对待它。让它皈依于天籁之中，让它品尝以前所未曾经感受到的寂静，也让它学会聆听与平淡。未来的身体是弥补，是消减，是疗养。我希望与我灵魂伴随的身体，最起码得到我自己由衷的尊重。希望有一天，这个身体透满书香，写着平和，更多的则散发着美的意境。明晨，享受月光的身体也会让阳光再抚慰一遍，在纯美的空气里，我向我的身体忏悔！

研究那些瞧不起你的人

　　一个人的所谓成熟，不仅在于"人情练达即文章"，更重要的是处变不惊，学会接纳那些对你有意见的人。或者说，对你有意见的人越多，你改进的可能性就越大。前提是包容与理解，汲取与升华。

　　别人对你瞧不起，总有瞧不起你的理由，三观不对这是最根本的。人在世界上生存，秉承什么样的理念，就会做成什么样的事情。憨厚是一种美德，对油滑的人而言可能就意味着愚钝；能言善辩是一种能力，可儒家学者认为"巧言令色鲜矣仁"；吃饭快节约时间，可中医认为这不利于养生；给师尊购物本身出于好心，可别人认为你想投机取巧；与女人开玩笑在你看来是幽默的表现，正人君子就以为你有骚扰人的嫌疑；拉起街上跌倒的老人，却被老人诬为撞人者……生活中，我行我素固然不好，但拘谨于三点一线依然被冠之以保守。一个人在世上，不可能让所有的人都满意，甚至也不可能让自己满意。但一生磕磕绊绊，从一粒种子，长成麦苗，不乏浪漫时光，成熟了，被磨成面，再被做成各类面食。能被人爽心快意地永远赞美或永远踩在脚下，都是极小的一段时光，所以大可不必延续单一形式的生活。守成中求取变化，甲君厌恶你的短处，恰恰是乙君喜欢你的地方；丙君或许忽视你的容貌，丁君却是外貌协会的。大可不必为着外人而活，如若那样，你真不知每天出门，首先该迈哪一只脚。

　　但做事总归要讲规矩，社会有个基本的法则。如何知道自己的不足并改善之，不是去刻意研究那些赞美你的人，恰恰是研究那些瞧不起你的人，他们的意见也许正是你的致命伤。

　　依我的体会，这种研究给人的生活的感召或许更大。即使那些瞧不起你的人对你有深深的偏见，他们的话语也含有一定的道理。假若你是一位超凡脱俗的人，众目睽睽之下，你将众生看作平等，而有些人认为你目无领导，这样的错觉会让一些人对你有意见，你虽然问心无愧，但外界的评价依然如此。这时，你要研究一下那些对你有意见的人的意见的精神实质，调整一下表现方式，对人对事讲究一点仪式感，这丝毫不会降低你的品位；再譬如，你明明知道张三李四的小把戏带有狭隘的心计和报复的成分，倘若你能佯作不知，哈哈一笑，坦然的心境会让你度过美好的一天。

世间本无事，庸人自扰之。除非你一个人生活在深山老林里，不用触及与人交往的问题（但可能增加与动物交往的困难，那可更恐怖）。所以，适度考虑与周围人的和谐相处还是很重要的。尤其那些对你有意见的人，通过各种方式都会呈现出来，或者说话，或者手势，或者一个眼神，或者通过别人添油加醋的转述，听到或看到这些，自然不要动怒，平复一下心情，好好研究意见君的意见，他的价值观未必是你认同、努力的方向，但他的意见却值得你作一定程度的反思。这个世界上，从来没有无缘无故的爱和恨，尽管每个人选择的生活方式不同，但大众规范下的基本规则，每个人还是要遵守。大庭广众之下的随地便溺自然该当谴责，但如厕小解时的解裤动作似乎在你的个人控制之列。前者的意见君你要全盘接受，后者的意见君则要分清里表，分清轻重，分清形式与内容的区别。

我经常研究那些对我有意见的人的意见，坦率地说，他们的意见给我不少上进的力量。从某种意义上说，这些对你有意见的人，是你的贵人；特别是能一语中的、直指你的七寸的那些人堪称君子！即使你的敌人，倘若他指出你没有核武器的缺处，你也大可不必为此动怒，好好研究你的核武器，不是为了让他欢喜，而是为了让你自己更加强大。所以，王鼎钧先生曰：爱敌人，才是一个君子，大抵如此。

要把自己当回事

要把自己当回事，我当然说的是富有灵魂的你。

你的肉身有时背离你，但你的灵魂始终追随着你。

你有时获得的是一个人的尊重，特别是每个人都在强调以自我为中心的路上。

尊重自己有时就是尊重别人。

从父母赐予你身体的那一天起，在这个世界上，你的灵魂就始终与身体相伴。

有时你灵魂里的孤傲，只有躲藏起来，说一些你不愿意说的话，做一些你不愿意做的事情，有时你很扭曲。

世界越来越大，你却越来越小。为了不在世界的航道里迷失或融化，你要让你的灵魂紧紧拥抱身体。

是的，你需要拥抱自己，把自己当回事。

如果你在万人之上，你以为你的神力超过了很多人的思维，这时，你需要平静下来，问一问自己，躯体和灵魂有没有分离开来。很多伟人的悲剧就在于灵魂和躯体完全背离，他们生活在世上时，万人拥戴，离开这个世界时，万人唾骂。或因为太把自己当一回事，或让肉体成为灵魂的指导者。

如果你在边缘化的世界，你以为你到了绝望的境地，这时，你需要叩问自己，问问身体和灵魂的距离有多远，这时你用不着轻贱自己，用不着把自己缩小成一个伪君子，做回真实的你，比什么都重要。堂堂正正一生比委曲求全活着更有利于你灵魂的端正。当整个世界都剥光你衣服的时候，你没有必要再剥去贴近你的皮肤。你需要找几片树叶，遮羞或挡雨。生活需要你的自我珍惜，灵魂需要你的自我安详。

当亲人冷落你，当社会抛弃你，当良心糟践你，你拥有的就是属于你自己的灵魂与肉体。

　　要把自己当回事的另一个含义是，在这个世界上，你永远是你灵魂的唯一替代者，你的身体要时刻装着你的灵魂。

　　优雅成一琴音，平静成水中的树叶，善良成一句问候，端庄成一块未经雕刻的石头。不要因为面相的丑陋灰暗追求美的心灵。在阳光呈现的时候，你要学会看到阴影；在阴雨连绵的时候，你会想到未来的晴天。你就是你，任何人不能代替你，也不能轻易地糟践你。你就是悬崖上的一棵树，俯瞰者慨叹你很渺小，仰望者认为你很伟大，修禅者会领悟你伸向空中的枝叶舒展。而你始终就是你自己，在悬崖上经风沐雨，在悬崖上修炼身心，在悬崖上一天天慢慢地成长，直到慢慢老去。

　　我看到一个人哀叹，不要把自己当回事，我就感到一丝悲凉袭来。如果一个人自轻自贱，这个世界也不会怜悯你。先学会珍惜自己，才可能珍惜别人。珍惜你的身体与灵魂的密贴度，珍惜你的身体的每一处神经，珍惜你的举止呈献给世界的是永远的美好，珍惜你的语言不给这个世界带来争端，珍惜你的灵魂始终拥有自己坚守的高贵。把自己当回事，不是盛气凌人，而是自我珍视；把自己当回事，不是傲视群雄，而是审时度势，保证自己不受伤害；把自己当回事不是自私自利，而是呈现美好，体现自尊自信。

　　衰老的永远是我们的躯体，鲜亮的应该是始终如一的灵魂。行走的躯体时刻怀揣着鲜亮的灵魂，我们就会拥有信心，拥有百折不挠的力量，拥有一个做人的根本。无论你在天涯海角，你的心中都有一团生存之火在燃烧。

有一种声音叫沉默

那是童年的一次往事。生产队，住在屋后的陈二大娘是个善良的人，如今她已经故去了。一位乡亲丢了钱，生产队组织开会讨论，几乎所有的人都怀疑是陈二大娘偷的，她家和这位乡亲离得最近。面对众口一词的怀疑，陈二大娘一言不发，她在会场上沉默成一个石头人，那时我还小，我看到陈二大娘眼睛里冒出委屈的光，我真想劝大人们不要再说刻薄的话语。这种追问大约持续了两年，当最后捉住了真正的盗贼时，陈二大娘依然沉默，只是嘴角飘出让人不易觉察的微笑。这一事件让我的整个童年不寒而栗，原来人可以如此恶毒，也可以如陈二大娘般用沉默表示宽容。此事过去多年，沉默的陈二大娘后来很少提及，可我时常能在深夜里听到二大娘的呼喊。事发几年后，陈二大爷死了，然后陈二大娘的大儿子死了，紧接着陈二大娘也死了，后来她的三儿子也死了，现在只剩下陈二大娘的二儿子。这一家人在世上的时间太短了，沉默是她一家最好的表达方式，我却听到他们心中的声音，我在无人的夜里，常常听见她一家人歇斯底里的呼喊。

那一年我在工程队，工程队丢了电扇，队长怀疑是职工偷了，然后让每个工人打开床头柜，不少年轻人嘟嘟囔囔，诅咒着偷电风扇的人。更多的老职工沉默着，沉默成一株株庄稼，那时施工场地的四周，都是庄稼。最终没查到电扇的去向，队长也因此被撤。我看到众多沉默的眼睛，发出或喜悦或仇恨的光芒，这些光汇聚成勇敢的声音，很多年后，想起这些光束聚集起来的声音，就感到一股股冷或者温暖。

也是在施工队，参与过一次选举，大概选书记，队长作为副书记人选。队长的表态太慷慨激昂了，也许是大家不满他一贯的霸道，队长落选了。当时记得落选的队长脸红一阵白一阵，说了很多让我感到吃惊的话。选举的党员们沉默不语，任凭他在台上大声吆喝来去。多年后，大家还记得那次沉默为主旋律的选举，如今让我回忆当时的一切，我还能完整地记录下来。

　　我们已经习惯了忽悠，习惯了说假话的人，有时无言就成了最好的发言方式。这种发言背后隐藏的东西更丰富。

　　后来我到了北京，在公开场合，我很少说话，有时甚至一周说的话，写出来还不满一页纸。我知道，沉默也是一种声音，或者说，沉默也是一种说话。

　　那天，在地铁上，见到两个话痨，旁若无人地聊，从这个车站，到下一个车站，再到下一个车站，没有人劝阻他们，更多的人选择了离开他俩。我看他们一眼，再看他们一眼，我把座位让给他们，然后疏远开他俩，在一边默默地站着，更多的人也选择了默然无语，疏离他们。他俩，好像有离心力驱开人们。后来他俩终于下车了，旅客们又默然地围拢来。我听到沉默背后裹挟着一种声音，寒风般凄厉。

　　在城市生活，嘈杂无处不在。有声的声音随时可以辨别，而无声的声音需要洞穿世事的领悟力。某晚喝酒，席间一君子，高音大嗓，炫耀着他的法力无边，满桌哑然，听他说话，此君滔滔不绝，他的声音灌满整个屋子。我只好提前告退，我从没发言的嘉宾脸上，看出了脸语，那语言远比那位君子丰富多彩。沉默所显现的潜台词让我彻夜难眠。

　　越活越不想说话了，尤其对人说话，感觉更难。年龄越来越大，话说多了狗也嫌，好多话，说了还不如不说，还是不说更有力量。有一种声音叫沉默，我整天看着自家那条狗，我一个眼神，它就知道我要做什么，狗不会说人话，却懂得领会人沉默的眼神。

　　有时，我和那条狗整天在一起，它看着我，我看着它，它已经懂得了我越来越不清晰的眼神，而我再也没有听到它狂吠的声音。对沉默的我而言，失声或许是它最好的选择。

　　不知我能不能活过这条狗，有时在阳台上，我看一眼洁净的天空，再看一眼那条狗，狗哀婉的眼神，我回报它一个微笑，它就似感受到阳光般的温暖，它也对着我笑笑。狗的笑，独特，很少露齿，只是嘴角下撇了去，我理解这是狗的笑。与狗一起生活的时间长了，人就更不应该说话了，食物悬在空中，它就会冲过来，直到把食物叼走。

　　这个世界，无声的语言总是那么生动。何必非去发声？狗笑着，我也笑着，我们在阳光下一起笑着，周末就过去了。

自得其乐

人生处在不同的阶段，不同的环境，就要采取不同的策略，但关键的一点要把握，那就是自得其乐！

别人可以轻贱你，你自己不能轻贱你自己。

别人可以抬举你，你自己不可狂妄你自己。

欣赏自己欣赏的，厌恶自己厌恶的，但不要陷入自说自话的情景当中。

去江南，想看沙漠你都看不到，所以只好看电影，在电影里你找"大漠孤烟直"的感觉。

生活有时很无奈，你要在无奈中找出趣味。

有钱未必意味着幸福。当所有的友谊被金钱捣乱，金钱就是腐朽心灵的毒液。

对待骗子的手段有两种方法：一种是说破，一种是不说破。我采取后一种方式，让骗子知道我不知道他是骗子，骗子的表演就有了趣味，他就会沿着真实的道路表演着真实的骗子。揭穿了就没有那么好玩，好玩是人生活在世界上的意义之一。

我看惯了一些官者的表演，就像看骗子一样。我对待他们的态度也像对待骗子一样。看穿了而不说穿，好玩。你演你的，我看我的，生活才有意义。我们都有老了的时候，你老了收获一路官者的赞美；我老了，收获系列真实的虚假表演；都是一种收获。我靠这种回味生活，你靠那种回味生活，都在自得其乐，多好！

去海外的作家有意思，让平淡无奇的家乡长出了很多香味扑鼻的翅膀；考上大学的学生很有意思，让手长出远离大地的触角；当上官员的官员很有意思，他们拥有了一颗让别人为自己摇头晃脑的大脑。

艺术是艺术的敌人，圈子是圈子的圈子。生活很美好，因为自得其乐，你高兴了就去城外走走，城里看看，或者骑在城墙上，歪头看看左边，再歪头看看右边，挺好玩。

一个城市白纸黑字的日报没有多少能走进居民心里，韩复榘的二蛋行为则成为老百姓口头相传的趣事。多年以后，你我都老了，别成了"王歪歪""李扒墙"就好。百姓心底的热量和良知却越来越多。别以为有了权就有了一切，你做的恶事上级可以原谅你，你的亲人没法原谅你，你的同事记录着你，你的未来等待着你。所以一切很简单，没有那么复杂。善有善报、恶有恶报、不是不报，时候没到！

生活的趣味在于一半是参与，一半是跳出来。深陷其中一生，你会感觉一切都很神圣，反而失去原有的神圣；倘若只是跳出，或者干脆出家当了和尚，人性的戒律并没有突破，和尚还有不和尚的东西。所以在出与进之间，远与近之间，昨天与今天之间，山与水之间，南方与北方之间，自得其乐于时空之中，还是很有趣味。一个人活着，要有趣味；一项建筑存在着要有敏感；一棵植物生长着，要有绿色。一切的一切，在还原中复苏，在复苏中走向死亡。

睁开眼睛看看自己，睁开眼睛看看世界。在轮回中别说轮回，在谎言中找寻真理，这本身就是一件非常有意义的事情，我在群山之中感受这一切，往事如烟云，罩在自得其乐的气氛中，渐行渐远。

是的，一切都已渐行渐远。

大地与读书

春色书香润肌肤

　　中国人民大学的周末书市很有看头，从中可以淘到许多好书，我经常去；师弟李西泽是典型的淘书人，几乎每次去都会遇到他。西泽师弟是河南人，有时摸着旧书感慨地说：以后离开北京，好书很难觅到了；正如优雅的女人，时机一错过，就嫁作别人妇了，彼时后悔晚矣。西泽有好习惯，每早坚持跑步，令我敬仰，在春花烂漫的时日，他如新绽的柳丝，给人以簇新的感觉。特别是在周末书市上，看其热汗未干、爱不释手的样子，一种书海荡漾的惬意就四散开来。我很容易在这种语境下受感染，和他说上一些话，在这个春天里，心里感觉暖洋洋的。

　　记得在泰山脚下，最喜欢的就是在春天里，挎上几本书，去河边的小树林，或者泰山周边的小岭上去读书。泰山春天的风大而不柔，需要到避风的地方感受青草的芳香；看满山遍野的青色，听叽叽喳喳的鸟鸣，读古今中外的文字，那份陶醉从心里到身外，又从身外融入脑海，那份惬意，非亲历者难以感受！

　　春色蕴涵养生的气场。春天里万物升腾起一种盎然向上之姿，一切在摆脱陈旧中复苏，你感受到自然在以一种摧枯拉朽的力量前进。绿芽、河水、微风都是春天的信号，在这样的时日，你的心很容易被搅扰地萌动起来，如春草一样，在大地上展开平凡的叶脉。这种舒展的感觉，是一种发自内心的欢喜，一种摆脱沉闷束缚的自由释放。

　　书香自有食物难以抵达的劲力。其实书里埋着春天的因子，书是一种最好的食粮。人可以在书中乐以忘忧，也可以在书语中悲以抒怀，好书可能让人沉醉其中，无视生活的优劣。书的那份香，是菜根之香，平淡之香，清纯之香。沉醉在书海里，犹如徜徉于春天里，书香含有春天的特质。

　　人的身心需要春色书香的润泽。最好在春天里感受书的美好，在读书中糅合进春天的意蕴。春天，一切都是新的，春是推陈出新，春是柔和之母，春是山水画家，春是动情诗人；书是春的承载，书挑春的萌芽，书是胎儿的萌生，书中藏匿着修身养性的药香。在春天里读书，你会感觉到发自心底的滋润；在读书时感受春天，你会获得不同于以往的春天。

莫说风沙撼山岳，春色书香润肌肤。在春天里，一个人，或邀二三知己，走到山里去，走到大海边，去真切地感受大自然，在湖光山色中体味书香，纵横驰骋自己的思想，岂不快哉！

读书的维度

我写的一篇谈及读书的文章，杨先生看了，对我计算的一生能读多少本书的说法不以为然，他认为读书是不可以计量的。并建议我另写一篇文章，说说此理。想来也是，今天就来谈谈读书的维度。

单纯从读书数量上来衡量读书，是有点机械，或者说难以衡量读书的效果。读书的方法自然有很多，数量只是衡量读书效果的一种方式。对读书而言，深度、宽度和广度则是读书不容忽视的问题。

读书浅尝辄止者自然和深研细究者不同。如果一本《论语》，机械地读，一上午就能读完，但若想读懂，耗尽一生的精力怕也还存有疑问。《茶经》是陆羽先生的著作，千百年来解读者甚众，但被誉为"当代茶圣"的吴觉农先生写的《茶经述评》，则渗透着作者跋涉山水的心血。《茶经》的解读者不下千万，功底各有高下，能从其解读看出读书深浅和研究的程度，从这个意义上说，不能量化读书还是有一定道理的。一本《红楼梦》，读完一遍知道皮毛，读完两遍发现细节，读到三遍看出历史，读到四遍看出人物之间的联系，读到五遍发现作者的诸多暗指，如此下去，你会发现，《红楼梦》永远读不彻底清楚。同一本书，少年时读不如青年时读，青年时代读不如老年时代读，老年时读则会唏嘘不已。有些肤浅的东西越看越深刻，有些深刻的东西却越来越肤浅。读书的快感，莫过于此。

从读书的宽度而言，是对同一领域的书而言。我有一个习惯，喜欢一个作家，总要把能找到的这位作家的书全部找到，一本一本去读，这样，作家就像埋在土里的地雷，扒开埋在其上的点点泥土，你会发现那颗地雷的真正大小。对同类书而言，读得越多，对本行业的发展趋势了解得会越透彻。深度意味着精度，宽度意味着边界。等你真正掌握了读书的疆域，你就会对一个学科乃至一个作家有更加全面的了解。做学问者既要有穷其一生研究某本书的决心，也要有对同类书籍深入摄取的功力，宽度和深度的结合，才能让深度更深，宽度更有嚼头。

所谓阅读的广度，我理解为对比阅读和跨界阅读。对比阅读是指对不同时期、不同国别的同类著作进行触类旁通的阅读，这样的阅读让一个读者的视野更加宽广；另一种跨界阅读，意味着不仅要通过阅读本学科的书，还要通过阅读相关学科乃至貌似不相干的学科的书籍，并通过阅读产生创新意念。很多新学科的诞生也得益于跨界阅读学习。跨界阅读可以排除阅读的寂寞，增进阅读的兴趣，产生创新心理。我在跨界阅读中获益良多。譬如研究厕所，我就把有关厕所的书籍统统找来，建筑的、人文的、技术剖析的，随笔札记的，这些文字杂糅在一起，让你对厕所的认知既有历史感，又有现代感，既有文学艺术味道，又有技术骨架感知，真称得上是丰富透彻。这种读书法，所给你的启迪或许能激发你更多的读书欲望。

杀鸡宰羊各有其道，对于读书，每人自有妙法。赘言读书的维度，不过是稍作总结。也算是对杨先生的一个回复，不知道他满意否？

读书会的妙趣

每个人都渴望得到好的读书效果，参加读书会是很好的读书方式。如果能就某一专题组织读书会，则效果更好。我喜欢参加各类读书会，几年来，体会到参加读书会的好处多多。

一是参加读书会能给你提供更宽广的视野。读书会的读书范围较广，能让你从更多侧面感受到知识的广博，打开了通向世界的更多通道。读书会的直接性让你能迅速掌握一本书。譬如参加某作家的读书会，作者直截了当的介绍直奔主题，让你知晓该书背后的创作故事。我爱参加"拆书帮"的读书会，拆书人理论联系实际的讲解，让你对一本书有了更加切实的了解。倘若参加有关茶道的读书会，一边喝茶，一边赏读茶道文章，那份情景交融的感觉非亲历者不能尽享。

当然，围绕一个或几个主题，自行组织读书会是最好的选择。这样你可以选择那些你一直想读而没有阅读的书。我办原生态文学院读书会的经验是：最好每次读两本书，挑拣两本分属不同领域的书，读起来不单调，谈起来有选择。

读书会最大的好处是通过参与者对同一本书的不同品鉴，让你从中受益。我在组织读川端康成的《雪国》时，阅读者因身份不同、经历相别、学养不一，谈出的感受就截然不同。一个人容易陷入长期养成的阅读习惯而缺少创新式阅读升华，而读书会则会让你跳出阅读泥潭，思维活跃起来。所以，从某种意义上说，参加一次《雪国》读书会，相当于读了十几遍《雪国》，对文本本身的理解加深了，而文本的拓展意义也就有了新收获。

在组织对《浮生六记》一书的阅读时，阅读者们对历史的理解深透，现代人对古书的错误解读也让参加者在探讨该书写作手法时忍俊不禁。读书者未必苛求千篇一律，但读书的深浅、理解的透彻与否，读书会上一碰撞，高低就分出来了。和一个人默然读书效果不同的是，读书会上的辩论，能让你对一本书的认识加深。同学们通过阅读《浮生六记》的众多版本，找到了各自的感悟点，相互启迪拓展了对书本身的理解。阅读完清代书生的曼妙小品，再对现代教授的著作《思维的力量》进行解读，我请了这本书的作者刘秉君先生讲解了书的骨架和创新点。通过思维方法的学习，引导与会者再反观《浮生六记》，由今论古，其中韵味，犹如穿梭在传统与现代的时空中，与会者对类似读书法兴趣极高，阅读体验令人耳目一新。

目前北京各类读书会很多，给各类读者提供了广阔的空间。读好书、深读书成了读书会追求的目标。其实对读书者而言，一次茶会可能成为研究茶学的读书会，即使在酒场上，也可以多谈读书体会。标准的读书会自然让人受益良多，但不拘形式的读书探讨也是读书会的另类体现。甚至地铁上、单位餐厅乃至同学聚会时，我们都可以谈谈自己的读书方法，听听别人的读书妙招，这算是读书会的自然拓展吧！

参加读书会的另一个好处就是能结识更多读友。无论是读友别具一格的想法，还是深邃的阐释，所带给你的都会是更多的启迪与萃化。读友是你书海的探头，相互间的荐书与交流，会让你的阅读体验更丰富。有时读书会上读友的发言，还会让我们滋生出对社会的强烈责任感。在古代，许多思想家也喜欢三五成群日琢夜磨、争辩不休，他们把读书会延伸到日常生活之中，有时学者们善读民间之书，热衷于躬身向下，在实践中求真知。现代人生活在信息爆炸的时代，碎片化阅读会让不少人陷入各种误区。读书会的系统性和思辨性既能让你的阅读质量得以大幅度提升，也能让你倍享读书妙趣。与读友的交流，让你获得更多的现实考量和思想之果。好多读友，不仅成为我读书路上的引领者，更是我生活中的相助者。读友间的交流，会让每一本读过的书真正鲜活起来，藏在脑海深处，让你受益无穷。

对比读书法的好处

从年轻开始，我就坚持采取对比读书法，几十年下来，感觉这种读书法很有趣味，现在介绍给大家。

所谓对比读书法，就是对不同性质、不同门类、不同地域、不同国别、不同时代的书进行对比阅读。开始可以是简单对比，后期则成为混合性质的对比，这种读书法，最大的好处，能让你最大限度地开阔视野，提高你触类旁通的能力。

譬如在青年时代，我做工程技术人员，技术书籍严谨但枯燥。为了干好工程，你必须学好相应技术。我在刻苦攻读技术书籍的同时，通过阅读艺术类书籍求得身心放松，追求精神营养完善。整个青年时代，我不是偏食者。通过阅读人文书籍，增进了技术感知能力；深入研究技术，感受到其与人文结合的重要性。因专科、本科、硕士研究生读的都是工程技术专业，为了求得知识平衡，我一刻没有停止对社会科学书籍的阅读。后期通过对科学技术哲学博士专业的学习，终于将自然科学与社会科学统一于一体了。

不同性质的书放在一起读，能起到互相补充、互相促进和转换视角的结果。自然科学类书籍有其固有规律，严密的逻辑、明晰的推理是社会科学类书籍所缺乏的，但社会科学的感性思维与人文考量则是自然科学书籍所缺少的。穿插对比阅读，相得益彰。许多老科学家，闲暇时喜欢吟诗作赋，不是附庸风雅，实在是有益的精神调节。

对比读书不仅从大门类上进行区分，也可从性质上予以区分。铁路工程分线路、桥涵、房建、水电、暖通、信号等专业，倘若你只抓个别专业学习，不涉及其他专业，就会缺少系统工程观。要在精通本专业知识的基础上，旁及其他专业，才能处理好各个专业之间的接口问题，全面提升工作能力。我在几十年的学习过程中，倍感不同性质知识进行对比学习的妙趣，触类旁通之效催发学习兴趣。铁路是大联动机，技术人员都要学《铁道概论》，加深对各个专业大系统的对比学习，专业能力才会获得更大的拓展。

读书犹如打仗，会读书的就能享受到胜利者的快乐。对比读书法可算一种战法。如工程施工，同样是挖基坑，南方和北方不同，有水和无水不同；如写作，沿海俗语和黄土高坡的拉魂腔不同。读书时，对各个地域的不同特点进行系统对比总结，读书过程就蕴含着许多创新思维，就能提高你解决问题的能力。

对待同样一个问题，不同国家的学者看法也不相同。很有必要把针对同类问题不同国家不同学者的书找来，一并对比着阅读。这样做最大的好处就是，能打破思维的边界，给你提供更多观察和分析问题的方法。

对文学类书籍，可以找古今中外不同时代的书对比着来读。古人描述月亮和当下人对月亮的感喟是不一样的；同是写母亲的名篇，各有各的特点。通过对比阅读，古语可以翻新，今思可穿越历史。虚幻的情感融合，会增进文学的张力。

对比阅读的好处实在太多。可打破很多禁忌，好像请到了许多武艺高强的人，既可同类相比武艺，又可以跨界分出优劣，还可以找到相互之间的联系。对比阅读体验，作为阅读者，内心会日益丰盈起来，推动着自己逐渐走向思想深处去。

善待自己

中午出去散步，一般不带手机。带手机会伤眼睛和耳朵。这是一段最惬意的时光，原来喜欢与他人一起散步，后来喜欢一个人散步。路旁的野花鲜艳，手机转换了它们本真的颜色。现在看上去，一朵比一朵别致。鲜美自不必说，个性却藏在花蕊里。忙着拍，就会丢失了对它们的珍视。

人们喜欢说善待自己，但怎样算善待？却没有从心底里去考虑。身体舒服算不算善待，砥砺前行算不算善待？有人把散步作休息，有人把睡觉算作休息。善待自己，没有统一的答案。就如说好吃的，有人把煎饼看作仙物，吃起来津津有味；有人视煎饼为恶食，看都不想看一眼。善待的确因人而异。

在众人面前喝酒，就不如自斟自饮美好。不过话说回来，如果你是喜欢结交朋友的人，在酒场上能叱咤风云，也算一种快乐，但这种快乐，多以牺牲感情为代价。"宁伤脾胃不伤感情"的行为，实在是害人又害己。没人把酒当毒药，但酒喝多了，胜过毒药。我上半生喝多了酒，一想工作，二想友情，三想别丢山东人的脸。等身体喝坏了，才知道善待自己其实才是善待别人，下半生只好还欠账。

年轻时有一星半点官职的，都吃过酒的亏。那时候，他们贪喝酒的便利，以为这样就算善待了自己。到老，才知道当时所为坑害了自己。善待自己，要能保持生理上的持续性，因年轻，就随意舍身就义，到老后悔晚矣。人是生理的动物。吃喝拉撒所需，年轻时如得到过剩满足，到老都会有疾病报应。

去龙泉寺，看法师们大都平和康健、满脸慈祥，他们善待身体，让自己无欲无求。社会中人，一时难达佛家境界，人生在不同阶段，适度超脱一点，会趋利避害，这个利是身体之利，从长远意义而言的。少喝一口酒不吃亏，少贪一口肉不另类。眼耳鼻口舌，身体的每个物件都有用。眼不识无礼之举，耳不闻污言秽语，鼻远离逐臭之所，口不进毁身之食，舌不沾过甜之物，即便如此，身体也难抵佳境。身体是一个系统。不能因眼、耳、鼻、口、舌，坏了头、躯、腿、臀、足。个别部位的过分享受，换取的常是身体的失衡。人活在世上，要追求整个躯体的舒展。善待自己，首先要善待自己的躯体，从局部到整体，从整体到局部。把握好平衡才行。喝酒，嘴畅快了，脸涨红了，头脑变大了，可胃不舒服了，这就不叫善待自己。每个人都是实实在在生理意义上的动物，要善待就是通体的善待，这一点似乎很重要。

人是个生理与心理相融合的动物，仅仅生理上满足了，心理上没满足还不叫善待。所以一个人要做自己的精神工匠，对自己的精神需求也要一点点打磨，慢慢消受。日月漂移，我越来越享受一杯白开水的纯和，它胜过万千五颜六色的饮品；越来越倾向地瓜的糯香，它胜过万千珍馐美味；越来越喜欢一个人在窗前读书，它胜过万千光怪陆离的大片。善待就是简单，善待就是平静，善待就是平衡，善待就是让奢望休眠。

善待自己，就是在时空里为自己找一处平静，呼吸一口自由的空气，然后坐下来凝神深思。时空中的平衡点越来越老，你若心如止水，就找到了善待自己的诀窍。

图书馆里的时光

图书馆是我最喜欢的地方。特别是人民大学图书馆，每个月我总要去那么几天，人民大学的新图书馆前的竹林我很喜欢，其实，这些竹林后面是国学院，国学院东侧才是图书馆。新建的图书馆用几个柱子撑起一个斗篷，好像学生带起了博士帽。七年的人大时光，让我几乎熟悉了这个校园里每一处风景。美丽的师妹们被我看走了一茬又一茬，陪伴我的只有一年四季的竹叶绿和几乎悬在半空里的"图书馆"三字。不知何时养成了泡图书馆的习惯，抱一批书，一点一点地翻开去，书们就乖巧了，犹如让我知道了他们秘密的朋友。这些书啊，又再返回书架。我志得意满地离开图书馆的时候，眼是涩涩的。天空中的太阳晕黄着，全然顾不得了。

人大的旧书摊很美，在那里买过不止上百册书，有的书能买几个版本，不知道因为什么原因被取缔了，我觉得不应该；人大出版社的图书销售部，好像是废旧仓库改建的，如果细细一闻，还有潮土的味道，我喜欢在里面徜徉，不过这里的书没有旧书摊上的便宜。人们大多喜欢新书，其实旧书才有历史感。在人民大学图书馆的书架上挑书，这种历史感就很强烈。

倘若你在一个平静的下午，在图书馆三楼的空间地带的沙发上，翻检着几本出自二十世纪的历史书，如果这时外面的天空是阴沉而无雨的，你的心情会有雾霾感。在这样的境况下，读几本历史书的目录，我还是感觉到心底的那层怀旧感会翻上来。

最惬意的莫过于读心理学方面的书了。在书架上，密密麻麻的心理学著作晃坏了你的眼。你以为你是你吗？心理学不这样认为。当我知道一个脑子里装了两千部歌剧的人却会忘记很多蔬菜的名字，决策原来是由有基因决定的。你知道人类为何会哭吗？原来你内心深处的悲剧心理时刻会作怪啊！我把我挑到的书籍发到朋友圈，让朋友们猜我最喜欢哪一本，大多数人猜错了，我喜欢那本记忆术的书。人老了，经常忘事，这本实用的书，或许会让我返老还童。当然，我们经常会忽略小众思维的合理性，忘记了"真理常常掌握在少数人手里"，在人类失控的大脑里，总装着超越于大脑的东西。我一直想找几本关于气象学的书籍，因为我要围绕着天气写一组散文，散文几乎成了我的便餐。

伴着图书馆里疏朗的光线，最适合读的莫过于鲁迅的书了。我挑拣了两本书《朝花夕拾》和《鲁迅作品自选集》，后一本包含了前一本的几篇。我好像就看到鲁迅先生站在对面，诉说他的遭遇，其实他的遭遇我现在也时常会遇到。他回忆长妈妈的文字依然那么优美，当然，鲁迅先生是不会忘了议论一下猫狗的。白先勇先生的书评总是从缥缈的天空入笔，大家的文字就是大家的范儿。阿来的《蘑菇圈》没看出什么好来，不过他的短句子还是值得称道，可能借鉴了汪曾祺的《水蛇腰》吧。汪老的文字那是真叫地道，我是他忠诚的读者，他和王鼎钧先生有一拼。《鹊湾文草》可是一位老学究的告白呐。叶辛先生的《玉蛙》，老拿他的知青生活说事，一位作家要力争体裁和题材的广泛性，读者才买账，看来有些作家的确是老了，思维老，语言老，题材也老。看一本《城市地标》洗一洗眼吧，有图有真相，在世界各地做一次精神旅游，感觉也不错。

徜徉在人大图书馆，仿佛这里有很多值得探究的朋友。不知道研究雾霾的专家们是否也有雾霾，我的学生要我去参加王阳明《传习录》的研讨会，等我离开图书馆的时候，那些雾霾著作我还没有找到。

我怀着遗憾离开图书馆的时候，没有忘记在大厅里浏览一圈，北京高校学生的摄影展正在进行，看到许多好作品，看到作品里不少熟悉的人。我把它们翻拍下来，多少找到另一种满足。

图书馆门前的竹子们，绿叶好像又多起来了。

学会辨别性阅读

"开卷有益"这句话把读书的好处说到了极致，事实上，读书是一件快乐的事，对一位有辨别力的人而言，读什么书都会受益，"老不看'三国'，少不看'西游'"是有道理的。所以，一个人要根据自己的实际情况，有选择地阅读。时间对每个人都是公平的，在不同的年龄段、不同的工作岗位，或者有不同的爱好，可以选择不同的阅读方式。

我在铁路工程队工作时，最喜欢读的书就是技术书籍和时尚书。铁路工程队条件艰苦，学术氛围不够浓厚，技术人员多是独立作战，遇到技术问题，能问的人毕竟很少，这就要多买技术书籍，记得那时我买了很多技术书，反复看；有关定额编撰的书认真研究，对施工方案反复揣摩，所以遇到事情，心里就亮堂；工程队与社会脱节严重，特别是城市生活的时尚元素缺少，我就适当买些这类书籍阅读。

后来走向管理者岗位，自然管理的书要多读一些，但在挑拣这类书时，比较注重的是结合自身工作的，譬如技术管理、行政管理或者文秘管理之类，对一些工具性的书则经常翻翻，受益匪浅。我当时英语底子差，有一段时间刻苦钻研英语，倒也为阅读相关外文书提供了不少乐趣。当然，为了参加完善学历教育，自己从一个专科生，再专升本，再读研究生，再去读博士，一路上围绕学历而买的书也不少，在学院之外感受学术教育，需要一种啃骨头的精神。这种阅读虽然拘谨，但给了我系统性的学术教育，感觉这种阅读还是很有必要的。

对文学一以贯之的爱好驱使我始终没有放弃对文学书的阅读，但确实是由浅入深的过程。青年时代喜欢阅读各类文学杂志，后来则精心研读名著，再到后来围绕某一个作家的所有作品进行阅读，每一点进步，都是阅读方式的转变所带来的。文学书鱼龙混杂，很难用好坏的标准去简单地判定。在不同的年龄段，阅读同一本文学书，感受会截然不同。虽然我一直没有放弃文学创作，但近几年，我几乎很少阅读国内新出的文学著作。我的目光转向哲学、经济学甚至民俗学的领域，这方面的阅读，给我带来了补益文学更多的东西。特别是我利用业余时间，办了一个公益性的原生态文学院之后，通过网络互动教学，才真切体会到"功夫在诗外"的道理，读的书越杂，越有利于文学创作。

大地与茶

茶

　　故乡流井，让别人喝口水，总说"喝口茶再走"，其实茶就是白开水的代名词。那时，父亲在铁路工程队，每年发劳保茶，父亲招待亲戚喝酒，总要泡劳保茶，茉莉花茶居多。我不喜欢喝茶，多年在工程队，喜欢喝白开水。有个线路工，是我的好朋友，喜欢喝浓茶，一年四季喝，热水刚入杯，就吸溜着喝，在旁边看，好像自己也怕烫着。工程队劳动强度大，喝茶多了，据说有力气。

　　平时交往，文人雅士多好饮茶，你来我往中，送茶的朋友多了起来。为了喝茶而喝茶，多少有些被动的意思。忘了从哪一年开始喝茶的，反正对茶的喜爱，也就是有一搭没一搭的。不过，对茶也算是有了感觉。

　　伊研究茶道，我也不能对茶文化置若罔闻。有一次去龙泉寺，学诚法师送我一幅"茶禅一味"，对此似懂非懂，后来看了几部研究茶文化的文字，才知道茶这东西，的确不可小看。我等山野小民，不懂茶文化，就等于不懂中国文化的博大精深。

　　英国人最初喝茶，是在十五、十六世纪。洋鬼子喝茶和国人不同，国人是捏着茶碗喝，英国人最初是把茶倒进茶碟里喝，不时发出响声，一是炫耀，二是享受。最初，能享受中国茶是尊贵的象征。英国人最爱喝的是正山小种，此茶生在龙眼树包围之中，加工过程中又有松树熏治的香气，英国人喜欢。伦敦的水质硬，泡出的茶色极好。上流社会的人们喜欢这种茶，胜过喜欢咖啡。所以英国人不远万里，绕过好望角，用帆船运输数月，才能品尝到中国茶的味道。运输的过程有时也是茶叶发酵的过程，所以外国人大多喜欢喝红茶。

　　茶叶按发酵与否和发酵程度不同往往分为绿茶、白茶、黄茶、青茶、红茶、黑茶等六大类，洋人们最爱喝的就是红茶。及至后来，英国人通过东印度公司贩茶，再用鸦片对冲中国的茶贸易，引发了鸦片战争，这里面的故事就多了去了；其中中国茶农的"聪明"那时就有了，用次茶或者其他树叶当好茶糊弄假洋人，使得英国人不得不移栽茶树，以至于洋人后来也学会了种茶，学会自我加工。因为茶叶税的缘故，还引发了美国独立战争，也是发人深省的故事。茶这玩意儿，说起来，有的是历史啊，我想对伊说，研究茶道，不仅要从时间入手，也要从空间入手，在历史的对照中，茶道才有哲学的味道。

喝茶的学问在各个地域自然不同，有人将中国茶按照地域分类，把武夷山的茶称作温带茶，而把云南四川的茶称为热带茶，这种分法比较简单而可笑。喝茶的方式从中国传出去，到了不少国家都有演绎，有的加了牛奶，还有的加了酒类。那一条茶马古道啊，给西藏地区的牧民带去了福音。因为运输的艰难，茶叶就显得格外尊贵；又因为化食的需要，好多人对茶叶形成了依赖。中国茶初到英国的时候，上流社会的人奔走相告，医生们也推波助澜，把东方茶视为"神药"。我有一友，曾在云南挂职，告诉我云南省勐海县有一棵茶王，树龄已经1700多年，经历了多少个朝代啊！多少王侯将相，风吹雨打去，而今所留的，只有这一树好茶了！

有时懒散了，我去喝喝茶；有时心烦了，我去喝喝茶；有时遇到喜事了，我也去喝喝茶；有时回家，伊说茶道的事，我也总想插几句。其实茶道的本质就是自然，自然之道就是茶道，恐怕伊研究来研究去，不过自然罢了。

支持还是要支持的，因为在不同人的心境里，对茶道的理解是千差万别的。犹如刚才看到的一个美女，朋友怎么看都说不美，我说："你哪里是看美女啊！你是在看你自己啊！"其实，我们喝茶的时候，哪里是喝茶啊，喝的是我们的经历啊！

茶禅一味

我对茶道的理解是肤浅的，因我不喜欢喝茶，但周围的朋友喝茶的较多，有时到茶室去，还要附庸风雅一番，故作正人君子。对茶艺表演，兴趣多少有一些。一冲一泡一饮，仪式感很强。躲一边，悄然观之，顿觉高尚起来。

参加过数次茶道研究会，深阅过几本有关茶道的书，甚至有一次还专门请学诚法师阐释什么叫"茶禅一味"，终究还是没搞明白。到后来看了《碧岩录》，也是懵懵懂懂。有学者在会上曰：茶禅一味，是说茶与禅密不可分，茶中含禅，禅意恋茶，茶禅是一个道理。自然也有禅茶一说。每到这时候，我则是愈加糊涂。本来不怎么喜欢喝茶，这么一讲，对茶更加望而生畏了。有时对着学诚法师所写的"茶禅一味"四个字，左看一遍，右看一遍，有时翻过来看看字的背面，还是不知道什么是茶禅一味。我等如此愚钝者，看来只有喝酒的份儿。

有讲茶道的谭女士，讲课风趣。说优雅的人泡出来的茶自然优雅，焦躁的人泡出来的茶着实难喝；阴天里采来的茶缺少阳光，夜里做出的茶充满阴气，所以天气对茶的质量也很重要。她把茶艺讲述得头头是道，我则听了心里冒汗，莫非，此生真与茶无缘了吗？谭女士又云，喝酒者，汇聚越多越无友，渐生嫌隙；喝茶者，越喝越厚道，赚钱者多。原来我穷败至此，全因平日里嗜酒如命，喝茶太少啊！

书包里装着贾小妹送的茶，后备厢里却有甄女士送的酒，茶放了一月又一月不见少，酒喝了一车又一车不见多。那天，见一兄弟，年方四十，不喝酒已经十五年矣。问他为何不喝酒，答曰：你自己的身体，你不爱惜谁爱惜？又问：拒绝人家很难啊！答曰：既然是朋友，他爱惜你的身体，自然不会让你喝酒；让你喝酒的，一定不会成为你长期的朋友。想想他这绕口的话，也有道理哇！只是，我在喝酒与喝茶之间，总是向酒投降。嘴是酒的情人，想不让两者偷情都不行。

　　佛学界的朋友很多，我和法师们交往，没有佛界、俗人的界限，感觉犹如兄弟。佛家普度众生，作家写文先说服自己，再说服别人，其实二者属同一战壕的战友。我不知道作家是茶，还是佛家是茶？作家写出了禅意，还是佛家说出了禅意？与佛家交往，禅茶一味，倒有些微的醒悟。

　　周末，我喜欢去图书馆。和办公室里不同，我一般到图书馆很少带水杯。图书管理的学弟学妹们，那份醉心书海的模样，书与人犹如禅与茶，书中有他们，见他们簇拥着书的灵魂。毕业了一茬又有一茬，我在这里度过了快七年的时光。人民大学的每一幢房屋、每一棵树木，都留在我的心海里。我在校园里走，它们跟在我身后，或直面迎着我。那一勺池的水啊，干了又满了，满了又干了。

　　人民大学 2017 年很巧，毕业了 777 个博士，我刚好是其中一员。在我的倡议下，建立了"2017 年博士群"，群内博士们交流热烈，我看到每位同学发言，都好像看到了自己。今天早晨，我把校园里熟悉的场景发到群里去，我想让即将天各一方的同学记住这温馨的校园。

　　我在校园里走，想着校园外的事。大千世界本一统，走到哪里都走不出自己的感觉，茶禅一味对不喝茶的人而言，是不是更有值得探究的道理？

茶是有脾气的

参加茶道哲学研究会议，大咖云集，各抒己见。一时间，上至唐宋，地牵外国，小小茶盏，被学者们演绎得眼花缭乱。我生性混沌，少时很少喝茶；在铁路工程队喝的是大碗茶，为解渴，也为解乏。连茶的种类都分不清，遑论茶道。就如一位乞丐，手中断无分文，怎么能敢和那些财务达到高度自由的人比阔气？在这种场合，唯有洗耳恭听的份。讲台上，你方唱罢我登场，哲学大咖讲茶道轮回；史学家讲中国茶道的发展；研究传统文化的大和尚则讲述"茶禅一味"的来历；还有来自农业部的退休官员讲述"当代茶圣"吴觉农著写《茶经述评》的甘苦。更有一些学者，把茶道源远流长与"一带一路"紧密相连，有的还有宏大计划，准备把沿途各国受益于茶文化的历史按国别区分，一国做书一册。最感兴趣的是一位学者论述，准备茶化西方，以茶文化为突破口，让欧西文化被我中华茶文化感召，听来别有情趣。

会后与明禅大和尚去大益茶楼吃茶，大师点拨再三，一再邀请去他所住持的寺院吃茶享受。明禅大和尚属于聪慧通达之人。讲佛理，求超然；悟佛法，不用说。几句话就把佛意阐明，释佛乃超度，不是评判左右。既不能占左，也不靠右，更不是局中讲中和之道。佛家讲超然，超然物外而又不乏真性情，才是佛家的造化。他讲皎然和尚三杯吃茶叹语，如与其刚吃茶回来一般。席间明禅不时点拨大家。还劝我最好将《碧岩录》改编成现代动漫故事，动漫人物最好设计成一位外国和尚，演绎中国茶禅文化感化西方的现代情节。明禅法师比较了中国儒释道的发展轨迹，认为儒家以德化人，推送到国外去，很多外国人还有相当一段接受的过程；而佛教的传递则会生发出更多智慧的因子。茶道与宗教同理，需要智慧的支撑。明禅法师的谈吐妙趣横生，全无出家人的神话做派，倒有喝茶者的十分淡定。我未必同意他的评判，但也多少打开了评判的疆界。品茶数年不如须臾顿悟，静中自斟勿如与民同乐。茶艺的花哨与琴瑟的配合固然能增添茶香，静默啜饮才感觉摇头的滋味。茶禅一味，境界也就是如此。茶中有禅意，禅中含茶理，茶禅就是禅茶，有些知行合一的意思在里面。

大益茶楼以喝普洱为主，禅师的朋友有带生普来的，在茶楼上品茶，没有禅师那里的山泉水，禅师的朋友对茶艺师泡出来的茶略感遗憾。禅师的朋友解释，茶是有脾气的，对准了水，装对了壶，把握好了温度，茶味才能出来。水不好，冲不通透，茶味出不来；茶壶不对脾气，茶的内味就散发不出来，茶无回甘，好茶也被损害。色香味大异其趣，一味好茶就白白浪费掉了。这是二十世纪八十年代的生普，在南方藏了近四十年，和人一样，已到中年。禅师的朋友说这茶透出沉香的味来，我则闻出像旧箱子返潮发霉的味道。无怪乎禅师的朋友说，同一块茶饼，不同的人去泡，味道却明显不同。禅师解释，同一壶茶，欢快的人喝了甜美，忧郁的人喝了酸苦。同是普洱，有些茶是适合在晴天喝的，有些茶是适合在阴天喝的。二者不可混淆，倘若不慎混喝，轻则不爽，重则致病。我只感觉禅师说得有理。我想起在乡下时，母亲不让我喝凉茶，隔夜茶更是不能喝的。茶这东西的确是有脾气的。茶犹如人，它就是一个自然的生命体，你以怎样的态度对它，它会以怎样的态度回对你。

我跟着禅师学习打坐，禅师说，这样有利于身体健康，我几次想打坐成禅师的模样，均未能如愿。隆起的肚腹阻挡着腿足的自由活动，而禅师的打坐自由而端庄。边打坐边喝茶的和尚我这还是第一次见到。

禅意无限，茶意又岂是我辈所能解释得了的？感谢禅师的朋友，让我知道了茶是有脾气的，不仅仅不同的茶有不同的脾气，就是同一种茶，因时间地点不同，它也会以不同的脾气示人。在茶面前，我很羞愧，岁月已经埋没了我越来越少的棱角，我从茶身上找到了曾经消失的自己。

其实，茶禅一味哪能是一个下午的会议所能解释得了的？夜色渐晚，茶味渐渐淡了。禅师明天还要离京，众人闻之起身告辞，大家纷纷追随禅师而去。我回望这间茶室，没斟完的茶还散放在桌子上，它们像被边缘化的朋友，脉脉含情之余散发着无奈的香气。此刻它们的脾气唯有沉默与平静。我慢慢离开这个屋子，此时，明禅法师已经离开了大益茶楼。我想着明禅法师朋友的话，想着这样一个大咖云集的下午，想着茶禅一味的种种解释，心头涌上几句话，想对朋友们说，周围的人都走净了。悬在北京大学半空的灯光有些像虚假的星光招摇在夜晚的大地上，因为这虚假的星光，我忽然感觉到夜也是有脾气的。其实，世间万物都是有脾气的，我也和它们一样。

茶文化的真假

茶的好坏，不仅仅在于茶本身，还在于饮茶者的身份。有人说二十世纪六七十年代，茶文化断档，我不同意。因为我所在的乡村，六七十年代也掀起一阵种茶热。好像在离我村不远的栗园，就种了不少茶。当然最普及的是种植金银花，一山山，一垄垄，种得漫山遍野。麦熟之前，金银花香飘满村，算是一份胜景。

某日饮茶，学者谈到茶文化，重在享受过程，其次才是结果。这一观点，我也不敢赞同。我说，不同人对茶文化，感受不同，享受的角度也不同。有的人享受结果，有的人享受过程，有的人二者都想享用。禅茶不同于道茶，士茶不同于民茶，儒茶不同于武茶。因为享用者的身份不一样，对茶的感觉自然不同。故乡在二十世纪七八十年代喝茶，金银花茶为主，清茶、绿茶农人很少喝到，除非过年、过节，这些奢侈品一般人吃不到。那时父亲在铁路工程队，发的劳保茶大多是茉莉花茶。香味浓郁，有点诱人、解渴。乡亲们不少去我家蹭茶喝。后来到铁路工程队，喝到其他茶，有提神解累之效。我不善饮茶，多喝白开水。记得邹城有个矮个子工友，对我格外照顾，我尊其为兄长。他喜欢喝浓茶，铁瓷缸里的茶垢，红红的一层，看着就让我心生恐惧。他喝茶的兴致和抽烟一样浓烈。我的高血压大约与那时养成的不喜欢喝茶的习惯有关，后来白开水也不喜欢喝了。

从台湾来大陆的罗先生，书法有禅意，讲茶有真经。他说大陆游客去台湾，很少能买到真正的高山茶了。东南亚辗转而来的茶商，会以外地茶冒充高山茶，大陆游客自以为买到了真品，喝起来连连说好，大概是心理作用；大陆的茶打药，台湾的茶也打药。有的茶园，在春夏之交，满茶园的白色，是农药的颜色。罗先生讲，台湾上好的茶是被虫咬过的蜜茶，一斤价值一百多万台币。这种茶不打药，叶子被虫子咬去大半，虫子的分泌物在茶叶上散发出甜味，此茶泡出来回甘味浓，为上等好茶，发酵较完全。第二种称为花香茶。花香茶亦为好茶，透出花的香味，这种茶挑选精细，加工细致，雅然之中有花香扑鼻，闻之有香气，品之有甜味，喝完亦有回甘，为上等品茶者所享用。第三种茶为熟果茶，此类茶有水果的甜香，与加工人的技艺有关，这类茶鱼龙混杂。取决于制茶人的手艺高低。处在中间层次的茶人，喝此种茶者居多。第四种茶是焙烧茶，这种茶多是靠焙烧过程融进味道。如以松树等焙烧，茶叶里则融入松香，特有熏染味道。这种茶多是靠外界因素出味，自身茶品并不高，英国人当年喜欢喝，现在也喜欢喝，这是我从几本书上看来的，不知是以讹传讹，还是确有其事。

随着现代经济的拉动，高速公路的修建带动台湾地皮价格大增，于是茶园在二十世纪八十年代迅速减少，目前台湾茶园的数量已锐减到彼时的二十分之一。茶少而贵，加之人们对茶文化的研究升温，台湾的茶也开始炒概念。和大陆一样，不少茶开始奔着古茶、名茶跟风变异求荣，弄得好多茶真假难辨。茶文化也就有了真假之分。一位诗人说，现在北京的茶馆明显少了，民间喝茶的却多了起来。

伊研究茶道哲学，为了适应其需要，我也多少看过十几本茶学著作。研究茶的人真假难辨，都说自己讲的是正统茶学，越读却越让我心生迷惑。我更喜欢那些在工程队泡着浓茶直接喝的兄弟，对他们而言，结果或许就是过程，过程或许就是结果。至于茶的贵贱，有无农药残留，似乎并不重要，他们喝茶是身体所需，生活赐予不了他们闲暇起来的慢时光，在吸溜声中，他们完成了对茶的品味与解读。我把这些说给伊，得不到其赞同。反正我也很少喝茶，仍然自顾自喝茶的工友们，根本也用不着为了品茶去读几十本书，由他去吧，哈哈，哈哈。

茶衣

春天一过，每个月都会收到从全国各地邮寄来的茶。这些茶，有些是我的学生邮寄过来，有些则是作家朋友或者同学邮寄过来。这些茶各自穿了美丽的衣服，有的十分招摇，有的十分朴素，很少有用塑料袋一装就邮寄过来的。有的茶，里三层外三层，一层比一层精致，剥到最后，竟然是一小撮茶叶，让你啼笑皆非。伊从台湾回来，买来一包茶，号称老乌龙，包装简单，价格却上千，不过区区一两而已。对茶的包装，有时多有感慨。

不过，假如把茶送人，还是要找那些包装好的，画面干净、文雅或者尊贵的。从来没去考察那茶叶的孬好、真假、新旧或者是喝茶人的习惯，靠茶衣来标榜茶的品质，也是无奈之举。

好的茶衣也的确能诱人一品。茶盒上印着层层梯田，层层茶场，少女们采茶正忙，可以想象这些茶场的规模；有的封面则简洁如天，空明澄澈，一碗茶汤，似发万千香气；还有的以古朴见长，镂空的楠木盒子上刻着优美的花草，极尽烘托、提升之能事。再有精致的，则随茶配杯和壶，杯、壶讲究的程度已经超过了茶本身的价值。这就好比刚出道的作家，总要喊一些老作家、名作家作为作品发布式的配壶。茶到好处须明壶，然也。

每次对寄茶来的学生或朋友，总是心怀歉意。一是我很少喝茶，茶大多转送了他人；二是对茶谈不上研究，连皮毛也说不上。所以不好随便吹捧感谢，生怕把红茶的功劳算在绿茶身上。正如不知道一位新出道的作家渊源于谁，生怕拍马屁拍到蹄子上，譬如生怕把该赞美张三的，赞美了李四。所以茶背后的学问大了去了，还是不说的好。

国人对茶衣的偏好越来越甚，离最淳朴的原生态感觉越来越远了。喝茶最先体会的是视觉，然后才是触觉，最后才是味觉。这就如本该一读文本就对作家作出判断的简单事，上升到作家来自哪里，脸面长得漂亮不漂亮，师出是否名门，走路是否风骚或者有没有先天缺陷，还要看一看是不是少女作家、商人之后，如果有海外背景，这茶衣自然又多了一层炫耀的资本。在中国，喝茶是艺术，当作家也越来越成为艺术了。

所以，我对所谓体制内的作家越来越充满茶衣般的感觉了。他们是什么茶并不重要，他们的外在形象很重要。茶衣的宣传对他们来说，不仅仅是标签，也是内涵所在。至于茶衣里面茶的品质高下已经无所谓了，甚至有无茶已经无所谓了。送茶者靠茶衣给接茶者以面子，接茶者以茶衣给自己以尊重。无怪乎啊，茶衣越来越精美，而茶却越来越没有味道了。

我对研究茶道的伊说，传统人对茶艺的研究已经过时，对茶本身的研究似乎也有局限，不如扩展到茶衣吧。研究完茶衣，就对喝茶者或者送茶者的心理构成了最新的对比。何况，茶衣关联着社会！

社会阶层再分化，也不过两种人：喝茶者与不喝茶者；而以茶衣而论，世界上也分两种人，看重茶衣者与忽视茶衣者。二分法有时很有用，对当下社会而言，世人对茶衣态度的分化，会让社会简单而又复杂起来。

茶与性

一位茶人对我说："坚持喝茶吧！喝茶修身养性。"类似的话语听多了，耳朵长出膙子，那天一分析这话，吓了自己一跳。

说茶能养性者，数经据典，有人则直接拿喝酒者与之对比。说喝茶者成事，在于喝茶时研究事；喝酒者坏事，酒后无德，容易冲动，酒肉朋友不可交，等等。

以我理解，茶与性的确关联很大。性乃两意：一曰性情，二曰男女之事。前者修养，对于茶也有两面。世间之事，纵使一把刀，用来切菜，可以养人；用来砍人，则就害人。茶也如此，茶之成分多之于白水，有科学家考究茶中有很多元素有益于人类，喝茶者首先生理满足，其次精神满足。这种逻辑对一部分人是通的。就如官者在官庭几十年，修炼平和者自然万民爱戴，而脾气越来越大、德行越来越差者断不在少数。当官如喝茶，喝茶亦如当官，都有两面性。如果一帮茶者，志同道合，为着或伟大或渺小的事业，与人为善，为万民或小家着想，不危害别人的利益，茶越喝越能品出滋味，人越谈越能交流出思想，这样的喝茶，自然有味道，自然会养出好品性；倘若几个人，蝇营狗苟，茶桌上厮混，靠茶挤出几多坏心眼，互相残害乃至戕害芸芸众生，这样的喝茶能修身养性？中国历史上的茶楼，正面例子很多，反面例子也不少，说茶能养性，我心下存疑。

茶的另一个性之意思与男女有关。男女之间过去授受不亲，但茶坊妓舍间常见文人骚客、流氓地痞光顾。喝茶意味着清谈，一帮茶客，倘若理性分析自己，客观对待自己还倒罢了，但把心思用在捣鼓人上，这样的茶客"性"格不保；至于以"喝茶"做掩护，行男盗女娼之实，小则误己，大则误企，甚而误国。所谓茶中秋色香，不过如此。

我不是想给喝酒者翻案，只是以一种物品某方面的品性来指引人的品性，未免有失偏颇。人靠物渡本可笑。酒者，如微醺者，情切切兮花解语，你来我往间，谈成人间好事，气氛是融洽的，回忆也是美好的；遇到踌躇未决之事，三五好友凭酒顿添英雄胆，遂成大事，有何不好？以醉鬼之恶行历数酒之罪恶和以道骨茶人之仙风说茶之好，一样浅薄。

说来道去，茶与性关系不在茶，而在茶本身，不要把茶的本性无限扩大，美德无限宣扬。对无数茶道研究者的呓语妄言我实在不敢恭维。从喝茶者的分类我们可以看出，一曰品茶者，此为高人，疏密有度，言语有节，始得茶韵茶风；二曰混茶为生者，把茶说上天，把酒贬入地，犹如偏执的官员用尽了顺眼人，看烦了异己者，这些人坏了茶的品性；三曰清谈家，就如那些只读过几本书的理论家，根本不知道世事的艰难，从来不与现实结合，奉假大空为高大上，这样的人把茶当成精神鸦片，茶德无几，茶论却危害四邻。

所以，我更倾向于为酒翻案。世间唯有热血能温暖万物；唯有抓住机会才能促进事物发展；也只有敢于挑战邪恶才能战胜邪恶！这可展示酒的功德！这样说，或许又陷入拜物教的泥潭，但说茶养性，我看也是偏颇的性，与世无争的性，消费光阴的性，男欢女爱的性，无聊打发光阴的性，自我膨胀的性，故作文化的性，延伸腐朽的性，风尘怀闺秀的性……

其实，我说茶的坏和说酒的好一样，这样的话失其公允。真正的物因为染上了人的观点，才有了众多牵强的文化。辣椒很辣，善食者趋之若鹜，怕食者避之不及。修炼靠的是感觉。心是心的指导者，心也是心的修炼者，此外无它。靠茶修炼心性，不是扯淡，也是大话，不过如此罢了。

大地与作家

禅意作家林清玄

读林清玄的作品，你会感到从头到尾透着禅意。这让他的作品给人超然物外的感觉。

《不忧昨日，不期明日》所展示给读者的，是林清玄一如既往的细腻、飘逸和时空穿透力。他的作品，美在一个个细节和那些闪光的语言，让你对其心生敬仰。

优美的散文取决于作家的细腻观察、语言表达和思想高度，林清玄都占了。林先生丰富的经历，敏感的性格，形成他对细节刻画的到位。即使是高中逃学、作为低劣生的尴尬，他都写出一番景色。因此，林先生才会切实感受到老师的一句鼓励成就了自己，他说好老师"如同悬崖边的树，能挡住那些失足堕落的学生"（见《悬崖边的树》）。林先生少小姊妹多，父亲对林清玄的关爱是缺乏的，有时行在路上，还会问他是谁家的孩子。但正是这种忽略，让他过早感知爱的珍贵。敏感的性格，促成他的多维审美，林清玄会在文章里不断转换语言。读者会感到是熟人在和你漫谈。这位长相一般的台湾作家，用最贴切的语言装点文学宫殿。未必辉煌，有时甚至琐碎，透出俗家人的絮叨，但正是这种民间生活体验，让林清玄的散文能快速抵达读者的心灵。和那些高大上的作品相比，林清玄的文字，走的是平民路线，他叙述的故事、情节和伦理，一切发生在我们身边，但他总会从中发现别人所难以发现的东西。这是散文家的高超，从中看出林清玄的禅思趣味。

曾囊括了台湾很多文学大奖的林清玄，当然知道优美的文字未必一定要贴上文学奖的标签，它以获得读者长久的共鸣为标志。好的文学，是大众的文学，应该走进读者心灵，经受住时间的淘洗。和那些自称高大上的作品相比，林清玄的作品视点低微，他一直关注民间，关注周围的一切，他的文学书写，没有离开熟悉的生活；和那些追求噱头的小说家相比，林清玄在作品里奉献的是真诚、善良和超越。从繁华喧闹的文坛，寂入禅院静修几年之后，禅意已经渗入他的骨髓。再出寺院，他的文思开始变得澄明起来，他开始由过去的无意为之的插花手，变成一位行云流水般叙述民间花意崇美的圣手。他和民众一样，每天面对现代工业的通病，面对城市人与人之间的隔膜，面对疏远土地的无奈，把阳台上种菜的欣喜，把父亲从乡下背来红薯种的纠结写出来，从中阐发俗众难以体悟的道理。正因对禅道的深悟，他对活在当下作出了自己的解释。

　　该书分上中下三篇，篇篇依偎相连。在第一篇里，作者对现实生活的乐观心态，融入日常，感悟凡俗，升华思想，可以当故事听，可以当诗歌颂，可以做无尽的联想。林先生的文字，简约里饱含着思想。在第二篇"比云还闲"里，他倡议，身患城市病的居民以及被科技绑架的俗众，需要学会放下，在清闲中找到自我。林先生说："闲字真好，是门里的月亮和门外的月亮相呼应，悠闲的人也正是门里常有月光的人。"他甚至把浪漫解释成"浪费时间慢慢地去走、去吃、去爱、去老"，这该是怎样对人生的高度概括啊！在第三篇"味味一味"里，他明确指出"一味，不是生活里的柴米油盐，而是内心的会意。一味，不是寻找一种优雅的生活，而是在散乱中自有坚持；在夏日，有凉爽的心；在冬天，有温暖的怀抱"，从中品到林先生超脱的心灵是如何引导读者越过世俗的羁绊，追求心灵的完善啊！他写锦鲤，写树叶，写看过的书，写水晶石，这些身边的物事都给读者深刻的启迪。林先生以他深厚的阅历与禅修，提供给读者丰富的智慧之源。整部书妙语连珠，让读者击节处，比比皆是，读后令人遐思，我是翻阅了数遍。

　　如果说不足，林先生早年做记者的追问习惯，向读者讲更多道理的叙述方式，会让读者感到有些阅读上的拥挤感，这或许是他应该注意的罢。在春天，享受春风般感受林清玄的文字，如看到亮灿灿的绿，让一份禅意抵达心灵，也是林清玄奉献给读者的心愿吧！

带着愧疚心写作的作家

阎连科是我所敬仰的一个作家，不仅仅在于他也出生于乡下，而更在于他直面农村的那种勇气。记得若干年前，我看《年月日》的时候，就涌上一种难以抑制的冲动。当时我认为作家把苦难写到了极致。老百姓坚韧生存的每一个细节，读起来心有余悸。他的文章总使我在阅读中处于相信与不相信之间，但回味的时候又对他的作品坚信不疑。这是一个富有特点的作家，2011年3月30日在中国人民大学文学院二楼会议室，阎连科的精彩演讲更让我感受到他的另一面。

这是一位富有创新意识的作家。读过他的《为人民服务》，用反讽的手法，刻画了疯狂时代扭曲的心灵；他的《受活》，还有他的其他长篇和随笔，都能让读者清晰地感受到阎连科对土地的那份眷恋，入木三分的刻画总是让人印象深刻，我时常被他作品的细节震撼。这个先当兵、后提干，而后专靠小说写作生存的作家，丝毫不回避他当初写作的动机就是为了离开土地，虽然众多读者推崇他当下的作品，他反而感觉他的写作对不住那些仍在土地上生活的乡亲们。这是一个容易遗忘的年代，包括作家也不例外；这是互相隔膜的时代，即使互联网成为人们联系的纽带，但心的隔膜似乎越来越强烈。阎连科惭愧自己的作品所刻画的农村记忆仍然是自己童年时代的感觉，自己没有真正把当下的农村真实地呈现出来。更多的作家对历史题材趋之若鹜，而鲜有针砭时弊的扛鼎之作。作家充满深情地回忆老母亲的唠叨，家乡河南至今仍然保持着一种传统的生活方式。甚至作家也不无悲悯地讲起几位故乡的老人，喜欢冬天一起晒太阳，在经过大半冬的争论后，这几位老人突然跳河而亡，作家一直想把这些老人写进他的小说，为此作家作了很多哲学层面的思考，但至今作家没有找到描写他们的进口，作家歉疚的口气让我们能切实地感受到作家的那份真实情怀。

带着愧疚心写作的阎连科坚持认为，作家个性的书写应该准确地把握复杂的生活，才能成就伟大的作品。中国作家的粉饰性写作曾经延误了作家的才情，作家只有抵达人性的深处，才能完成与世界的对接。当下虽然还没有与出色的世界文学相媲美的作品出现，需要作家在个体创造中更好地把握艺术的个性化，既要彰显语言、结构等技术构成要素，更要与现实生活对接，不要刻意回避现实。喜欢阅读《瓦尔登湖》的他，计划着写一篇类似的优美散文，作为长篇小说创作过程中的缓冲；或者打算换换脑筋，写点反映80后一代年轻人生活的长篇。阎连科的讲话抑扬顿挫，富有感染力，尽管有不少学人频频发问，他在对面沉静作答。他对俄罗斯文学情有独钟，说起外国文学作品来如数家珍。这个带着乡土气息的作家，对城市生活的宽裕隔膜了他和原始土地的眷恋自责，他的歉疚之心更多地写满对文学的敬畏，对乡亲的热爱。作为1958年出生的作家，他的创作之剑指向未来之旅，歉疚之心如他用来自我砥砺的磨刀石，让他在岁月中日渐光芒起来。

讲演结束，我与阎连科一起合影留念，并让他签名留念，衷心祝愿这位坚韧的作家在歉疚中抵达文学的巅峰。

裸叔的自由

我不知道他走向大海的那一刻，裸体的清爽给他带来了什么？在远离闹市的海岛上，他选择这一处美丽的海湾，让裸体亲吻大海、阳光与海风，赤脚的感觉真好。仰泳的视野真开阔，海水亲吻着身上的每一处，脚拧着沙，享受那片刻的滋润与凉爽。他感觉到身体此刻进入一处仙境，随波逐流。他化成了一条鱼，一条自由的鱼儿，这只鱼儿游弋在大海中，孤独成一个坐禅的和尚，打坐莫言而内心温润，整个海开始寂静下来，听不到海水的喧嚣声，人类远离，高楼远离，花枝招展的女人们远离。没有了红酒杯，没有了创意设计，没有了抽象派的理念。就是简单地与海水融为一体，与蓝天对话，与那只孤独的鹰对视，风吹起裸体的海水，海水亲吻裸体的他，他感觉人类本应该与鱼儿一样，不用穿着衣服行走，人类的虚伪与自私，或许就是从穿衣服的那一刻起开始悬挂起万般悬念，而他感觉人应该像海上的太阳，那般干净……

不知从何时起，他喜欢一个人的裸游。他度过了充满豪情的岁月，在众多信仰里，他与其他青年一样狂热，如池塘里的青蛙一样，听到人家叫，也一样疯狂地喊叫。后来他发现，池塘里的青蛙看到的多是同类的屁股，听到的都是本族的叫声，他渴望着有一天到更大的池塘里生活，直到他有一天看到了大海。

就这样，他喜欢上了裸游。他保持了一个习惯，一个坚持了许多年的习惯，就是每年除夕，他一定在祖国的名山上观看日出。在太阳跃出的那一刻，他想摆脱掉一切，跳起来欢呼。而彼刻，让他感觉身上的铠甲太重，他跳不起来。身上背负了太多的沉重，那是一路征尘给他留下的疲惫，那是人类文化给他留下的印记，那是城市大楼给他带来的逼仄，那是所谓爱情给他撕裂的伤口，那是所谓人类给他留下的残忍。他多么渴望一片海啊，一片只有一个人的海，让他扒光衣服，洗去征尘，抛弃掉一切，让身体成为神仙……

　　当他终于在美国大峡谷成行，裸走成就了他最完美的一次旅行。广袤的盐湖如大海般广阔，他想到了山顶上观看的日出，他想到了落山的太阳正坦陈自己的辉煌，那一刻，他剥除掉最后一件覆盖在躯体上的衣服，让自己的裸体亲吻盐湖，亲吻散发着咸气的风。脚踏散硬的土地，一脚一脚踩下去，踩下去，踩回原始社会，踩回不穿衣服的裸体时代，踩掉脑子里的一切陈年旧事，踩灭掉人类的一切罪恶。

　　在大峡谷的盐湖地上，他让自己羽化成仙，裸体成泾渭分明的两极，天与地相接的那条线，正是他上半身与下半身相融汇的一条线。人类善于把思考的两极极端化，上半身交给白天，下半身交给夜晚，而在盐湖上的他，则把整个身体交给自然。

　　裸体之游，让他感觉到找回人类最初的感觉。如今，他拥有了自己的小木屋，拥有了自己的一片海，拥有了简单而又丰富的黎明。

　　他每天在那个小岛上，推开窗，拍摄初裸的阳光，他想在阳光招摇的海面，裸成一条鱼儿，自由享受幸福时光。岛上的村民叫他"村长叔叔"，他自称"裸叔"。他每天在享受着"裸叔的自由"。或许，在某一天，你会抵达到他的海，就能看到他的裸游，与蓝天一起的裸游，一个历经风霜的男人，被太阳晒成干姜的阳具已然成为身体的装饰品，美成与天际线相连的一幅画，自然的，没有任何雕饰的，走到你的脑海里，风儿撩过脸颊一样，让你感觉到无邪的惬意！

裸在大海里

　　也许是一眼看上了海水与太阳唯美相恋，他才铁定心在这个小岛上住下去。人生需要歇脚，思想不能枯萎，这里或许是最好的平衡点。美景注入心扉，犹如洗浴液贯通全身，那一眼晨光，足以让他整个身体活在艺术里。

　　他是一位爱石者，爬山情结里，藏着他对石头的喜欢。在海边，他的房子周围，就是一块一块形态各异的石头，石头可以遮蔽阳光，对着石头向远处的太阳看，石头好像也能发出光芒，石头的灵性就出来了。

　　一块被人类蹂躏过的石头，或许带着未曾愈合的伤口，在众多石子的簇拥下，依然享受着世间的抚慰，犹如一位经历了漫漫人生路的行者，停下脚步，舔舐自己的伤口。

　　他喜欢把鹅卵石堆在木桩上，一个，两个，三个，四个，五个，摆在山墙的圆窗外。晨光可以映射，晚霞可以抚摸，他也可以端着相机，不时给这五个鹅卵石拍照。假如这些鹅卵石分散在各处，就不会产生这样的效果。而今，这些鹅卵石如一串故事，经常会出现在他的微信朋友圈里，与太阳一起，时常成为读者们讨论的话题。

　　与此相应的是入门时的房门，夸张的房号暴露着艺术家张扬的过去。

　　艺术家的无规则是在规则之后形成的习惯，他把自己的房号"386—1"喷成艺术字，故意让白墨在字的边缘滴落下来，像极了一位四处播撒爱情的情种，只要招人喜欢就行，形式上就不那么讲究了。

　　如果远远地看去好像房子的主人是一个粗心大意的人，仔细审视才知道这是艺术家的恶作剧。在澄明的大海前，不搞一点恶作剧实在乏味，何况，迎宾的大门作为房主，更是每天欣赏，自然需要别具一格。

　　艺术家早年的设计功夫经过多年烂熟于心的锻炼，就如一位得道的写作者，十分厌恶美丽的辞藻一样，他决定在大门上随便喷一些白漆，凸显其自然的效果。好比对着十几位爱自己的女人，不必那么用情一样。

不过底线还是有的，他要静静地把每一个数字刻印得像那么回事儿，要在门上贴好，在白漆滴落的刹那间，规矩的数字犹如避免人再继续向下堕落的法律般规规矩矩。

给人像戴一顶帽子吧，把透明的思想也拍摄下来，借助窗外温暖的阳光，地板的颜色如一位知冷知热的夫人，以它的颜色柔和地承接着射进来的阳光，甚至对阴影也很温柔。那一刻，艺术家凝视着戴帽的头颅，打开了记忆之门。

阅读这间屋子，最好在黄昏时分。太阳犹如一位耄耋老人即将走到终点，和缓的光线，洒落在房子里，而不是从门外直射进来，门玻璃将光线委婉地折射进来，整个屋子就像睡袋一样让人感觉到熨帖了。

这时候最好不要去艺术家那间让人恐怖的厕所，虽然艺术家费尽心血让他的厕所与众不同，但厕所外的平和之气总让人觉得厕所更加阴森逼人。

曾有女人喜欢上艺术家门前的木板地，躺在椅子上，读书、看海或者与艺术家调情。艺术家看远处的山水，与女子的心情截然不同。总有女人渴望留下来，但艺术家固执，不想让女人留下来。因为艺术家渴望的自由，女人永远无法理解。或许有，在未来。

空空的凳子总是在寻找与人的亲近。寂寞的椅子只有寂寞的人去坐才能有寂寞的味道，在面对大海的这方天地之间。静静的木地板上，一把说旧不旧、说新不新的椅子，如一对厮守多年的夫妇般，已经难以引起他人的兴趣。艺术家喜欢它。他喜欢这把椅子的颜色、椅子的味道，以及坐上去椅子摇晃的幅度。这一切成就了这把椅子的品质。所有这一切，女人们无法理解，房子外的其他人也无法理解，艺术家和椅子一起享受着孤独。

如果在屋子里看那把躺椅，你就会感觉它更像一个人，或者一群人。艺术家看那椅子的时候，他想着在那把躺椅上，曾经坐过涂抹口红的女人，穿紧身衣的女人，喜欢读书的女人，向着大海欢叫的女人。当然他也会想到那位用阔大烟嘴抽烟的肥胖先生，他一落座，躺椅吱吱叫，每一声叫喊，都好像艺术家自己疼爱的女人被人家侵占了一般，艺术家心里掠过一阵痛楚。

喜欢摄影的艺术家会为那些优美的女子留下裸体的印记，用美的眼光看世界，世界处处都是美的，他拍摄出来的女子影像很像民间剪影，一种穿透时空的质感，徒生唯美的意蕴。

当然他也会用照相机把自己裸体拍摄的形象拍摄下来。艺术家的裸体没有维纳斯美丽，倘若你把他称作维纳斯，想看到下部的阳刚之气，那很遗憾。也就露出那么一点点，增加你想象的空间。为什么男人对女人这么着迷？除了荷尔蒙因素之外，身体的曲线也是吸引人的一个原因。在人间，对男性的欣赏，也值得深入研究。有时，我想劝劝先生，练一练筋骨，可能更让女性们着迷。

悠闲的时光一般是在天气不好的日子，一个餐桌，一把椅子，牛奶或者沙拉，面对大海，边看着树木摇曳，边进食。这自然界的舞蹈，如此静默地享受，也是一种福分了。

当然，艺术家由神圣的讲坛落到民间的时候，他学会了做菜，他最拿手的是做炸花生。其实，花生不是炸出来的，盘子里滴一点油，把花生放上去，然后在烤箱里烤，每次时间很短，要连烤三次，中间有些许的间隔。犹如早年中断以后又接续起来的爱情，花生的亮色与香味会馋掉你的舌头。

大部分时间，艺术家是吃素的，偶尔身体提出抗议，或者锯树累了，想喝一点小酒，他就会犒劳自己，炒一点肉吃。抿一口酒，吃一个花生米；再抿一口酒，吃一块肉。有一次很晚回来，他看我喜欢吃花生米，给我烤了一盘。我刚从外面吃饭回来，但还是耐不住那花生的诱惑，一面看书，一面吃花生。当时看的什么已经忘记，花生的喷香却依然能回忆起来。

艺术家是下过乡的人，他喜欢自己缝补衣服。这种节俭的习惯，我以及我身边的人，已经荡然无存了，而艺术家乐此不疲。饥饿是有记忆的，勤劳真是不容易养成的习惯。

看到他打在裤子上的补丁，也有艺术家情怀。和少女们所穿的故意在腿上露洞的新裤子不同，艺术家好像很喜欢穿打补丁的衣服。缝补是艺术的表现形式，善于缝补的艺术家，才能拾遗补缺，创新有时不是增加，更多是接续或者复古。看到艺术家在那里缝补衣服，我有时想笑。这太可爱了，艺术家啊，艺术家，他能把艺术情怀施展到生活的每个角落。

多年的大学生活和艺术人生练就了作家欣赏电影的习惯，夜深人静的时刻，他在原本只有一个人的房间，把世界各地的明星请到屋子里来，让屏幕呈现出各种故事的翻版。他有时随着电影的故事情节走，有时思想就抛锚了。我在艺术家居室里，与他一起看过一场电影，电影是写一个精神病医生的故事，作为弗洛伊德和荣格的学生，这位精神病医生很有趣。电影片名我忘了，看电影的过程我记下来了，这或许也是艺术家驱赶孤独的另一种方式吧！

当太阳还没有溢出海面之时，艺术家就起来了。正常情况下，艺术家总要在晚八点前休息。我因为贪恋艺术家周围的景色，时常在深夜回到他家，仍然没有打乱艺术家的生物钟，他总是喜欢早早地起来，迎接海面上的第一缕曙光。我经常被他唤醒，他对阳光的感觉特好，即使在没有阳光的日子里，他也会早起，拍摄每天清晨的大海，成了他必然的功课。

艺术家初到这个地方时，这里荒草丛生，但他一看到远处的海就兴奋。决心已定，他就想把这个面向大海的房子建设好。艺术家的微信朋友圈忠实记录了他的一切行动。无论多忙，秃头的艺术家总会通过自拍来愉悦自己。

砌砖和抹灰，这些活儿难不倒曾经下过乡的艺术家。说起那段下乡的历史，艺术家百感交集，有些话永远埋在了我的心底，无人时，我会想起来思考良久。去过四十多个国家的艺术家看过许许多多风景，在繁华过后的寂静里，他想把自己的心安顿下来，安顿在一个小岛上。他要靠自己的双手，建设属于自己的自由家园。他砌墙的姿势不亚于我见过的高级瓦工。人是一个活物，不断在适应环境中求得精神的救赎，才能获得精神的自由。身体是需要劳动的，在劳动中获得的自由，才是真正的自由。

劳动已经让艺术家的手变成了劳动人民的大手。当年，艺术家的爷爷从山东威海闯关东到了齐齐哈尔，一家人的辛勤劳作，给艺术家留下很深的印象；恢复高考后，艺术家得以去海外留学，逐渐成长为国内外闻名的品牌艺术家。他的积蓄足以让他获得经济和精神的双重自由，但他选择了通过劳动来救赎自己。这一处房子建好后，还有两栋房子等着他，这一切，对一位一生拿惯了画笔的艺术家来说，他感到很自然。

通向大门的路原来是凌乱的，门前是荒草；我去的时候，一切变了模样。

艺术家很满意，我是一位特殊的参访者，凭我对建筑的熟悉，我知道这藏着艺术家多少心血。在别人惊异的目光中，艺术家依然"小气"地不请任何帮工，他要凭着自己的力气，建设一处自由的天地。

累了，他会跑向大海，把双足浸在大海里，光在水波里切割着，水是透明的，艺术家感觉自己也是透明的。透明的生活，透明的一生，透明的未来。

更尽情的时候，仰泳在大海上，踢蹬着腿，那份舒服啊！水是万千的过往啊，眯着眼睛，仰望星空，享受着这独有的自由。不用去想名利，不用去做无用的争斗，甚至不用再说一句话。让身体漂在海上，大海成为自由的家。

水里玩累了，躺到沙滩上，是洁净如面的细沙。脸贴上去，凉凉的，绵绵的。整个身体放松，再放松。细沙承接着所有的不快、委屈或者伤心，什么都可以想，什么都可以不想。仰着、侧身、卧着，细沙亲吻着你，让你默然流泪，是自由的泪，也是彻底敞开心扉的泪。喜欢以各种方式裸着的艺术家，需要这样一处幽谧的所在，需要这种真实面对自然的生活。艺术家的成就在于一直勇敢地面对真实而拒绝虚伪，在细软的沙滩上，万千沙子成就了艺术家的梦想。

泡温泉也是艺术家的一大爱好。在雪山围裹之中，一边是可以让你酥软的温泉，一边是纯洁寒冷的积雪，生命的两极同时在你眼里呈现，让你的身体做矛盾的体验。站在水池里，热水催涌着你的身体，冷风吹在身上，爽利而透骨。极端的冷和极端的热在你的身体里扭结、打转，促成了人内心深处的情感共鸣。在面对大海的地方裸浴，在面对雪山的地方裸思，在美国大峡谷畅游，成就了艺术家"裸叔"的称号。

更多时间，艺术家会趴在一张小桌上奋笔疾书。写作成为他抒发自由的另一种方式。作为一位写作者，除了写作，我几乎很难从事更细致的其他工作；而艺术家把写作当作业余的业余。我捧读他写的《村里叔叔》，清新别致的语言，好像一位作家在裸露着心灵说话，我就为他的真诚所折服。

他一生都裸在大海里，知识的海洋，人的海洋，自然的海洋，艺术品的海洋。他像水一样透明，我与他的好友赵刚先生交流时，百般叹息着他的选择。这样的裸者，该是怎样的一种境界。如我般，可有这种舍弃的勇气，可有耐得住寂寞的心胸？

我追问着自己，我不敢正视自己。靠翻阅艺术家的微信来转移自我谴责，此刻的艺术家，也许正在锯树吧！不久的将来，他的第二栋房子就会建起来，他裸活的领域又会出现什么故事呢？我遥想着，权当自己的一次精神出轨吧！

散步之忆

　　其实十六岁之前不知道闲逛就是散步，那时在河边，在山上，在田野里，好玩的地方多的是——摸鱼儿、摘桃子、烤红薯，大约就这些吧。操场上的歌声、星期日的篮球锻炼或者在高高的树上摔下来，都会给童年的闲逛抹上一点奇异的色彩。电影自然是要一个村一个村追寻着去看，从邻村或者邻村的邻村回来，不是散步也是散步；冬日里，娘挑着两篮子花生米，到隔一个村的山坳里去打油，路上脚磨出了泡，还要坚持一边走着，一边听娘和同村的大嫂讲古；夜晚就着月光回来，大地上撒着冬天的暗霜，这种散步有些惊心，我会不由自主地依偎着娘；春天里，沿着荠菜的印迹一路小跑地去剜下来，也算是一种散步吧！后院二大娘的三个儿子，大江、小房、金洲，是少时剜苦菜必不可少的伙伴，那时我们两家在村北口外，离连片的村庄还有一点距离，而今我们两家却成了村子中心。去年夜里做梦，和三位兄弟一起散步，醒来一想，二大娘一家，余下的就只有二弟了。三个兄弟都比我小，想必最聪明的大江也会在地下挂念我这个大哥吧！二大娘姓陈，属于村里的少数姓，二大爷在的时候，会领着我在山岭上散步，他常说起"文革"里好多故事，说起一个老乡亲斗地主，说那地主自己吃糠咽菜，给他白面馒头吃，说得台下哄然大笑。那时的散步有趣儿，自然而朴素，是苦涩生活的一部分，但不叫散步，也不叫北京的遛弯儿，就是在田野里、山岭上转悠。老人和小伙伴们眼里所闪烁的狡黠的光芒，我至今都还记得。而今一起散步的小伙伴却死去的死去、分散的分散，再难一起共叙少时的经历了。

　　到泰山脚下工作时才知道什么叫散步。说起来那时的散步不是锻炼，是胡乱找乐子，或者说叫逗能。在泰山脚下的铁路工程队，我度过了两年的劳作时光。本来一天累得很，却总会在下班后，洗刷干净，去周边的田野散步，那时山枣花儿开了，一处田垄又一处土丘，闻起来很香，景色能舒展筋骨，溪水是最好的语言，掬一捧盈在手中，喝下去十分甘甜；新浇筑好的硬化面上是纺织女工们最喜欢行走的路，每当穿大喇叭裤的纺织女工骑车从工地上经过，年轻工友们惊叫的声音会给散步的我们带来另一种话题。那时毕竟青涩，看女工们的眼神都不敢直视，遇到惊艳者，心儿还会突突地跳。去年回泰城，见到当年嫁给工友的美女已翩然白发，好像散步未完，一场好戏就收场了。在泰安生活惬意的时光，当属成家以后在机关工作的几年，周末里，一个人拿着安全网改制的吊床，背着收音机，在漫山遍野里闲逛，那样的散步是一种物我两忘的潇洒感觉。慢慢上山，细心品山，缓缓下山，步子是自己掌握，眼睛是自己说了算。可以和石头说话，大石头，小石头，还有那些嵌在石缝里的石头；也可以与树们闲聊，说你的心事，说你的过往，说你喜欢的一个人，说你憎恶的一个事件；自然泰山上是有松鼠的，可惜好多登山人无缘见到，只有能静下心来，懂得慢也是一种进步的散步人才能经常观赏得到；夏天的河水湍急成一束束浪花，茂密的叶子遮挡住亲吻书本的阳光。在泰山上散步，你会感觉到泰山的气场的确不同于其他的山。我感谢这座山峰陪伴了我足足二十年的时光，和家乡的山不同，泰山丰厚、沉实、丰富，吐纳自然；和外面我后来见到的山也不同，泰山不枝不蔓、有条不紊、山多高水多高，一点也不招摇。在北京生活的日子里，因于雾霾严重和交通不便，很少到周边山区游玩。感念泰山的时候，我会把昔日的日记找出来，一点点地品读昔日在泰山上散步的感受。时光重新在散步中舒展开来，松鼠与山鸡，蝉鸣与溪水，悬崖与茅草，还有青松、小螃蟹，偶尔可见山中相约的年轻伴侣在一块洁白的巨石上拥吻，天干净、人干净、石头干净，连呼吸的空气也干净。大美意境中的散步会让人忘却尘世，在攀爬至山顶的时候，上天会赐你一块十几个足球场大的平地，这是围绕泰山的诸峰景色中最为别致的一点，因为在这里几乎人迹罕至，百分之九十九的游人习惯于攀登铺好台阶的山，可那样的风景都被大家看俗了、说惯了、写透了，只有这样人迹罕至的山顶才是属于一个真正的散步人的。如果你有雅兴，可以脱得一丝不挂，感觉山风就是醉人的河水，青草就是撩拨你的美丽游鱼，你在山峰上行走、奔跑、跳跃、呼喊，或者大笑、哭泣、读诗，这样的感觉有着惊人的回馈力。它给你自然之美，给你自信之力，给你自由之身。你感觉大自然真好，没有羁绊和名利之扰的散步真好。等夕阳西下，白云几朵悬挂在天空，像是在召唤你的旗帜，你整个人都会沉醉在这唯美的境地。你会快步跑上悬崖，你会尽情地喊山"哎吆——吆"，远山次第回应"哎吆——吆"。那样的散步足以让你在甜蜜的睡梦中成为一名驰骋天空的骑手。散步的意境只有在空无一人的泰山上才能达到前所未有的化境。

泉城有值得回忆的温柔田埂，在京沪高速公司工作的几年，我喜欢沿着高铁规划线路快速地行走，一则因为工作需要，再则因为写作的爱好。在沧州到徐州四百六十二公里线路上，我印象中洒下无数行走的汗水。散步是一种工作方式，在散步中你感受村庄、山川与河流，你会与村主任交流，与农民握手，你会聆听到最动听的方言，也会采集到最恶劣的诅咒。高铁三年，是散步的三年，也是丰富创作宝库的三年。从各级官员的形形色色，到沿线村庄的风俗民情，由穿山跨河的流动跌宕，到脚踩软土的惬意清香，这绵长的铁路线，分明是人生路上最值得称颂的一段故事。我静默，我聆听，我参与，我融入。三年是一段刻骨铭心的经历，脚磨破了再愈合；心被伤了，再自疗；承受与宽容，正义与邪恶，坚硬与柔软，铁血与温馨，这是散步的三年，也是汇聚底蕴的三年。有了三年的散步史，足可以看透世事万象；有了三年的散步技能，绝不怕各类险滩恶石；有了三年的散步体验，你会知道怎样去怜惜一个弱者，怎样去对付一个强盗。这三年的散步对体能是个训练，对生活是个填充，对写作是个丰富。虽累犹乐，虽苦犹福。我在这三年是日记记得最多的三年，也是技术与文学长进最快的三年。感谢京沪高铁这一宏伟的工程给我提供了工作就是散步的机会。

到了北京，与伊的接触促生了我读博士的念头。中国人民大学的校园里有了我散步的可能性。在这里，投身大师门下研究学问，与其他博士同学接触砥砺心志。人民大学校园里的一切看起来让人欣喜，催人联想。东门的外语角是我曾光顾过的地方，一勺池的水光不足以留下更多的念想，图书馆和国学院门前的竹子还是值得留影的所在，甚至理发我也要选择在人民大学东门里的理发室，因为理发时理发师傅会给你讲起很多校园里的故事。别人读博士三年就走了，而我在这个校园里度过了近六年的时光。我熟悉每一处楼房，了解每一段路程，甚至关心每一位与人大有关的人物，人大已经融入了我的骨髓。我在人民大学里行走，能感受到青春的力量、学术的榜样，能闻到书香，品尝到水穿石咖啡的味道，享受天使食府的佳肴和汇贤聚会的快乐时光。在人民大学里散步，有回到故乡的亲切，有在家中徜徉的毫不设防，师兄的脸色，老师们的微笑，还有各类怪石、古树、雕像。人大虽小，但最适合一个人静静地去散步，周末书市是最好的去处。我的书架上好多书带有我散步时的气息，我能回忆起来哪本书是我和哪位同学一起散步时所买，哪本书是我自己散步后一眼挑中的珍藏。在人民大学散步的日子里，也曾与伊相会于草地，也曾在空旷的操场上款款享受皎洁月光。

最不喜欢在我的另一处居所翠城馨园散步，虽然我计划着要写一部《翠城笔记》，居住者的杂乱让这个小区犹如农贸市场。大型犬随处可见、缺乏礼貌的大喊小叫充斥着这个小区，不远处的臭水沟偶尔飘来臭气，我往往硬着头皮在小区内走两圈，要么是夜深人静，要么是鸡鸣时分。但这样的散步除了能让肌肉得到锻炼之外，的确没有多少心理上的愉悦享受，不能对故友说，在美丽的北京还有这样的所在。散步是散步者的最终追求，我不是一个十足的散步者，所以更多的时光，我在这个小区生活会选择一个人在家里看书或者练哑铃，我真不喜欢在缺乏洁净与美好的环境里散步。

在我工作的那家公司周边环境还不错，隔三岔五，我会与同事一起选择中午出去散散步，有时独自一人去拍拍照，发个微信，写两首打油诗，缓解一下紧张，调剂一下生活。夏天散步会散到出汗，冬天散步会散到风吹冷了肩膀。这样的散步交流和思考可能更多一些，有时一个人散步时，我就会想起那些美好且值得回味的散步，然而人为了生存，很多美好的感觉只能珍藏在记忆里，而选择在首都北京生活，也许就意味着放弃另外一种散步方式的选择，这大概也是一种无奈吧！我总寄希望有一天，有一处优雅的散步所在，在那里，我们可以自由地说笑，裸体奔跑，或者大声喊叫，享受清风、阳光，体味松鼠的注视。一位画家朋友听到我有这种想法，连忙说：我给你画一幅画吧。我点头称好！不知道这位画家的画作最终是否能抵达我内心深处的意境，我默默期待着。在城市生活，有形的散步和无形的散步一样重要。

色胆包天

摄影家都很痴迷，我认识一位摄影家大哥，是行伍出身，照的风景却很婉约。他给我照相，选角度，等光线，一招一式都很讲究。这位老兄拍照，能把小鸟的翅膀拍成扇面，把小鸟的嘴拍出恋人的风情。他一年四季在全国各地转悠，到过许多名山大川，到过不少国际大都市，拍过喜马拉雅山峰，也到地中海感受当地的气候。另一位摄影家，是一位退休的女编辑，专门拍摄美女和美食，每天看她拍摄的美女，别具一格。从头型到服饰，从美腿到大波，一日一主题，美而洁净，撩拨得观者想入非非——我这话不是揣度，追随其公众号后的留言，层层叠叠，很有味道。大凡一个人一旦有个摄影爱好，可以罔顾其他。还有一位同学，因为痴迷摄影，后来辞去公职，专心致志地做摄影。为了摄影，整天爬高上梯，有时为拍风景和人像，不惜勇闯禁区。有一年看其作品，每一幅照片他都能讲出惊心动魄的故事。摄影家的冒险，换来了众多惊人之作。有位铁路女子，为拍闪电，冒雨在山顶一等数小时，还差点被闪电击中，她讲述时，我都骇出一身冷汗，而她却谈笑风生，可谓色胆包天。

人就怕迷，一旦被某些事物迷住，想脱身都很难。记得以前在工程队工作，有位先生是花痴，见到美女就尾追而去，他这个爱好，别人百劝无效。花痴只追美女，一月薪水甘愿为美女奉献，其实他就是欣赏，人至中年，也没谈成对象。但痴心不改，爱美女无数，和那些道貌岸然的正人君子不同，这位花痴看重的是和女子的交往点滴，有一点像贾宝玉，喜欢和美女们卿卿我我。你说他有什么过分的举动，我却从来没看到过。但只要一听有美女，他就不辞千辛万苦，一定要去拜见。后来他迷恋上三毛，有一年三毛从台湾到新疆寻找王洛宾，他也买票到新疆去。我不知道他后来是否见到三毛，但他说起三毛来，两眼大放电光。他的影集里与美女的合影一张又一张。有次为见一美女，他在大雪纷飞的夜晚骑车出行，不小心翻到边沟里，人差点被冻死。想起这位朋友，可谓"色胆包天"，可他这份执着，渗出一丝可爱。

佛家讲究戒律，反对嗔怪贪吃，但富有色胆的人往往一意孤行，胆大妄为，乐此不疲。所以贪官一直在贪，作家一直在写，学者一直在研究学问。摄影家的色胆和追求女人的色胆实际是一样的，因为贪恋，所以执念不下，要么成就事业，要么完成爱情，万事万物，情同一理。

手头有两本书，一本书是药学家编的《中草药图谱》，一本是散文学家写的《百草解读》，两本书相得益彰。前者有科学境界，药学家们对中草药的解读发乎情止乎礼，后一本书则看出散文家的痴情。这位植物学家出身的散文家，把科学家的情绪融汇到散文家的血液里，把一株平淡无奇的花草描摹出上下五千年的辉煌，每一片叶子，每一朵花，都被她渲染、穿越或者解剖、建构，那些植物成了神灵，成为大地上最美的东西。看到她，我想起那位花痴，她的境界已经超过了花痴，因为她能总结出让读者信服的道理，让更多的人感受到植物的另一面风光。有时我想，这个世界还是需要一些"色胆包天"的人的，因为有了他们，我们才能发现躲藏在角落里的美，才能发现被人们经常忽视的路边小草的另一面……

诗人的爱心连着世界

以小说的方式欣赏电影，以电影的方式阅读小说

——题记

《日瓦戈医生》是我最想看的，无论小说还是电影。就像一直心仪的美景，不知道为什么拖到今天才观赏。和许多作家相比，我对经典的阅读与观赏少之又少。以至于看到热情的王社长发出邀请，便放下手头的事直接抵达放映室。

片子是从舒缓的序曲开始的，序曲漫长而略含忧伤，如主人公日瓦戈医生怅惘的一生。配着序曲的是白桦林挺拔的树干，你能看到阳光镀在它上面的样子。影片从倒叙开始，似乎这种方式才能把一本书的宏大结构展示出来。穿插在整部电影过程中的主人公弟弟的独白，让观众从历史感中渗透出来。

给我印象最深的是拉拉的奔放与日瓦戈妻子的善良。这两个互相映衬的女人，以不同的美感撞击你的心灵。佩服导演先生的机智与缜密，整部电影更像一部惹人爱不释手的巨书。细节设计周到而语言独特，结构清晰而节奏紧张有序。观赏电影回来的路上，我和朱君同行，谈起美国导演的高超，我们同为这部电影击掌。这部 1965 年拍就的电影，有如此多维的审美，恰好我出生在这一年，我感叹导演的匠心独运，是经典之作造就了经典的电影，还是经典的导演让小说插上了翅膀？我还没有通读原著，我计划着用一百天的时间，来看一百部经典，包含电影和小说。我希望它们之间相互映衬，就像这部影片的两位女人一样，给我各自不同的美感。

电影的矛盾冲突总会给观众带来欣赏的快感。在短短几个小时内，主人公的一生完全展现出来，依靠的不仅是画面感，还有精挑细选的语言。当拉拉在深夜被野狼叫声惊醒，面对日瓦戈医生说出："在这个慌乱的年代，我们渴望美好生活就是徒劳，走到哪里等待我们的都是恐惧，没有安全！"（大意）听到这里，我的心都悬了起来。我们为战争给人们带来的动荡而唏嘘。拉

拉的命运无疑是跌宕起伏的，她的命运从与妈妈的情人媾和开始，到与一个革命者的缔姻，再到参与游击战时做护士数月与日瓦戈医生产生的深深爱情，都书写着一个敢爱、敢恨的俄罗斯女人的形象。在城市与乡下的对比中，在战争的残酷与乡村的安宁映衬下，在拉拉的哭诉与日瓦戈妻子甜美笑意洋溢的幸福里，观众心底的情感开关不时转换频道，让你应接不暇，各种感觉纷至沓来，影片中对善与恶的描写，对战争的诅咒，对人性美的讴歌，都给观众留下深刻的印象。

这部拍摄于二十世纪六十年代的电影，在五十多年后的今天仍然没有过时。日瓦戈医生作为慈爱的医生，救死扶伤。他几乎超越了敌我双方的界限，抢救伤员。在他的眼里，病人就是他救助的对象。在看似缺少原则的救助里，蕴藏着日瓦戈医生深深的人性之爱、人道之美。同时，日瓦戈是一位诗人，诗人的秉性让他的爱心奉献给世界的是一片丹心。而拉拉母亲的情人，也就是那位诱奸拉拉的坏蛋最终竟然成了司法部长，可笑的是他始终在向日瓦戈医生与拉拉进行挑战。不同的人生追求导致不同的人生结果，而导演没有强烈表明自己的爱憎，只是把这一切呈现出来，让观众去评判。我不知道这一点导演是否真实忠实于原著，但通过司法部长之口，把这个世界上，龌龊而卑微的灵魂撕裂给观众看。那一刻，我真想抽打这位过分现实者的嘴脸，而他依然在现实中存在，生活在我们身边的这种人何止一二？可能今后依然不会消失。

在这个世界上，爱与情，家与国，昨天与今天，道义与战争，人性与自然，每天都在考验着我们的生活。我们每个人都不是完人，虽然每个人都希望自己成为智者，但拉拉的一生似乎透视着人生存的悖论，而日瓦戈医生，传递给世界的是医生之爱，留给女人和自己的或许是割舍不掉的爱情与徘徊。

诗人成就了这个世界，而战争希望诗人走开，革命似乎让另外的人疯狂起来。拉拉的丈夫，一位执着的革命者，从青年时代的张狂到战争时代的屠杀村民再到最后的惨死，他在特殊时期选择与拉拉的结合，也经历过思想的阵痛，而导演在处理这个革命者内心变化时，也没有让他完全忘记历史和自己心爱的人。影片从放走日瓦戈的细节展示了革命给人带来的变化。让我们反观过去的那个时代，似乎从更深层次加深了对革命的理解。

导演采取的唯美画面不时让你心生惊喜。的确，导演的匠心独运通过灵巧的画面语言展示出来。当拉拉与日瓦戈医生在缠绵之中，画面切换到日瓦戈医生一家搬住的那座乡村小屋，屋前黄花飘摇，显示着田园祥和与日瓦戈医生妻子笑的甜美，而这一切似乎更加重了观众心头的伦理道德感。我们每个人的生活又何尝不是在欲望与现实中纠结？

宏大的画面与细节的结合会让一部电影给观众留下永久的记忆。当溃逃的士兵们被一群傲慢的荷枪实弹的队伍所激怒，冲突在顷刻之间爆发。权力被人心所向削弱，而人性总是复杂的呈现，无论战争还是和平，无论城市还是乡村，人心有向善的一面，也有随时萌发罪恶的可能。导演让这一切呈现出来。当然，电影也不时呈现出那个时代概念化的烙印，如鲜红的五星、列宁与斯大林的画像，还有人们对革命狂热的欢呼，但这一切并没有消除人们对电影所呈现的历史认同感，无论演技还是画面的别致，都让观众感到耳目一新。

虽然落叶的呈现能让人看出近树的剧烈摇动与远树的树叶静止间的不协调，但在风扫树叶的气氛里，我们可以感受到日瓦戈医生一家悲凉的心境，能感受到拉拉与日瓦戈医生爱的苍凉与悲怆。在拉拉怀有日瓦戈医生的情种之后，司法部长把拉拉接走，最后疾病缠身的日瓦戈医生在电车上看到了在街边行走的拉拉。他拖着病躯，追逐喊叫着拉拉，最终气断身亡。在诗人的葬礼上，我们看到了不仅仅是国民的良心。这时如若你再回忆起来逝去的电影画面，日瓦戈医生的母亲安娜辅导日瓦戈做作业的那张书桌，在蒙尘多年之后，成为日瓦戈为拉拉书写诗歌的道具。在寒冷之中，在深厚冰雪覆盖的房子里，在野狼嚎叫而月亮圆润的时刻，日瓦戈医生的诗歌是唱响这个世界的爱的力量。日瓦戈写给拉拉的诗歌成为日瓦戈弟弟寻找他侄女的线索，也是人类追求美好生活的明证。无论在多么艰难的时刻，怀揣着对生活的渴望，怀揣着对爱的追索，怀揣着对明天的向往，似乎对人生有着更重要的意义。在司法部长接走拉拉的那一瞬间，日瓦戈医生走向二楼，敲碎被冰雪覆盖的玻璃，残破的玻璃映衬着日瓦戈那张俊美的面容，那一刻，我的心在震颤。

《日瓦戈医生》这部电影无疑是一部经典之作，它客观描述了历史、人性与爱的主题，不讳言、不遮蔽，而是真实呈现曾发生的一切。倘若在二十世纪，我们戴着有色眼镜去看这部电影，也许会把它评说得一无是处。而历史终究是历史，真实永远是那块擦拭蒙尘桌面的抹布，它能给我们显示真实华美的桌面。在桌面上，我们不仅能像拉拉一样读到诗人情真意切的诗句，也能感受到一位诗人连接世界的心灵。

他从缝隙中走来

　　从家到单位的距离，正好读完马维驹的一本诗集。这段路，也是我每天早晨给文学院学生上课的路，每天对着微信，好像看到一张张学生的脸。而马维驹的诗歌，今晨让我中断了讲课。他的诗歌，让我想起故乡。

　　从甘肃古朴的山村，再到新疆逃荒去找哥哥，从铁路小站再到乌鲁木齐工作，然后奔向京城，马维驹完成了农家子弟落户现代文明群体的过程。也许是我的成长历程与他相近，故乡从物理距离上离我越来越远，却从心理路程上变得越来越近。诗歌是牵挂思乡最好的情愫表达方式。读马维驹的诗歌，你感受到他的朴素，他的本真，或者说永远没有走出大地的牵挂。这位少年时代靠母亲剪发卖掉来交学费的农村娃儿，人到中年想起母亲的过去，他的歌咏透着诗人的悲悯。母亲成为他梦中的常客，他会从坟茔上的小草联想到母亲锥形的小脚，母亲是马维驹诗性的启蒙者。在马维驹的诗歌里，不下二十首提到母亲，母亲象征着大地之爱，象征着故乡之美，象征着一个时代的永恒记忆。"母亲最后一次上山／被乡亲们稳稳地抬在肩上／她生前，为了孤儿寡母的生计／给全村老少爷们磕遍了头／这一次，该她舒舒服服地躺着／那些磕过的头，大家给她／一一还上"（《磕头》）——是生命的轮回，还是生活的悲怆？

　　马维驹的书写，与其说是一个诗人在歌咏，不如说是一位歌者在哭诉。他的声音，带有黄土高坡的浑厚；他的吟唱，写着褶皱山脉的贫瘠；他的朴实，带有故乡父老乡亲的痕迹。你会从他几乎类似口语的叙述中读到亲切，从司空见惯的意象中读到真纯。马维驹的诗歌，带着一股原始的古朴之气，荡涤着城市的喧哗与焦躁。我在读马维驹诗歌之时，感受到穿越时空的力量。他书写的诗句，有的透着凛然之气，有的挂满悲伤的泪滴，有的像沉默的铸铁泛着光芒，有的则像蜿蜒的河水缠绵不已。我把他看作从乡村到城市打工的农人，又把他看成从城市图书馆回望乡村的儒雅学者。多维的身份转换，开阔了诗人的视野，成就了诗人的分行文字，我在这分行的心火跳跃中，感受着一个写作者平和而又坚定的呼喊。"当一棵树与另一棵树并排站着，并且／非要争个你高我低时／最激烈的较量，不在枝枝杈杈之间／而是地面以下的缠斗"（《暗斗》），是说历史，还是控诉人性，抑或揭开人类的疮疤和社会前进的角力？

马维驹的诗歌不以模式化的追风索奇而惊人，而以静水流深打动读者。他显然采取的是一条波澜不惊的写作路线。他的诗歌没有一首是无病呻吟、故弄玄虚之作，他写故乡，写亲情，写市井，写哲理，每一首都与身边熟悉的生活相连，每一首又都让普通读者能读懂，可谓雅俗共赏之作。这其实透露着作者的一种诗歌观。这种诗歌观其实是诗人的一种生活态度。诗人可以狂放，但诗歌必须纯净。正如马维驹所说，诗人不能改变当下的政治、经济现状，但至少可以让人从中感到文化的力量。"脆脆的一声招呼／剪裁春风的娴熟／抛向人间的黑白／仍是故人信息"（《燕归来》）写出了一份苍凉；"村集体的老牛死了／每家每户分到一小块牛肉／傍晚，所有烟囱升起荤腥的味道／孩子在拼命撒欢／牛犊站在下午分肉的场坝／前蹄刨开暗红的泥土／高一声低一声地吼叫／就像村上那些孝子一样"（《孝子》），你读到这里，心底难道不会涌上一丝震颤？

我每天都会抽空阅读马维驹的微信圈，他的平和之气可以从他的只言片语中感受到。诗歌不过是诗人与世界对话的方式而已，正如一位卖粥者的吆喝，或者理发师与顾客片段的交流。诗人的本心很重要，如果怀揣对读者的尊重，他写出的诗歌就有一种力量，在回应着社会对他的情感。在京城，我常以诗评者的身份参加诗人们的聚会，看惯了有些诗人哗众取宠的表演，对马维驹的诗歌，我涌上的更多的是一种感动。一种对诗歌的属于他个人平视之光的认知。诗歌之河之所以能源远流长，源于这种个人体验的可贵渗透在诗行间，让每个时代的诗人都磨炼出自己的章法。马维驹的歌咏，正带有这样的特点。他一以贯之的朴实之色，让读者感受到"吹尽黄沙始到金"的历史铺排，也让人们清晰感受到一位农村娃的成长路径。"我，从一重重缝隙中出逃／不承想，有声音在大山深处／夜夜勾魂"（《缝隙》），这位从缝隙中走来的诗人，在记挂着故乡，故乡之水，灌溉了他的诗歌情怀。

  我每天早晨在给文学院的学生们讲课时，都要反复强调真情实感的重要性，这是所有文学体裁所必须保持的底线。马维驹以自己的诗歌底线弘扬了这一文学原则，他的诗歌就具有常读常新的艺术魅力。他在永远走不出的故乡里仰望星空，他在永远怀望故乡的情愫中打磨诗歌。这样的诗人，我自然要将其介绍给我的学生们。我要让他们知道，真正好的文学，不仅仅靠生活之水反复淘洗，更重要的是从心里流出来的，哪怕带着原生态的土腥气。唯有真实，才让文学具有穿透时空的力量。

一位喜欢与大地对话的作家

张继是我青年时代的朋友。长着长着我们就老了。我读他的小说《流水情节》是在一个夏日的午后，一口气读完。这小子太神奇了，把乡村故事演绎成唯美的情节，二十年后我还清晰地记着那篇文章的情节。这种阅读快感，后来在欣赏毕飞宇的作品时我也感受过。张继，用他的聪明，给我们演绎了一幕幕农村轻喜剧。

张继曾是一个地道的农民，他的家乡在我的故乡西边，那是《金瓶梅》作者兰陵笑笑生的家乡。一个人的聪明能体现在诸多方面，每次相遇或交流，我都能从张继嘴里听到许多幽默的故事、调皮的语言。他太会讲故事了，不让你喷水算他没讲过故事，不让你捶他算他没有功夫。他的脑子里好像装着魔术师的幻术，预言家的羽扇，以至于他的故事连绵不断，如家乡的小河水，秋天满地的地瓜。

张继的脸是典型的鲁南硬汉形象，他嘴角洋溢的笑又有点洞察世事的超然。这家伙从乡村报道员干起，转而写小说入道，继而被爱才者发现，再调到文化局，后来又到部队里晃了一圈，岗位变化数次，不变的就是他对写作的那份执着。不过，自从"触电"以来，张继开始对剧本情有独钟。我在读毕飞宇小说的时候，感觉张继如果坚持写小说，他的小说会征服更多的读者，说不定能形成"南毕北张"的对峙格局，可惜了一块写小说的好材料。

不过，不再写小说的张继，成了广大农民的文化布道者。电视剧《乡村爱情》点滴渗透进农民的胸膛，如日常饮食，成为农民们喜欢观赏的热门电视剧。对喜欢阳春白雪的文人雅士而言，《乡村爱情》或许很少成为他们的谈资，但广大农民对《乡村爱情》的喜爱程度，我倒是经常看到、听到。我猜测张继之所以选择这种方式从事写作，也许恰恰是为了自己脚下那片土地，为了自己祖祖辈辈的农民血缘。

我在张继的微信圈里，看到他怡然自得地在田野里徜徉，那是一个亲近土地的人最成熟的感觉，也是喜欢接地气的作家最自然的表现。《乡村爱情》从第一部拍到第十部，快接近五百集了，创下了农村题材电视剧的纪录。这与编剧张继深厚的农村生活体验和文化提升力，以及演出团队的细心揣摩是分不开的。如果说《流水情节》透露出张继早年写小说的铺排智慧，在《乡村爱情》里，每位演员的话语中，都能感受到张继丰富的语言技巧与农村经验形成的话语张力。张继不仅是编故事的高手，也是语言锤炼的高手。他的语言让《乡村爱情》里的人物一个个生动起来，成为观众心目中难以抹去的形象。作为张继的朋友，他的每一次写作转型，都给我不少启发。但更重要的是他立足本土、心怀世界的写作格局，更多时候给人一种启迪、一种勇气或者文化洗礼。有人会以《乡村爱情》的乡土情节来判断其缺乏学术品位或宏大气魄，但上百年之后，人们或许就能通过《乡村爱情》获取中国农村一段真实而生动的生活场景。人们往往太苛求电视剧的所谓意义而忽略记录农民真实生活的原生态剧作。《乡村爱情》恰恰给我们提供了这样一份底版，记录当下的中国农民生活史。

在军营数年之后，张继又回到了生他养他的村庄。他把一座山头买下来，买下了村边的一些荒地，他要把这里打造成一处书院，属于张继，属于张继的村庄，属于鲁南山区，属于热爱泥土的人们。

书院开工后不久，我去过张继的书院；开工一年之后，我又去了一次书院。张继说，树木很好，院落很好，庄稼很好，狗也很好。说着说着，张继就笑了。他谈起了怎么与人斗智斗勇，谈起了新写的电视剧里的故事情节，谈起了书院的未来。他回归了土地又好像生活在土地的上空。我与他曾经在那缀满红彤彤果实的柿树前合影，张继站成一棵树，挺拔而谦和。

长期写作让张继看上去像一个躬耕良久的老农。张继有着农民一样的狡黠，也有着写作者的聪慧。但长期伏案写作的姿势，让张继颈椎受损，他动过一次手术，却怕给朋友添麻烦，没敢告诉我。看到他头上的伤疤，我还是吃了一惊。不过，张继这小子也是出奇的聪明，譬如他很早就用讯飞语音写作了，他一直在寻求着自由、旷达的写作方式。在张继书院那座完全可以轻歌曼舞的院子里，张继在假山前驻足，逗狗猫玩耍，面对一棵树思考，或者夜晚看着月亮数星星。故乡还是少年时代的故乡，而这座山已经走进了张继的灵魂。

离张继家不远处，是万亩石榴园，是先辈们留下的，一棵石榴树算不上什么，几十万棵石榴树就形成规模了。近五百集《乡村爱情》构成了这样一种气势，铺排成一山火红，蔚为壮观，让农民感到富足、踏实、喜庆，而张继就是那位植树人。离张继书院不远处，还有一处寺院，名曰"青檀寺"。随处可见的青檀树，从石头缝里挤出来，它们顽强、刚硬，有些海明威描述的老渔民般的倔强，我看着这些青檀树，感觉张继的内心就有青檀树的力量。我徘徊在青檀寺里，想着张继的这大半生，素朴而自然地活着。他在追求与大地的融合，他选择了故乡，选择了与土地对话的另一种方式。在故乡的泥土中，他鲜活成一棵树，或者以庄稼的方式生长。他用他与农民生息相通的智慧设计着他的书院，以每天一集的速度写着他的剧本，张继有老农一样的勤恳，也感受着老农一样的喜悦。他曾经对我说，想写一个没有电的村庄，探讨人生存的真实意义；我知道，在他的内心一定驻足着原生态的灵魂，思考人类如何面对现代技术的困境。张继以他的干练与深沉，匍匐大地，在大地上自由地行走，他在每日与大地的交流中，感受着大地上的一年四季，感受着人间的冷暖。地是他的灵魂，他是大地的歌手。

每当北京雾霾之日，我就会与张继微信几句，张继会发来他书院的景观图，或是一个硕大的南瓜，或是变红的树叶，或是一条安静的黄狗。张继坐成一块石头，立在水汪边，馋得我直吐舌头。

艺术家的厕所

自从他和这个小岛结缘，他就融进了这个小岛。从外表上看不出他和小岛上其他居民的区别，他的穿戴，包括他锯树的动作，还有他面对大海的神情，与村民的表情毫无二致，一个老太太和他招呼着，全然像他的亲人。猴子大概从山里来，居住在小岛的树林里，一只，两只，三只……一共六只。据说有一年，村里来了一只猴子，进村偷东西吃，居民没有赶跑它们，后来就又来了五只，总共六只，一直盘桓在村里没有离开。经常来看他的是一只老猴，大概是一只母猴。猴子发出艺术家才有的爱怜之光，与艺术家对视的那一刹那，老母猴子扭转过身躯，艺术家只是笑。有猴子的海边是妩媚的。每年春天，小岛上的花要比别处早开一个多月，猴子的脸色也会比外地的猴子早圆润一个多月。艺术家会沿着规矩而洁净的岛上小路去看海，猴子也会惊奇地跟着他，从一棵树到另一棵树，艺术家还来不及给这只老猴子起名。但凭猴子的老相，他能清楚地分辨出那是只老母猴，犹如在清华大学课堂上他能真切地辨出倾慕者的笑意。这只老母猴子熟悉艺术家的房子，但它不熟悉艺术家的厕所。

艺术家的厕所在这栋木屋里也是一处风景。

看到一个骷髅摆在那里，还有一个眼睛流着血的女孩子，在厕所里，我的头发顿时直立起来。据艺术家讲，那流血的塑料娃娃是万圣节礼物。我当时尿急，看着这些物件，任凭怎么抖落，就是尿不出来，一摸额头，渗出一层细汗，再盯着艺术家观看，他依然谈笑风生的样子，冷静了半天，再去尿，还是尿不出来。晚上起来，低着头不去看那两个物件，撒尿回来，一摸身上，还是有鸡皮疙瘩。我不敢告诉艺术家，但我真是怕鬼的。后来读一本书，说好人是不怕鬼的，怕鬼的人心中一定有鬼。这两个物件本不是鬼，一个是假的脑壳，一个是万圣节的礼物，有什么可怕的。后来如厕，不仅可以看它们，有时还会摸一摸那塑料娃娃。

艺术家厕所的灯光也是奇特的，让人可以想象到事物的两极，或者是取自太阳的寓意，在阳光的中心，意象飞腾，四溢开去的是无尽的光环；也许是命运之门的象征，无数蝌蚪一样的精子，围绕着一个卵细胞，象征着生命的孕育或开启。其实，这个灯光很少有人在出恭的时候刻意去看，因为受了前两个物件的惊吓。我在这个灯光下，仰视着艺术家的杰作，反复研究，也许我的解读永远是那么的肤浅，也许是一种误读，但我想到了人类，想到了更多的有关人类的话题，对女性的追逐，做爱，战争，或者陷阱……

看完头顶的灯光，再回看身后方的那个女娃娃，你会忽视她眼中流出的血泪，你看到一身黑衣的女娃，正为这个世界而祈祷，也许她在用心倾听世界的声音。这个世界远离真善美的行为越来越多，让她流下了血泪。

正对着坐便器的是一面镜子。在镜子里，出恭者可以完整地看着自己出恭的样子，艺术家很别致。我让他拍摄给我看，他认真地对着镜子拍摄给我看了。镜子的一侧是他的光头，凸面的镜子让你想起道路急转弯时设置的转向镜。在镜子里，一个人可以幻化成多个样子，在最放松的时刻，让你看看摆脱焦急的你该是怎样一种样子；镜子的上方，安装了一块表，滴滴答答地响着，像不怀好意的人站在你一边等着如厕一般；镜子四周，画了很多图像，画的右边像女人的一张脸，脚的下摆是一只悠长的脚，接触着镜面，好像在提醒着镜子里要做些什么？我想，艺术家在做画像设计时，一定设计了向日葵，葵花映衬着那女人的脸，让人想象女人的一生。

当我在纸上写下"艺术家的厕所"几个字的时候，我想，艺术家任何时候都是以艺术的眼光看这个世界的，犹如我站在讲台上，话语总会引向文学。

艺术家喜欢拍照，平淡的物事也会拍出艺术的效果来，他习惯于自拍。他发给我一张裸着上身的照片，头顶上方就是海平线，在右上角，一个小海岛出现在海天相接处。我没去过那座岛，我只去过相邻的岛，茂密的树与巨石，让我心生敬仰。很多事物，只有你走近了走进去了，才知道它的深奥。在远处看，那小岛不过是一条短粗的线，走进去，一切才会呈现出来。我第一次看到艺术家的小木屋，多少有些不屑，特别是踩在碎砖瓦块上，犹如走上刚熄火的战场；等我与艺术家一起生活了几天，看到桌上的那个花瓶，我想到了毕加索或者梵高，这个艺术家一定是喜欢孤独的家伙，瓶子里静止的那两朵花，或许就是当时他考入艺术院校时所精心描摹过的往事。他陪着这两朵花一点一点变老，花在水的浸润中滋润着，也在时光滑移中枯萎着。

如果你选择的角度准确，在早上拍摄的瓶子中的花朵，一定和中午拍摄的花朵不一样。花在光与影的平衡映衬中才显出气质。

如果你俯拍，效果可能会更好，花瓶的影子完整地呈现出来，花的全部向着你，像女人张开整个笑脸，桌子的古朴和阳光的轻柔完美地融合在一起，花也好像不是装在花瓶里的感觉了。

那只母猴子经常会倚着竹栏杆眺望大海，有时就看艺术家院子里的花，和艺术家一样。艺术家在竹栏杆与房子之间，铺上了一层碎石子，在山野与居室之间，给猴子一个舒缓的空间。在这里，猴子开始看人类怎样变着戏法逗乐自己。

有时猴子背对着大海，站在室外的木地板上，它在注视着艺术家房子中的一切。村庄里的六只猴子，唯有这只猴子最大胆，或许它贪恋艺术家里的摆设，毕竟与别家的有些不同。它猴视眈眈，屋子外的大海越伸越远，而屋子里的一切看得十分清晰；屋外的竹林在繁复中摇摆着，而艺术家居室内的静物，就像一件件艺术品。

母猴子终于让自己转移到最佳位置，看艺术家的整个屋子，如富丽堂皇的宫殿一般；摆在古色古香茶几上的花朵，本来成了静止的物件，可有圆窗一衬托，霎时提升了格调，圆窗外的木柱上层叠起几块鹅卵石，像塔一般，在远山与近山之间，塔的影像移植到这里，又像栖息的一只巨螺，在海中转悠累了，落脚到岸上。圆窗射进来的光芒刚好罩着那朵花上，花坦然接受，犹如艺术家当年吻过的女人。

猴子没有我这个客人的福分，它只能趁着艺术家不在家时，品尝到巧克力的滋味，还不足于到艺术家的厕所里亲眼看见艺术家的创造。在正对着坐便器的墙壁上，一溜儿阳具排列开，向上喷水，这个画像大概只能让蹲者所看。如果你不喜欢艺术家的画也不要紧，在画下的储物箱里，散放着一些杂志、笔和便签。显然艺术家是个随时有奇思异想的人，他会果断地记下来自己的神思。

在迎着厕门的地方，正面画着的是一个撑着降落伞的女人，女人在抢救即将落地的男人，男人好像降落伞坏了，或者是他有意拉坏了降落伞。这幅画让你想到男人与女人之间纠葛、婚姻与割舍，想到人的一生，我当然也想到艺术家的孤独。

艺术家想在小小的厕所里体现什么东西？我似懂非懂，母猴子也多亏没有进来，进来也会惊骇出屋。不过，有时候艺术家会在座便器上放一些香水，厕所里就多了些温馨；艺术家对我说，他用了三个多小时，才一口气把这些画在墙面上。至于他画了些什么，想表达什么，他自己也说不清楚。

有时我写作枯竭的时候，就想到这个厕所，艺术家是不嫌弃厕所的人，作家呢？

我实在给艺术家提不出什么建议，也难以解读出艺术家的思想。我家的厕所被建筑商设计成千篇一律的方格子，有时如厕，我就会想到小岛上的艺术家，想起那一屋子的怪异，就会笑笑，就羡慕艺术家，能把平淡的生活过出艺术的味道来。

赵民其人

来京数年，最让我敬佩的一位朋友就是赵民先生。

忘了是在什么场合，经何人介绍认识赵民先生的。但赵民先生给我仙儒行风的感觉。在互联网时代，身边人总是忙碌而浮躁，赵民先生也很忙碌，作为正略君策的掌门人，他每天的工作事务自不可少。但赵民能沉静下来，不仅自己善于思考，还引领着一帮读书人读书。我对他最深的印象，就是在他所举办的正略读书会上。"正略读书会，月月来相会"，每月一读，看似简单，坚持下来谈何容易？况且，赵民先生提供饮食、酒水，还要邀请各路专家、学者。数年参加正略读书会，蹭吃蹭喝让我失去了应有的感恩和愧疚感，俨然该赵民所为；年年岁岁花相似，岁岁年年人不同。学者灌输我知识，专家开阔我视野。赵民先生的点评常让我茅塞顿开。我常为少参加一次读书会而抱憾，也为赶上百期纪念会而欣喜。历史学家让我明鉴，经济学家让我多思，社会学家让我警醒，哲学家让我自我审视。有时，赵民还会请来健身教练，给大家讲一讲太极。这个读书会的品位，在京城是十分让人称道的。它不仅构成良好的交友平台，更多的则是构建知识的长廊，长满智慧的草原。每次读书会结尾，赵民都要给演讲专家、学者赠送一份礼物，发一份聘书。当专家、学者与他一起留影，我感觉赵民又将一只文化火炬传递给了学者、专家。在北京，这样的细节最能抵达心灵。它会提醒你，有人在坚守文化阵地，有人在塑造精神高原，有人在传递知识的火炬，照亮人们走向未来的路。

赵民似乎像永不凋谢的常青树，有一次在谈互联网的论坛上，赵民对整天在天上飞的生活似乎并不满意，但他在机场赶往论坛现场的路上，总是兴致勃勃，对嘉宾的演讲充满期待。他揉搓着因看微信而酸涩的眼睛，大谈互联网给世界带来的有序和无序，他体会到正是无序创造了另一种美感，而小范围内的有序未必都承载着罪恶。赵民的讲话，大道至简，绝不用教授们诘屈聱牙之语。他的语言布满比喻的陷阱和富有时代感的张力，语言之光具有勾听众之魅力。每次参加赵民的论坛，他都要过来和我握握手，说几句话。感动他对你的热情与尊重，也对他边和你说话，边"王顾左右"的迷离感多了敏感。毕竟他要顾及的事情太多，他的注意力不可能集中于一点。在学者眼中，他是企业家；在专家眼中，他是社会工作者。而在我这个普通朋友眼里，赵民不仅是沟通专家、学者通向民间的桥梁，更重要的，赵民本身就是一位学富五车的当代儒者，一位行走于民间的哲学家、社会活动家。他不是只讲理论的象牙塔中人，而是面向当代、放眼世界的通达观察家。从万千儒者中，识别优秀专家已经展示了他的鉴赏力，推广学者的言说则记录着他坚持奉善于社会的功德，他本人超群的理解力诠释着他内心世界的无限丰富性。赵民，一位行走在城市的旅者，用他的行动践行着既仰望天空、又脚踏实地的当代知识分子的秉持。他以他的良知与奉献，维持、发扬、光大着一片属于城市知识分子们精神的天空。

我是赵民精神世界的追随者。在赵民的读书世界里，有时能看到我的读书脉络。他的微信朋友圈是我每日必读的。曾有一段时间，赵民每日用笔书写"百字文"，坚持数月，整理成书，一面是印刷体，一面是手写体，读来别有趣味。从中可以看到作者才华横溢，对各类问题的论述达到了触类旁通的效果。这样的通达会给阅读者以愉悦，这样的思想启迪会馈赠人丰富精神生活的智慧。

我现在所生活的城市，是我幼时念兹思兹的城市，而今我对其中的熙熙攘攘、鱼龙混杂，更多的是一种厌恶。特别是对带着各种利益纠葛的邀请无奈而怅惘。感谢赵民给我提供了每月一次精神栖息的机会，在读书会上，能让我感受到一片相对唯美的天空。所以由衷期待每次与赵民的相会，短短几语，也胜过数次酒场上的无聊长谈。在赵民那里，读书人的惺惺相惜，才是没有任何挂碍且让人十分留恋的。

作家的女儿

武夫的儿子有成为作家的，白先勇先生算一个。白先生的老爷子白崇禧算一个叱咤风云的人物，所谓父一代子一代是也。龙生龙凤生凤，未必就是真理。作家的孩子未必都是作家，否则这个世界装不下更多的文人。白家父子的反差有时很有意思。谈老子会因为儿子而温暖，谈儿子会因为老子而惊奇。很多人间的佳话就是这样产生的。有次参加酒会，席间有人说：富不过三代，并举例为证。我开始认为有道理，细想起来，也非尽然；也有善于研究易经者，会搬出更多虚幻的理论，更有上帝论者，说上一辈伟大，下一辈或者下下一辈就可能凋敝，还以多个例子证明造物主很公平，说他老人家会讲公平。这些席间笑谈，听听也就算了。现实的分析让人产生规律性的认识。我研究过不少企业家的成长轨迹和他们孩子的走向，发现不少企业家成功了，总希望让孩子到外国去读书，且读金融的居多。这种现象大多是自誉为"视金钱为粪土"的管理者的心理闪现。人大概金钱多了，才有这种说话的气概，他们的子女却反衬着他们说话的小儿科，构成一反一正的两面。

作家的女儿该是怎么一种模样？作家自然有男作家和女作家，我发现不少男作家的女儿很少有喜欢文字的，倒是不少女作家的女儿喜欢继承妈妈的衣钵。山东男作家的女儿，真正喜欢写作的没有几个。也许是一种心理逆反，当然我说的是大致印象，会有人以个例情况反驳我。从深层次探讨，我认为与当下作家离经叛道的写作方式有关。或者说作家们越来越写不出真正的文章来了，或者干脆成了帮凶，抑或是通过给某某企业家写点传记文字赚钱，这让作家失去了灵魂。作家群体的存在更像一种符号，不少作家已经失去了作家的良心。他们样子像作家，而文字更像作报告了。

所以，这时若有男作家的女儿能传承父亲的事业，的确是一件幸事。

而这样的作家多半是自然书写的作家，不坑蒙拐骗的作家，不以物喜不以己悲的作家，有大悲悯情怀的作家，不怕别人讽刺挖苦我手写我心的作家。

他们的眼睛里是文字后面的思想，不是著作后面的奖金。这样的作家值得人们敬重，这样的作家不是以渴求儿女的成才而为儿女灌输名利思想的人。这些作家的孩子会在自然中成长起来，以自然的眼光观看世界。

在闹市的喧嚣里，作为作家的女儿，她的矜持与自然，显示着一种知性与尊贵。父亲的伟大与平凡成为她眼中的日常生活。我奇怪于自己竟然那么多次与她父亲在机场相遇，也许文人的眼睛首先就是为了发现文人的。我站在候机大厅手握作家的大手时，感觉他传递给我的是秦砖汉瓦的历史，是洪吕大钟的声音。然而，今天，与他的女儿对坐，女儿在讲她风趣幽默的父亲，我感觉就像一个孩子在回忆她的童年故事。

谈话在茶水中过滤，而亲情在香气中绽开。作家女儿的女儿可以把作家的寿眉拽了又拽。面对外孙女的淘气，做姥爷的作家回归到民间姥爷的身份，各种调侃会应运而生。作家这时的小气与端庄会在外孙女们的促狭中变得仓皇无力，姥爷只有投降的份。茶喝淡了再续，外孙女们的欢笑却随着年龄的增长会淡化，作家的女儿就在这样的琐碎之中成长起来。当生活充满欢笑，文字就成为点缀。作家女儿的诗意，就是从这自然中诞生的吧！我有时看作家女儿的分行文字，她的乖巧与知性，渗透着作家的文风，我好像从中感受到文学的力量。

捏着一杯茶，喝一杯，再有一杯，有人说，喝茶也有茶醉的时候，我与作家的女儿说话，话比茶还多；她捏着茶杯，一杯又一杯。老茶走了，新茶又来，我们的话语追赶着茶水，一箩又一箩。作家的趣闻轶事，中间的插科打诨，间或揶揄或者总结，围绕着作家，作家与女儿的斗智斗勇，作家女儿的成长，作家女儿的女儿，那些故事醉人。需要以茶解酒，茶就喝了一杯又一杯，一壶又一壶。

沿着校园陪作家的女儿从东门走到西门，从图书馆走到一勺池，在纳兰容若的墓前感叹，世纪馆前观天。躲在檐口的月亮没等黑夜到来，已经亮了起来，同行的兄弟说，一定要把月光与日光同在的景象拍摄下来，连同你们的影像。我笑了，多少人想永远存留在天地之间，而刻意的人们总被雨打风吹去，倒是那些自然活着的，却被自然铭记着。

　　与作家女儿愉快的一个下午，发生在一个值得纪念的日子。我与她在月光下合影，又一同消失在月光里。一勺池的喷泉已经停了，水面平静无声。作家女儿的裙摆在风中摆动着，说着一下午的委婉与真情。喧闹的校园，今夜可有玄妙的琴声？

作家的"五度"

一个写作者要成为优秀的作家，就要在写作中处处把握好自己。一个作家的自由度毕竟是有限的，但如何运用好自己的自由度则十分重要。

一是作家要大度。自古文人相轻，落进这个习惯怪圈的写作者不可能有大出息。所以，写作者要有比较大的胸怀，才能广采博取，才能学会在写作中看到其他作家的优势，也才能在有限的时间内做好更重要的事情，而不是把自己的心思用在议论其他作家上。学会对人大度，也才能在工作中减少阻力，在生活中获得支持，为自己营造更好的创作环境。

二是作家说话要适度。有些写作者一旦步入了作家的行列，特别是在文学界有了自己的一点话语权，就不可一世，老子天下第一，其实，正说明了自己的肤浅。写作者要永远植根于民众之中，少参加一些论坛，少说一些过头话，比成名前要更踏实，比一般民众更谦逊，比学者更敬业，才能使你在平常的生活中获得更多的敬重。说话适度的好处还在于少误导别人，少惊扰他人，少留些话柄，少分散精力。好的写作者惜话如金，不无道理。

三是作家视野要有宽度。一个作家要想获得更大的写作成就，就需要拓展视野领域。需要从体裁、题材入手，进行多方面的尝试，倘若仅仅盯着自我，盯着狭隘的小圈子，或者缺乏国际视野，你的作品受众面少，也就没有多少可读性；因为视野太窄，写出的作品也缺少激动读者的元素。所以，一个作家的视野有多大，他的作品所波及的范围就可能有多大。所以要强调视野的宽度，当然也不是越宽越好，在不同创作阶段，需要视野的不断拓展。

四是作家要注重文学理论的深度。一位写作者，要想写出更好的作品，不能闭门造车地空想，也应好好梳理历史上的优秀创作理论，超越要有一个坐标系，要知道前辈作家都做了哪些有益的探索，自己该向哪方面努力。好多写作者不喜欢看文学理论，一是鄙夷理论，二是感觉看了文学理论对自己的创作是一种束缚，实际上，这两种观点都是错误的。理论来自于前人的总结，就好比木匠做家具，一个掌握了多种做家居理论的木匠，远比自我摸索者要节省时间和利于创新。

五是要注重写作的力度，出精品，出佳作。一个写作者写到一定阶段，难免陷入写作的瓶颈，这一方面与写作者浅尝辄止的心态有关，一方面与写作惯性有关。所以，一个写作者的深刻之处就在于敢于突破瓶颈，在构建写作风格的同时，要善于打破不良的写作习惯，敢于向自己没涉及过的领域进军，敢于向自己的语言风格挑战，敢于捕捉新鲜独特的题材，提出自己的个性化解读方式。写别人所不敢写，说别人所不敢说，才能有所进步。

写作者坚持好大度、适度、宽度、深度、力度这"五度"。大度和适度，牵扯作家的为人处事，事关作家的日常修养，或者说是作家的品德自修与写作环境的营造；而宽度和深度，直接影响作家的写作方向，确定作家的认识高度和关注的领域，如果上述各方面都做好了，写作起来才有深入下去的可能，作品才能有力度，才能赢得更多的读者。

与大地一起生活

吃香的喝辣的

　　花生米是我最喜欢吃的，一个与一个疏离而连续，是一段又一段的时光。香气重叠而口感踏实，如一位讲究的人，耐看，有嚼头。当然，这也与故乡有关，故乡沙岭上的花生米个大饱满，扔到嘴里，发出与你较劲的香，是地力强、土地甜的缘故。鲜花生出土的样子好看，顺叶一拉，半空一抖，砂土散落，花生们如洗净的白藕瓜般雪白，有仙风道骨之气。黏土地里的花生没这品相，黑一块黄一块，疤癞头一般难看，其米多水，晒干了远逊于砂土地里的花生。花生是自家产的，招待客人，必上餐桌，或者伴以韭菜炒鸡蛋之类。一个菜硬，吃起来有响声，咀嚼着香味出来；一个菜软，润迷舌尖，这时若有酒，哪怕自斟自饮，也是享受。无论多高尚的人，诱人的食物总难让人拒绝。花生这东西，是否天南地北都产，我没考究，但我发现祖国各地的朋友，不爱吃的占少数。和吃大蒜不同，有些人不喜欢大蒜的味道，南北方人吃大蒜时的形象也大相径庭。北方人爱大瓣吃蒜，嘎嘣脆裂声中，享受的是那份爽气；南方人则爱切成片，一片一片慢品，像吃人参片，吃相颇为雅致。我在南方，以北方之姿吃大蒜，惹得食客笑。国人对同一食品的差异化吃法，形成了地域饮食特色。对花生的吃法渐趋统一，有些像普通话，统一了人们的感觉。这香就四溢在餐桌之上，虽没有余味绕口三日不绝，却也是吃了想下口。山东是产花生大省，众生爱吃花生，酒鬼们尤甚。况且花生做法颇多，煮、炒、油炸，或给花生穿衣，或让花生再裸体，吃法千奇百怪，但都没跑了一个香字。在铁路工程队时，最喜欢雨天，二三工友围在一起侃大山，边喝边品，花生是必不可少的。花生米各自独立，又簇然成盘，品之，味道从口中漾出来，吃者享受，观者高兴。有时也可自斟自饮，有酥皮花生，手搓一个，扔到嘴里一个，与时光较量。有神人吃花生，花生扔到半空再遥控般奔向大嘴，看者惊讶，难以学会。父亲爱酒如命，一盘花生只剩最后一粒的时候，他就醉了。

　　铁路工程队的老人们不喜欢喝酒的不多，不醉酒的也没有几个。酒后宏音大嗓，天是老大，他是老二。第二天照样到工地上规规矩矩地干活。晚上酒桌前一蹲，大话开讲。白天是物质财富的创造者，晚上则是精神产品的虚妄者。这样的生活我度过了二十余年，想一想也有味。

　　男人不喝酒就缺了男人的味道，我一直这样认为。对平时沉默、内敛的男人而言，酒是他最知心的朋友。喝多了，一吐块垒；再喝多了，世界上就没有一件难事了。酒让人在现实的苦难中找到虚幻的幸福。男人们通过比酒，显示着自己的威风。我发现，不少不喝酒的文人缺少豪情，酒前酒后，大合大开的境界，味道不一样，给人的刺激也不一样。初次喝酒，是在泰安铁路货场。比我小的李玉川、苏茂波、苏善业都会喝酒，我们当时都是童工，在老工人们醉眼蒙眬的熏陶下，难以独善其身。第一口酒真辣啊！一入口，火辣辣地往嗓子下爬，一直爬到肚子里，感到有一个火虫子钻在里面。那一口酒，足足让我睡了一整个下午。后来，就越喝越上瘾，现在成了事实上的酒鬼了。现在，酒一入口，没甚味道，不觉辣，反倒有些甜。更多时候，喝酒如喝水，酒成了酒场上与其他人比胆气的道具。时光，不知不觉就在这样的时光中度过了。

　　一日，北京某高校的张先生来访。他是研究长城的专家，从南到北，从东到西，几乎快走遍了古长城。他说，他岳父是一位老军人，今年九十多岁了，给他解释过了什么叫"吃香的喝辣的"？大家面面相觑，倾听他的回答。他神秘一笑，指着盘子里的花生米，说："就是吃花生喝白酒啊！"众人恍然大悟，想想十分在理。他说，那时军队里的人，以能吃上花生米喝上白酒为荣，大家点头称是。

　　乖乖，奈何我这大半生，整天吃香的喝辣的，我还有什么不满足的？旧军人崇尚的生活我是天天在过啊！我忽然惭愧起来。在无人惊扰的黎明，我想着，自己"吃香的喝辣的"，一生有没有做得不合适之处？

等鸟转回来也是幸福

周末，和伊一起去颐和园游玩。初春，河水在晨阳下闪着星光。迎来连日雾霾后的第一个晴天，风大，外地来的游客少，北京的亦少。花儿们好像刚刚苏醒，近处的大拱桥和远处的小拱桥相映成趣。那年，我在西堤，约了摄影家照相，也如今天这风。摄影家说，早晨五六点和黄昏时的光线最好，摄影是光与影的艺术。那晚，我看到夕照映红了整个园子。颐和园的美只能看，不能说，也不好说。

只见水倒映着飘逸的柳丝，我在柳丝中将手机对向远处的山。山、水、树就定格成手机里的画面，柳丝和水的摇动，让山显得更静了。

伊不会选景，每次拍的风景和我的形象，我都不满意；丑人被拍丑，令我尴尬。教伊黄金分割，教伊怎样才能使画面简单。多次教不见进步，只好作罢。自己去拍风景，两只黑天鹅，此刻为了吃食，已忘了向游客展示美丽。一头栽进水里，觅食鱼儿，两只天鹅只把它们的屁股给游人看。生灵一旦为了生计，就会忽略了展示优雅，这和"饱暖思淫欲"一个道理。我靠近了拍摄它们，想想自己这一生，更多时候就像采食的天鹅一般，为了生存而无法顾及其他。我拍了一张还想再拍一张。冬天枯干的枝条如今都有了绿色的羽毛，这羽毛的翠色超过了满园子的春水。有个园丁，坐在树杈中间，抠着耳朵，我在他背后，为他的片刻温馨享受而感动。一对夫妇，男人的秃顶泛着亮光，他在给妻子拍照，我在后面拍下了他俩。不知经过怎样的波折，让先生的一头黑发渐渐脱落，落成一片光明的天地。那女人满意地笑着，这满意构成他俩生活的缩影。

守着长枪短炮的摄影家们，沿岸而立，他们静候着水鸟的到来。我走到一位先生跟前，他说他已经蹲守了好几个小时，到现在也没有拍到满意的水鸟。我问他是职业摄影家吗？先生回答我，业余摄影。他告诉我，自己是公务员，攒了好几年钱才买上这个大炮，"就和钓鱼一样，玩这个东西上瘾"。他的眼角被风吹黑了，整个脸盘晕上了红色。看我一脸迷惑，他笑了。不远处的一位女摄影师也笑了，那女子也被风吹日晒成枫叶红。我为这些摄影者而感动。他们叙说着在岸边坚守的快乐，双手抱着摄影机，眼睛盯一会儿，休息一会儿。一个姿势累了，就换另一种姿势。我问他们为了什么？他们说为了拍到鸟。鸟儿从他们跟前划过去，几个小时才能再回来，大炮镜头捕捉不到的时候，他们只有耐心地等待，有时一等就是几个小时。我走时，一个摄影师说："等鸟也是一种幸福。"他的眼里闪着亮光，目送我远去。我为一个摄影师拍了照，又为两个摄影师拍了照，还为一溜儿摄影师拍了照。一棵榆树躺卧在水中，我跑到浮现在水中的树杈上，让那位善于等待的摄影师给我照相，她很专注，反复选角度，我在树杈上都快支撑不住了。再后来看颐和园里的风景，用手机拍照也似乎认真起来。向伊再讲黄金分割，再讲画面对称，把我有限的摄影知识执意传递给伊，而伊的技术还是提高很少很少。也许伊缺少的正是摄影家的等待功夫。

一棵玉兰树下，几个摄影师围着树拍。仰拍、俯拍、平拍，远拍、近拍。只见摄影师们或推或拉，或摇着镜头或跟着花动，他们的专注让我想起那些等鸟的摄影家们。也许正因为这种等待花开的窃喜，等待鸟来的心情，让他们对美好的事物有了珍惜，对世间万物有了更深层次的理解。

走到《耕织图》前时，亭子里白发苍苍的老妪正欢快地跳舞，对着一池衰微了一冬的荷叶，我的心也萌动起来。蓝天映衬着西山上的高塔，不远处的蚕神庙记录着人们的耕织崇拜，我在这里似乎看到了仙境。

沿路西走，进入动植物保护区。更确切地说进入了鸟类的保护区。我试图将手机伸进栅栏拍摄，没能奏效。人类学会了焦灼，失去了等待的耐心。能有一片保护区，还鸟类舒展自由的天堂，真好！我看那水，我看那柳树，皆与别处的不同。那些摄影家们，也许在人能抵达的地方等待美景，而鸟儿们或许贪恋自由的境域，迟迟不愿离开围墙内的美色。那些摄影家等待鸟儿，就是尊重鸟儿的自由。人类为了获得一片优雅之地，不得不圈起坚实的围墙保护本来应该自由的自由者。铁围墙用钢管做成，保护者的心也如这些钢管一样坚定。据说，在某个隔离出几公里远的无人区，因为人类的远离，将要灭绝的动植物又重现天日。人类的等待需要一种静穆的心情。自由需要时间的积聚，等待是对自由最好的呼唤方式。

在颐和园，那些守候着长镜头等待的摄影家们，内心深处藏着的不仅是对生命的尊重，更是对自己的一种欣赏。我理解他们等鸟的幸福，很多时候，很多等待都可以化成幸福。只不过我们太习惯于吹捧，太习惯于过急切的生活了。

我想让脚步慢下来，慢下来，慢慢地欣赏这满园的风光，这漫天的白云。不去追赶那匆匆而过的行者。我知道摄影家说的是对的，更多时候，等待也是一种幸福。

理发 （1）

理发是个不大不小的事，几乎每月都要和理发师打交道。伊从城里长大，比我讲究。我的整个少年时代，比伊幸运，可以免费理发。大爷是理发师，不仅不要钱，临走顺走筐里的钱去买小人书，也不算稀奇。

所以我理发，总感觉是情趣，伊理发，像进一次商店。

离开大爷去工作，每到一个城市，我会走街串巷寻找能和大爷一样理平头的人。倘若在一个城市居住久了，找到的理发师会是手艺精湛、收费不高者。这些年，理发师的手艺没见长，理发费却蹿得很快。从一元跃升到二十元，因是平头，我崇尚简单为美，理发师喊哩喀喳，少耽误时间。曾有一年，理过烫发头，不知跟谁学的，头型保持了两月，总觉不得劲。还是发归原位。大爷塑就的平头型，省心、恬静，摸一摸舒坦。

几乎在每个城市，理发都能交一个朋友。在中国人民大学读博士期间，理发的兄弟有两个。西门口的是江西人，我去准找他，有眼缘。老弟三十多了，还没对象。四方脸，慈眉善眼，出家人的相，喜欢。三言两语说世事，嬉笑怒骂谈生活，每次总在不经意间，将头发削平。东门理发师，河北人。人至中年，老谋深算。在人大阅人无数，评头论足，不少言语超过教社会学的教授。搭讪之中有学问，评点之中讲历史。他认识许多老教授。理发时，能听到老教授的陈年故事，却也有趣。挂在东门理发师嘴上的人大趣闻最具民间意味，有嚼头。不像教授之间互相评论，三句话离不了学问。在东门师傅那里，学问不是大事。东门和西门，六年理发费涨了一倍，最终都没超过二十。一年一年的悄悄地慢长，零割肉不疼，如知识分子被社会吞噬的心。当年刚出来工作时理发，理发师收我两元，还一愣怔。人习惯了吃白食，正常收费也会感觉不正常；理发能品味到经济学，生活不过是温水煮青蛙，仔细感觉不一样的温度，才能让你成熟。

伊对我的土有时讥笑，我对伊把头过分装饰也不喜欢。一次理发就花费我一年的理发费用，不是心疼，而是感觉没有必要。一天，人大西门我喜欢的理发师不在，伊说，去她办卡的地方理发吧！我半推半就，不过，还是对理发花大价钱感觉不值得。人的情结走不出少年形成的意念里。好多从农民子弟成长起来的贪官喜欢钱，与我这不喜欢花大价钱理发的，其实道理差不多。穷怕了，习惯了，一切就会遵循几十年的习惯。

今儿从医院出来，还是鼓足勇气到伊所推荐的理发店理发去。理发店坐落在一处幽静之所，漫步庭园之中，感觉到了弥漫着神秘。开启一扇玻璃门，又开启一扇玻璃门，弄得理个发和朝圣一样。迎宾服务员介绍理发有几个档次，悬殊还很大。问我选哪个，我说最低那一款。一问，竟也一百三十五元。想想，半年的理发钱这一次就花完了，怅然若失。人很贱，有钱喝酒，无钱理发，不好说其中短长。

也值，以前理发都是平面的，好像游击战；而这次好像大兵团作战，有洗头的服务生，一点一点地洗头发，很仔细；洗完后，还从脑际往下，双手扣捏，力道足以让你喊出来。理发师显然是有地位的，旁边有专门披挂挡衣的，有专门扫发屑。理发师在高端，神态和举止也呈大师状，令我在旁边也暗自肃静起来。理发师的手法似乎也有别于东门、西门的两位理发师（恕我口不敬），理发师左瞧右看，极为认真。得到我满意的答复后，理发师乃去。服务师跑前跑后又忙碌一番，再让我冲洗头，又帮我吹风，一来二去，花去我平常理发两倍的时间。

结账时才知道这店是韩国人开的，我选的理发师是中国小伙子，我没感觉到韩国人技艺比他高出多少。万幸，是中国人，否则一次理发再与爱国不爱国的联系起来，这一切就变得毫无意义了。本来，一切意义就存在于无意义里，我看着这故弄玄虚的处所，摸摸头，自问：我这头，值这价吗？天空飘过一片白云，怕我似的，离我的头越来越远了。

理发（2）

生活中有很多尴尬的事情。舅舅是秃头，因为少时家穷，头上长了疮，头发很稀少。有次喝酒，话赶话，竟然说了：秃头顶上的虱子，这不是明摆着吗？家人瞪我，我认为我说得对，又重复了一遍。看舅舅脸红，恍然大悟。话是泼出去的水，想收是收不回来了。舅舅一生就是一个人生活，没有夫人。每当我想到这件事，十分愧疚。舅舅一生不用理发，或许会得到同村人的讥笑。我不知道他看别人理发心情如何？今天，我一个人立在窗前，再回想舅舅一生，感慨万千！社交场合，再说类似话时，总要左顾右盼。怕自己的唐突会触及别人的痛处。类似的尴尬事，还发生过一次。那年在日照，请一老者吃饭。席间说俏皮话，说"麻子敲门，坑人到家了"，众人皆笑，我以为是说我说得好，继续延伸开去。忽略了被请的李大爷满脸麻子。这样的尴尬，与其被说者尴尬，不如说说人者更尴尬。少年轻狂，无意中的伤害可能给别人的痛苦更多。想起来，十足惭愧。谁都不希望被人触及短处，以后我说话就少了；尽管这样，说中别人的事情还时有发生。想想过去遇到的无发者，光光的脑壳，藏着许多故事，都与理发有关。

以前在工程队，有个工友老孟，头如峁顶。毛发在周边一遭，犹如荒草，呈黄色，稀疏的可以数过来。他的同事老何，满头浓密的黑发，二人一前一后行走，对比度强烈。他二人每月都会相约去理发，理发后，秃老孟脑瓜更亮，何师傅的头发在秃老孟映衬下尤显茂盛。众人会给老孟开玩笑，喊他"老蒋"，老孟也不恼。有几个工友总要找老孟开涮，有的还会摸摸老孟的光脑瓜，恶作剧的还会嗔怪地扇几下老孟的光脑壳，老孟就追着"敌人"打，一屋子的哄笑。这情景总在老孟理发后出现，工程队条件艰苦，穷开心的人多，现在想起来，老孟的不气不恼，也是一种无奈罢了。

回忆一生中的秃子，辛酸史不少。有个女子，生就的顶上无毛，戴了一生假发，不仔细看，你看不出来。她去理发，总是一个人悄悄到店里。每遇

242

到和她说话，我总格外谨慎，生怕自己说话不慎，伤害了人家。这个小妹，眼底里有一丝悲凉之气。生理上有别于常人，让她一定心生自卑了吧。当别人在推子底下享受快乐的剪发之乐时，每次理发对她意味着躲避，意味着羞辱，或者意味着低人一等。理发给她的痛苦，自然是难以描述的。

有位老兄，工作压力大，秀发脱得如炮弹焚毁的山岭，稀稀拉拉的毛发让他呈现出一副可怜相。他一年四季戴着帽子，似乎在向周围的人提醒他是疤瘌头。人们只能从他鬓角的长短断定他是否新近理发了没有。有一天，他满头秀发出现在大家面前，大家还以为是他买了假发。当心细的人发现，他的工作终于没有了压力，头发随之茂密如林。我想，他现在理发时自己一定是欢快的；理发师也是欢快的。没有对比的生活总是缺少珍惜。和自己无毛的过去相比，他应该心花怒放；和一毛难拔的秃子相比，他应该感到幸运。有个朋友，得了癌症，我去看他，化疗后的他，头发没有一根，光秃秃的头皮，泛着白色，俨然一个"恐怖分子"模样。我站在那里，泪眼盈盈。平日里，我太不珍惜自己的头发了。面对没有头发的人，拥有头发就是一种幸福。

那天路过理发店，看一个小孩子摆弄着手，试图挣脱母亲，哭喊着不让理发师理发，孩子的黄毛在母亲的帮助下，被理发师剪草坪一样的彻底推掉了，光秃秃、粉嘟嘟的一个孩子招人喜爱。孩子的哭声引发了母亲的笑，我想，自己小时候也是被母亲这样抱着的吧，哇哇地哭着、挣扎着，愤恨地看那一头黄发在地上飘舞，而今，满头白发的母亲，只能在另一个世界与我对话了。我头顶黑发，泪眼蒙眬里目送光影里的母亲，依稀是幼年的我被母亲抱着理发的情形。

理发（3）

　　此刻我在 0101 听课，最后一排。这个视角正好可以看满屋子后脑勺。一排一排地铺排开去。有长有短，有黑有黄，有平头有卷发，有飘逸有沉稳，有另类有时尚。有黑发掩映的白，有蓬松盖住的黑，有手托腮的拘谨，有项链上的开放。那个男人挽着发髻，一绺黑发蹿出来，搭在后肩上，如探春的黑狗儿，看上去更像女人；一个女孩儿留着齐耳短发，虎虎的样子看上去更像男孩。

　　文学课，两个作家在台上天南地北地讲。男作家很老了，老的脸像黑树皮，头发似白非白，似黑非黑，似明非明，似暗非暗，如他的讲话一样难以捉摸；女作家看上去年轻些，很激越，刘海随着她的激动而激动，大约在冬季，那一头黑发受到熬夜的摧残，看上去有些憔悴。作家大概是不喜欢理发的动物，看上去两位作家的头型相得益彰。讲台下的男女有老有少，有在校的大学生，也有作家班的学生，他们的头型一个一个让人分辨得清楚，没有台上两位的意识流。男老作家的话语偶尔会引起哄堂大笑。我在后面，清晰地看到一个头低下去，一个头仰起来，如水中的葫芦。摄像的瞄准学生们的脸，也时而把镜头瞄向台上的老师，他和我不一样，目光对准每个人的后脑勺，猜测他们的刘海该是怎样一种形式。

　　一个女孩子双手擎住头发，往上一顶，那头发如柳丝被风吹过了一样，散摆着，像炫耀，又像自恋。女孩子的爱美已经构成了无意识。和静静地坐着的女孩子们相比，这个女孩更像一位女孩，她也许会忽略后面的我，在观察每一位听众的发型，想象每一个人在理发时的精神感受。我依据每一位听众的发型，猜测着这位听众的审美，或者他们理发的时间，或者理发师是中国的、外国的，技艺高的，或者技艺低的，姑娘小伙子为什么理这种发型而不理那种发型？他们的发型究竟能保持多久？

　　进入提问环节的时候，我才发现主持人的发型像她的提问一样，是提前精心设计的，一丝不苟，大概涂了定型剂。做主持人很难，要软硬适度，既要沉稳又要活泼。她接过话筒提问时，我看她甩了两下头，我时而瞅见，好女孩儿这样甩头，不知道是为了展示自信，或者表示潇洒？她们在理发的时候，是否会要求理发师把头发的长短刚好保持一种甩头的风韵？一位男生像提问，又像在评价自己的过去，整个教室里安静下来，我看到这位男生的后脑勺一点一点地动，好像看到他的心在动；两位台上的作家都是湖南人，都在讲着马桥，作家总是贩卖不完故乡。一个台下的作家，我似乎认识他，他还带了孩子，他的头型像他的发言一样沉稳，他要求台上的作家为他的小作家儿子指点迷津，黑脸的老作家在上面循循善诱。我看到年轻作家的孩子依偎着一位女生腼腆地低着头听，儿童的短发上溢满光泽。

我邻座的女子给我送来一本书，她在国家图书馆工作，她的提问像她的工作一样规范而优雅。我看她的发型衬托着她的发亮的脑门，为她的才华而激动。这种发型适合这种女孩子。

经过一个半小时的演讲与提问，终于结束了，如一场理发，最终展现了让各位满意的发型。听众开始涌上前去，或找老师合影，或者老师签字，我则从后门出来，快速逃遁。走到前门的时候，发现一位熟悉的身影，她转过头去。我知道她现在写小说已经很出名了，她是我的鲁院同学，她肯定发现了我，否则不会意志坚定地转过头去。那发型我十分熟悉，我曾陪她一同去理过发，大概她已经忘了。对一个作家而言，坚持一种发型，也许透露出她的固执与自信。

屋内灯火通明，而室外却四处是黑暗。我走在校园的小路上，奔向一处复印室，我要快点把那女子给我的书复印出来。路上，我在想着今晚听课的每一位的发型，想找机会问问，她（他）留这样的发型，一定是有意的吧？二十年后或者三十年后，他们的发型该是怎么一种样子，也会和那位鲁院同学一样保持现状，熟悉而又陌生吗？

理发（4）

　　自从与宗教班的同学结下了不解之缘，佛家弟子常常进入视野。主持通能法师是江西佛教学会副会长，与我交往转眼已经数年。有人讥笑我不喊他师傅而喊他师弟，实因他实实在在就是我在人大读书期间认识的师弟。佛家多隐忍，面庞多慈善。人间恶人见多了，见到这样的面容就格外地喜欢。去年随导师去江西一游，到了通能主持的寺院。其母跟随于他。老人和蔼可亲，俗家弟子难得通能这般孝顺。通能正在建造另一处寺院。他虽年少于我，却已经头发白了大半，白蒙蒙的头皮，让人又生几份亲切感。

　　我好疑问，问通能僧人如何理发？答曰：或自己理发，或僧友理，或请专门的理发师来理。我因在寺院逗留的时间短，没有亲眼看见僧人理发。后来得到现在人大宗教学读书的持定法师的确认。问其理发间隔，答曰：半月一理，也有一周或者一月一理的。百度上搜索，有老和尚，一年一次，他的头发长得慢，据说是吃素之故也。

　　僧人为何理发？据说佛教刚兴时，一为好辨别，二则去烦恼，三则舍去羁绊。三千发，受之父母，献之寺院，从此脱离俗务，一心修行。托钵赤足之苦，对昔日的僧人构成了一种修炼之法。现在的寺院，富丽堂皇之气骇人，走在里面犹如到了皇家雅舍，与其说修行，不如说更多的享受成分在里面。我非有让僧人住瓜棚茅屋之想，总感觉条件太优越不是僧人修炼之需。面壁读经是修行，能享受清苦才是悟禅。我这般理论不敢对僧人们说出来，怕他们不高兴。俗家人对出家人多少有一段从感情到思维的距离。

　　中国人民大学哲学院教授张文良先生是佛教研究的大家，对日本佛教研究甚深。他曾送我一本他所翻译的日本佛教著作。我发现研究佛教的学者，大多也慈眉善目、乐善好施。张君之面，犹如童颜；其语切切，犹如莺歌。与这样的人交往，心里舒坦。问其佛家理发问题，答曰：大多数僧人自己理。我想找机会去寺院认真看看僧人怎么自己理发。他在理发时的动作该是怎样的一种虔诚？问张先生，僧人的受戒该是怎样的一种形式，张先生的回答也让我惊骇不已。僧人受戒之日，头顶上的戒疤是香烧出来的，那该是怎样钻心的疼痛。据说与佛教的烧身供养传统有关。那一年，灵泉寺学诚法师在送我的书上签字时，正视他头顶的戒疤夺目闪光，看着这些戒疤，对这位禅道传播者肃然起敬。据张先生所言，目前佛教界已经废除了烧戒疤的习惯，我不知这样是否意味着未有戒疤的僧人看到那些有戒疤的僧人该有羡慕之意？问持定师弟，戒疤的数量，答曰：三、六、九、十二，十二最为圆满。十二是否就意味着年年月月，春夏秋冬，一生一世，或者投身佛教寺院的决心？每一个戒疤的诞生，都是对僧人的一种洗礼。俗众看来则是受罪的苦痛之证。僧人的理发和戒疤或许会给俗众更多的启示。

我等俗众，看和尚们头顶一片雪亮，不知其深意所在；雪亮之中的凹坑又增添了禅学的仪式感。俗众的理发可以通过剪取各种发型获得独特的风格，而僧人们通过一律的光亮展示自己与其他僧人的平等。无论老僧人少僧人，胖僧人瘦僧人，江南的僧人还是北方的僧人，他们的头顶一律显示着光亮。那光亮给佛友俗众，一份爱与善的力量，一份踏实的温暖。在春天里，他们光亮的头顶融入春光；冬日里，他们的光亮给人以平静、忍耐。每当想起通能师弟的光亮，我就会拿起手机与他聊天，在舒畅的通话中，我似乎看到整个寺院的僧人们在光亮里诵经的情形……

理发（5）

关于理发的话题永远也写不完。一个人的理发就有写不完的历史，一个民族的理发也有很多故事，中西理发的对比也有很多味道，看发型知道人的性格，论理发自然能侃出许多文化。话说二十世纪七八十年代，有一种头，是大奔头，模仿领袖的，似乎并不是每个人可以理，至少是大队一二把手或者吃国库粮的才能理，那时候我理小平头。改革开放后，花里胡哨的头才开始多了起来。

在欧美国家，把理发当成一门艺术的不在少数。有的国家，理发师有着文身一样的功夫，不仅能在头发上面剪出字母，还能剪出艺术图形。有的妓女还会剪出"I LOVE YOU"的字样，性感的人会让理发师剪成性感模式。至于把头发染成五颜六色，那更是小儿科的伎俩。头发的出巧，也算是理发艺人们争奇斗艳的缩影。

中国出过一个喜欢做木匠活的皇帝，民间亦有不少喜欢理发的后生。萝卜青菜，各有所爱，你不让他干都不行。有的理发师把理发当成了一种艺术。在滕州官桥，一父带二子，精于理发。我年轻时在那里理过，有趣极了。从洗头捶背开始，整个理发就是奇妙享受。理发师拍头的声音和节奏，刮胡子的潇洒和干净，伴之于理发师过于夸张的唱腔，整个理发就是一次审美体验。据说手艺是家传。不知道这几个理发师的先人给毛遂理过发没有，那一年，官桥专门建了毛遂墓，我还写了一篇散文给纪念馆。对上佳的理发师应该予以宣扬，特别是那些祖传的理发师，该让他们的绝技得以推广。记得官桥的理发师，理发完后，他会给你捏眉心，敲脑壳，手法之娴熟，节奏之匀称，感觉之舒服，出门不由得回望几眼。多年后回想起来，依然感觉到是享受。理发师把理发手艺发展成了艺术，也真的让人醉了。如此"嗨"的理发师世间少有，不知道官桥镇的理发师现在还理不理，找时间还是要去享受一下。

理发室是个最好的社会情报站。在这里各色人等都会进来。工农商学兵，人人都要理发。各人的视野不同，说话就有春秋。你说一个趣事，他扯正开打的国际战争。会交际的理发师能结识各路大咖，形成关系网络。在没有互联网的时代，善交际的理发师就是互联网。在凭票购物的年代，好多人办不成的事，一找理发师就办成了，这可不是玄乎，实有其事。理发师的功夫在摸弄头脑之际，已经把很多人的心征服了，你不由得要给他办事。

如果借助理发，把天南地北的妙闻趣事收集过来，东家长西家短聚拢在一起，然后再讲述出来，一定能滋生不错的故事，有时还能诞生出作家来。滕州闵楼有个理发师叫闵凡利，早年为了谋生，支个摊子理发，左邻右舍的家事，一个村庄的故事，美国轰炸的评论，北村小偷泡了村姑等，都可以在理发室内听到，久而久之，这些故事会发酵成馍。闵凡利悟性高，爱文学，编造技术不亚于写《乡村爱情》的张继，于是他就成了优秀的写作者，后来他到枣庄文联当了专业作家。不过，这小子忌讳人家说他曾经理过发的历史。想想那个摆茶摊求故事的蒲松龄，没有这小子幸运，闵凡利的许多故事得来十分自然，所以他的小说生活味儿浓厚。其实，这有什么好避讳的？理发是求生，写作也是求生。前者是和大众交流，后者也是和大众交流，一样一样的，又有什么可以躲避的啊？我真真地不懂闵先生的心思，人活在世上，就是因为有时自己把自己弄糊涂了，所以最终就糊涂下去了。

我赶着自己奔跑

有两个我，一直在争吵。

一个想停下来，一个想赶路。

一个向东，一个向西。

一个想悠闲地散步，一个想利用一切时间。

一个喜欢美女，另一个喜欢在寂静中梳理自己。

一个在清晨仰望蓝天，一个在夜空默默哭泣。

一个说，歇歇吧，忙了一辈子；另一个说，停止属于懦夫，战斗者需要勇气。

一个说，宽恕你的敌人吧，他们很可怜，宽大为怀；另一个说，一个都不要放过，他们本想置你于死地，你死到临头还要宽恕他们吗？

一个说，爱大海吧，大海宽阔无边；一个说，爱高山吧，高山层林尽染。

我时常在两个我之间徘徊，我被两个我簇拥；我有时感觉，我在赶着自己奔跑。

沿着一条路走，或沿着另一条路走。

很多年，我发现我依然在徘徊。

雾霾中的我

二十世纪八十年代，我去北京城背测量仪器。我专门到天安门广场照相。那时雾气缭绕，天安门若隐若现，犹如仙景。年轻，喜欢虚无缥缈的东西，雾似轻纱，潮乎乎的。光学仪器厂的人对我很热情，我所在的企业是大用户，记得当时他们和苏州仪器厂竞争，所以对我们格外好。笑容和轻雾一样滋润人，我第一次到首都来，从未见过马路那么宽，城市那么大。红皮的公共汽车拉我们走了很远很远，售票员的京腔听了一遍还想听，直到你的心坎里。

辗转祖国的大江南北，因为孩子求学的原因，我决定在皇城蜗居下来。那一年在房山住，夏天联系到一个单位，到秋天才去上班。那一年，我算感受到北京雾的厉害，浓重而呛人。有人开始告诉我，北京的雾已经升级了，叫雾霾了，出去要戴口罩。回来，满脸的污浊，雾天下雨，车上会有很多污点。头若淋雨，医生告诉我一定洗干净。生性不喜欢束缚，口罩戴在嘴上，如牲口一般，不想戴。但天不饶人，不戴口罩的后果是两个鼻孔都是黑的。那时，是情感空白期，嘤嘤阶段，总要穿梭在房山与京城之间，虽然开车，但车上的空气尽管有空调过滤，也感觉沉闷难耐。

每年春天，我都会到人民大学东校门口走走，我在这个校园待了整整七年。这个地方更像我所喜欢的寺院，我在这里念了七年经，学会了心灵平静，学会了见怪不惊。不过，每到春天，心底多少起些波澜。

总有那么几天，我会欢快地走到人民大学的东大门口，雾霾像遍地办证的广告一样，那些兜售假证的妇女也不见了。天此刻露出了它的真容，空气出奇地好，我都怀疑这不是皇城的空气。

然而，时间不长，大前天我在雾霾中踱过人大东门，办证的妇女又开始出现，小广告又肆虐起来。雾霾是凑热闹的乞丐，总想从你的身上挖取点什么？我看着天空，想笑也笑不出来。

我已经许久不开车了，生性不会装，干脆绿色出行，也希望自己微小的贡献能让我重见天日。我办了一个原生态网络文学院，上下班的路上，通过微信群语音，正好给近百名学生上课。前天出门，伊说："雾霾重，你还是戴口罩吧！"我无语而出。等讲过几句之后，才感觉伊说的是对的。连忙向学生们道歉。晴空万里时，我穿过一个公园，又一个公园，再过昆玉河上的天桥，一个多小时的课程，很美。而雾霾，就像魔鬼的手，阻隔了我与学生们的联系。我不想让学生们听到我剧烈的咳嗽声，他们分散在祖国各地，咳嗽声会让他们担忧，会破坏掉他们美好的早晨。

昨天，经过一天一夜的洗礼，天应该好了吧？遗憾的是，天依然雾霾盖天。地铁车站上的服务员表情冷漠，语言像雾霾一样呛人，冷冷的，像对待犯人。一整天我都生活在忧郁里，雾霾悬在空中，我也悬在空中。

今天要去参加一个微电影培训班，一早我就起来，早晨的雾霾阴沉、恶毒、铺天盖地。我都要哭了。这样的鬼天气，让我几近崩溃，皮肤瘙痒起来。屋里的净化器好像也烦躁起来，它连续工作数日，已经屈服于雾霾的淫威，好像要投降了。我还要去学微电影制作，用更形象的手段，呼唤人们热爱美好生活。我真怀疑这样的心情怎么能写出激动人心的电影。我不会装，不想麻痹自己，更不想侮辱别人审美的智商。

几天前的蓝天白云，让我知晓雾霾是可以像小广告一样遁去的，异国的清新空气我们完全可以拥有。我真想责问苍天，你为什么这样荼毒百姓？我只希望呼吸一口纯净的空气，难道就这样难吗？

我不知道自己的责问错了没有。憋人的雾霾让我怵头，为了生活，我只好硬着头皮出去。而天空的雾霾依然，我的心情依然，只是心里感觉窝着一股无名火，不知那火该撒向何处！

期待明天，真期待明天，来一股大风，很大的风，哪怕把我刮到空中，刮到雾际线之上都行。我期望真实的太阳，纯净的空气，我想回到过去的真实，哪怕是陪着故乡游弋在山岗的小牛。

寻绿龙泉寺

春天，房子是牢笼。逃逸就成小鸟，路被繁绿逼瘦了，没有了冬日里的空旷，鸟巢被新发的绿叶包围，鸟鸣声暴露出鸟巢就在周围，仰头看半天，才看出裸露了一冬的鸟巢，此刻退隐在绿叶江湖的深处。

和几位文学院的学生，约好了去凤凰岭。岭在京城西北，和城中心正是不远不近的距离。驱车不过半小时，一年四季，我总要去几趟。中国的地名多有讲究。如簸箕掌、蛤蜊窝之类，总有来头。冬日的一天，漫天风雪，一位友人突然心血来潮，非要到凤凰岭观山。到了山跟前，才知他要赏寺。风雪中的山峦，在黑白相间中，透着古典山水画的忧郁。停车，打开伞，寒风簇拥着我们。雪儿打在脸上，风助雪威，鸟巢半悬在空中，听不到鸟儿的鸣叫声。我和他沿着石板路前行，那棵千年古银杏，在寒风中保持着它千年的孤独。见不到一个游人，僧人们也躲到寺院里去了吧！越往上走，路越陡滑。天地间凸显我二人的傻愣。天给我俩冷漠的眼神，地给我们摔倒的体验。土路上的雪化成冰，冰雪扭结成逐客令。在天地之间，在裸露的岩石跟前，在光着枝丫的树们的观望中，我俩像两只瑟缩不已的鸟。我坚定不移地打起退堂鼓，信心满满的他也只好泄气而归。冬天到一次凤凰岭，才知道山的冷峻；在风雪中感受攀爬山路的艰难，才知道万物的孤独；天地之间观看静默的寺院、不着一叶的树木，才能体会到人的渺小和滞留世界的短暂。风雪中登凤凰岭，就和山融为一体，寂变成无语的凤凰。

车直射凤凰岭，路两旁是春天的树。周末，出游的人多，快到山门时，出租车终于慢下来，犹如恭敬于听天籁之音的禅者。文学院的几位同学早已候着，她们叽叽喳喳的欢快声如迎接春天的鸟鸣般悦耳。更多约好的同学没有抵达，俗务和杂念容易羁绊人的行动，出逃是对自己最好的挑战，抵达是愉悦自己别致的方式。下车那一刻，我被她们所感动，也为自己推掉应酬而庆幸。回到自然怀抱中，才能享受春天之美。诗会上对春天的歌颂，过多意淫成分。此刻，我真跑到春天的怀抱里了。

有两位同学是第一次来凤凰岭，第一次进龙泉寺，她俩更多是欣喜、惊奇。因为缺少冬与春的对比，缺少对寺院的熟悉，她们的感知还停留在表面的风景。我沿那条冬天里十分寂冷的路向前走，黄花盛开着，直晃我的眼。游人何止如织？他们恨不得成为春天的景色。鸟儿打个旋儿，溜到树梢间，忽地钻进鸟巢，似乎在向苦于觅巢的城市人炫耀鸟巢的通透。绿叶掩映之中，鸟巢如把古琴，弹奏着属于春天的禅乐。我突然想起，那位做董事长的同学，总要在疲惫之余，听着梵歌入眠。寺院里的鸟巢，鸟巢里的鸟儿该是何等的福分？禅乐陪伴着它们，它们整个春天会沉浸在禅意里，难怪龙泉寺的鸟鸣带有山岭的意蕴之美了！我把围绕鸟巢的绿拍摄下来，把风声定格在耳廓内。请义工为师徒五人拍照的时候，一只不知名的虫儿安详地停在我雪白的衬衫上。难道它也像我一样，已经感知到禅意的力量，体会到鸟儿的幸福，觉察到绿意春光的蔓延？！我没有打扰它，义工为我们合影留念，连同这只昆虫，照片里显示六条生命！不，不，不，我说错了，还有那为我们做背景的千年古银杏，还有那千年石拱桥，还有那沉默不语的凤凰岭……

绿是春天的宣言书。和城里爬山虎的铺排密布不同，凤凰岭上的绿来得羞涩，显出层次，分出先后。下车时，映入眼帘的是衬着黄花开的新绿，那绿叶怕争了花的妖艳，默默围绕着花儿们，静悄悄地展开枝叶；围绕鸟巢的树叶，新崭崭的，和着鸟鸣，发出颤颤巍巍的激动；远处的松树如一位历经沧桑的老者，褪去裹了一冬的大衣，露出春意的鲜色；杨树叶水洗过一样，又像涂了油，亮晶晶的，直晃人的眼。枫叶舒展开她的脸，一位同学说，秋天里先红的不是枫叶，枫叶好像听懂了同学在说她，竟自在风中摆舞着。阳光打在半树枫叶上，另半树枫叶晃动在阴影里，阴影里的枫叶与阳光中的枫叶一样耐看。翻看当时拍出的枫叶，每一片枫叶好像都是笑着的。但愿她们一直在那小树林里笑着，笑成羞涩的绿，醉人的黄，幸福的红。

葡萄在新立的木杆上伸出懒腰，娇嫩的绿色缠绕着那根木杆，如女子向恋人撒娇，演绎着蛰伏期的爱情之美；几位义工在种菜，蔬菜不算旺盛，像冬眠醒来的动物惺忪着眼。菜们各自疏离，一棵棵，宣示着自己的存在，如独具个性的思想家。围寺走一匝，各种绿喧闹着介绍自己：小叶的万年青褪去了冬天的墨绿，以一树翠绿招惹行人；连翘的绿叶生出憨厚之色，如一位朴拙的农人得意于能说会道的女人般簇拥着黄白相间的花；一种草，从地里一钻出就蓬松开自己的身体，如整天呼喊着要实现自身价值的年轻人。一位男生不愿爬山，我一鼓动，来了兴致，山顶的绿色被他们左拍右拍，生怕漏掉了满山的美景。仰望诸峰，绿色深浅不一、浓淡不同；俯瞰山下，但见绿色映川，美不胜收。歇脚时，绿从岩石中钻出来，从枯草中顶出来，从树枝上飘出来，大的，小的，椭圆的，多边形的，当然也有针形的。几位游客在槐树底下看着槐花忆苦思甜，我在细嗅着槐花的香气，能入口的自然之物，以其馈赠人类的功德受人喜爱，人大概也应向美好的物种学习吧！延伸开去，世间本无无用之物，即使是毒药猛蛇，有时也会有益于人类。

贤二是龙泉寺推出的动漫片中的活宝。学诚法师的功德在于把深奥的禅理让贤二阐释出来。前后进入寺院的皈依者发挥着他们的智慧，运用现代技术，传递着禅意绿色。我和几位同学静静地观看，其中一个宣扬"不贪为宝"的片子，道理简单，正像我们看惯的树叶，突然在这个春天以别样的新绿，沁入心田，柔美、贴心。明静同学下载了"花宝"软件，能轻松识别花的名字，我倒感觉不如混沌些好。正像一寺的香客，大可不必追问他们来自哪里，去往何方。如纠缠于每片绿叶后面的成长或功用，那是植物学家的事，与我此刻对绿色的欣赏关系不大。

叶子会由春天的翠绿变成夏日里的墨绿和深绿了，及至到了秋天，叶子或绿，或紫，或红，或黄，最后扑向大地，算是完成了自己的一生。叶子飘走，树木增长了一个年轮，犹如人离开这个世界，又让一个家族前进了一步。在深山，叶子变异的可能性小，一棵树可能存活上千年，就如那棵银杏；而争宠于人间的树木或者盆景，寿限大多不长，人类的贪婪容不得树木的贪婪。每当我在城市里，看到伐倒的树墩上淌着眼泪，我就想到我们人类自己。龙泉寺的绿色皈依在一片佛光之中，自然无忧。踱步下山，回望那层层新绿，真希望把它们折叠起来，在冬日里比对，在明年春天再打开。一棵树不可能在同一处长出两片相同的树叶，而人们总把春天的绿看成一样。总认为春是相同的，而给自己慵懒着不愿出游找借口。而绿，的确年年不同，正如今年龙泉寺里的绿，怕只存于高燕、国栋、赵超、明静诸位同学那里，等若干年后，属于他们自己的枫叶红了，再把今年的绿叶拿出来品评，会别有一番味道吧！

游动的灵魂

倘若一个人喜欢旅行，在曼妙的海边，一边欣赏着大海、日出和盘旋的鸟儿，一边享受着美味。列车徐徐行驶，你好像在看电影，但眼前的景色确是真真切切的存在。这时，你是一种什么感觉？在日本，我去伊豆旅游，就是乘坐这样的观光列车。列车抵达一处风景点，感觉就像从时光隧道里开出来，从樱花深处开出来，从古典故事里开出来的。当列车与车站融为一体，当列车的外景与内饰相得益彰，当你的所有思想都在旅行中得以激发或共鸣，那份沉醉延时很长。到日本乘海岸观光车旅游，这样的享受你会随时感受得到。在通往伊豆的铁路线上，你可以在车站上温水泡脚，也可以到樱花盛开的地方享受美食。当南方樱花盛开时，去北方的海岛上还可以在风雪中享受温泉。别致的风景促成日本的观光列车与周围景色相互辉映，你会贪恋列车的自由穿梭。我喜欢流连在南北方的站台上，日本站台的素朴，一如没有经过雕饰的美女，看上去爽朗而清丽。日本的铁道设计者一般不追究站台的奢华与车站的亮丽，因古而旧，因旧而文，文与史相凝，给人一种乡愁般的亲切。

如果把日本的车站等同于日本的观光列车，您就大错特错了。日本的列车设计师是始终与游客站在一起的，他们以深度揣摩游客的需要为基础，以精湛的设计技术为依托，融入历史、文化和地域元素，让不同地域、不同季节的观光列车成为游动的风景。在这游动的灵魂之上，写着思想，写着文化，写着地域特色，写着传统与古典，写着现代与未来，也写着一个个儿童的向往，一位位母亲的心愿，一位位老妪的惊奇。当千奇百怪的观光列车以其外在形态的多样性展示在游客面前，当披着铠甲的武士与你在某一个旅游站点合影，你的旅程不仅具有冲破平淡的可能，也有搜获新鲜的惊奇。

当把最顶尖的建筑设计师作为观光列车的设计者时，动与静的结合，建筑美与现代科技的结合就融为一体了。你难以想象，在观光列车里，你可以感受风，可以面对阳光与大海，更重要的是可以享受采摘草莓的过程，可以品尝当地最纯正的龙虾，当然你还可以在列车上享受泡温泉足浴。在现代科技与古典艺术相结合的意蕴里，列车不再是乘坐功能的单一化呈现，而会提供满足不同群体特色需要的美丽场所。有开往童话王国的童话，也有黑猫站长领衔的幽默，还有蓝色派对的开放，一切的一切，在观光列车上都成为一种可能。你会为日本的设计师而击掌，会为精湛而大胆的制造工艺而惊叹，会因他们对废旧列车的利用而惊叹，也会为他们将没有风景的风景挖掘出风景而作出的种种努力而感动。日本的列车设计师，将观光列车打造成会说话的灵魂，会思想的灵魂，会传播的灵魂，能走入乘客心灵的灵魂。这是一种与火车经济低迷抗争的设计，也是集中日本建筑师和铁道运营者智慧的设计，更是将顾客的使用需要与审美需要考虑到骨子里的设计……

我在日本，浮光掠影地看到一些观光列车，也亲自乘坐过一些观光列车。但真正让我感受到日本的观光列车全方位之美的却是上海交通大学新出的一本书《和风下的观光列车》。在日友人姜建强先生强烈推荐我一读。这本图书，图文并茂，适应读图时代的阅读需要。接书当天，我就一气读完。这本由日经设计的图书不仅有专业水准，也有人文情结。译者宝锁和赵斌玮先生又是职业编辑，将此书翻译得明白晓畅，像列车设计者考虑游客的感受一样，译者充分考虑中国读者的需要，翻译解释得非常到位。掩卷遐思，又好像回到在日本旅游的时光。好的创意总会激动人心，人类共同的文明会促使我们跳出狭隘的圈子去感受美好生活。感谢编译者！你们让我在书桌前又涌上马上乘观光车去旅游的情思。

撞车

　　乡下赶集，人挨人，车赶车。那时人是土人，车是小推车。车撞到了车，车上最多是一些瓜果蔬菜、农用工具。脾气好的，互相谦让也就过去了；脾气差的，大打出手的也有。手推独轮车撞不死人，因撞车引发打伤、打死人的事倒是有。所谓乡村纯朴有时也藏着民风剽悍。

　　不知怎么就开上了车，在京城，没有车，行走就会延时，心思不能如愿。有车可知周边山水景色，有车可帮朋友解危济困，有车可以享受速度的超越。不过，多大的树叶有多大荫凉地儿，汽车较之于小推车快是快了，有时因快却会惹事。常驾汽车走，没有不失足。有几次撞车的经历，喜忧参半。我喜欢快刀斩乱麻，虽买了保险，如出车祸，也多以现金当场了断。一为节省时间，二则怕影响了过往行人，这样的方法未必处处行得通。譬如曾遇到一位女车主，那时我和伊正在车上说东扯西，不知不觉我的车就与人家的车亲吻上了。

　　靓车上一位女子款款而下的时候，你感觉你不是经历了一次车祸，而是一次艳遇。女子人艳，颇讲理。一来二去，商量好去定损走保险赔付，双双皆大欢喜，互留了手机和微信，不曾想因车祸而成了朋友。时常微信问好，有男女的吸引，有天意的安排，有缘分的铺垫。女子微信名大概叫"社稷"，小女子却有士大夫情怀，在下素有怜香惜玉之情怀，如此"艳遇"却成了另一种格局，这是第一次撞车撞出一段佳话。从此后，我与"社稷"再未谋面，但微信联系甚多。嘘寒问暖之情，多了一个妹妹。想起在陌生的城市，天上掉下一位"林妹妹"，也算是另外一种幸福。

　　期待远方的日子，人们往往忘记近前的生活。连续喝酒多了，人就有些木。早晨上班，迎着朝阳，哼着小曲，汽车也给力，我听着新闻联播，正为某国的霸道而气愤，突然间车已飘到花园桥，看前面的车慢慢停下来，我一刹车，车就重重地啃了前车屁股一下。一慌，又猛一刹车，车又啃了人家车一下，好像不要脸的男人死追猛咬他的恋人。车停下来，才知自己把油门当了刹车。好端端两个车，一撞走形：我的车掀了天灵盖，人家的车也掉下了一个承托器。车主下来，右坐上的孩子也下来。原是位送孩子上学的父亲。人敦厚少言，笑容可掬。一问，在中冶集团工作。同为央企员工，感情上近了几分；再问对方大名，答曰："江山。"我的个天，曾撞"社稷"已为罪过，今天又撞"江山"。我等俗民怎敢以"社稷江山"为敌？！三言两语，成为朋友。互相拍照，坦诚相待。说笑间，相约定损修车，虽然忙活了一上午。相别而笑，似乎遇到的不是一次车祸，而是参加了一场舞会。先与"社稷"成友，现在又让我与"江山"为伍，这位江山兄弟或许会成为我日后的酒友。

幼时，同村的王文玉老兄，曾为村主任。初学拖拉机驾驶，技能不过关，压死几十里外一个乡村的儿童，他与儿童的家长成为亲戚，据说拜人家为父亲，一时传为佳话。生活中不幸的事情太多，以愉悦的心情对待不幸，收获的不仅仅是愉悦，还有未来。

我不期待未来再出车祸，但两次车祸的确没有给我带来不快。钱物的损伤永远没有人间真情的珍贵。伊没有买车损险，这次花费固然不菲。上次与"社稷"相碰，有保险可走；这次我则要自掏腰包。但能与"江山"做朋友，也是一大幸事。与伊说，伊也点头称是。